辰东超高人气幻想之作　万千...

完美世界

辰东 ◎ 著

上古神祸　一触即发　天地剧变　惊动各方

《完美世界》1～28册全国火热销售中！

异人崛起

13
辰东 著

继《完美世界》后
辰东又一东方幻想之作

后文明时代的全新历程 / 突破想象力的极限之作

逃离炼狱 脱胎换骨 | **世间的枷锁被打开**
进入浩瀚星海 营救受难恩人 | 就此揭开全新世界的神秘一角

深空彼岸

3

辰东/著

时代出版传媒股份有限公司

安徽文艺出版社

图书在版编目（CIP）数据

深空彼岸. 3 / 辰东著. -- 合肥：安徽文艺出版社，
2022.7

ISBN 978-7-5396-7435-3

Ⅰ. ①深… Ⅱ. ①辰… Ⅲ. ①长篇小说－中国－当代
Ⅳ. ①I247.5

中国版本图书馆CIP数据核字(2022)第006527号

SHENKONG BI'AN 3

深空彼岸 3

辰东 著

出 版 人：姚 巍
责任编辑：李 芳 秦知逸
装帧设计：周艳芳 曹希予

··

出版发行：安徽文艺出版社 www.awpub.com
地　　址：合肥市翡翠路1118号 邮政编码：230071
营 销 部：(0551)63533889
印　　制：湖南天闻新华印务有限公司 电话：(0731)88387856

··

开本：710 mm×1000 mm 1/16 印张：20 字数：315千字
版次：2022年7月第1版
印次：2022年7月第1次印刷
定价：42.00元

··

目录
CONTENTS

月坑的仙人

"穿好防护服，有的地方可能有异常能量辐射。"秦诚带王煊来到了他负责的变异药田试验区。

这片区域很安静，几个机械人一动不动，各种精密的监测设备成片。虽然这里的药草是人类参照古法栽种的，但这里的一切都充满了现代感。

秦诚介绍："有些药田上方的防护罩并没有彻底隔绝宇宙射线，而是允许少量透射进去，看能否促使药草变异。"

监测仪器显示，这片区域中某些粒子的含量严重超标，人类不宜久留。

不久后，王煊被震撼了，眼前的试验田中，药草密密麻麻的，像是庄稼一样，呈规模化栽种。

传说古代大教的每块药田中，有灵性的药草栽种个上百株就到头了。

而这里的药田很大，一块地中有上万株药草，王煊有种来到了蔬菜大棚中的错觉。

药田中，各种药草长势旺盛，有叶片幽蓝的腊蛇草，有通体鲜红如玛瑙的火参，有金灿灿的烈阳藤。

"回头你尝尝这些药草，看对你是否有用。"秦诚说道。

他介绍这里的情况：月球上的实验研究主要是为促使药草变异，从而实现规模化栽种，并缩短药草的成熟时间。

有些大药原本需要生长数十年甚至上百年，药效才能达到最理想的状态。而这里的试验田则将药草成熟的时间压缩到数年内，甚至一年内。

"我们参考各种文献，又反复调配，找到了各种药草各自最需要的营养，分析出它们喜欢的环境，规模化栽种以及提前成熟是必然的趋势。"

目前试验成果可喜，大多数试验都接近成功。等到某些药草性状稳定后，研究人员会带走种子，在其他地方进行更大规模的栽种。

王煊出神了，这样发展下去的话，部分财阀与大组织的长远规划真的有可能成功，人类真的有可能接近长生。

秦诚摇头道："可惜这些都不是超凡药草，那种东西想种活都很难，更不用说规模化栽种与提前成熟了。"

一些财阀居然得到了超凡药种，这让王煊颇为吃惊。

秦诚叹道："所以说，新星这边有些组织还是很厉害的，为追求长生进行了各种实验，药草只是一方面。我听说，近期他们在基因领域有了突破性进展。别看现在新术势头猛，后面可能会被几个生命研究所碾压。"

"什么情况？"王煊惊讶。

"他们从古代的地宫中找到了一截还保持着活性的手指，经过分析，认为那可能是某位圣苦修士的……"

秦诚接下来说的这些，有一部分王煊已经了解到了。那些生命研究所研究出的六臂圣苦修士超体曾在葱岭出现过，拥有宗师级实力，但被陈永杰毁掉了。

而现在那些生命研究所的研究又有了新进展，他们研究出了月光圣苦修士超体，那种超体体外笼罩着白光，像是立身于圆月中，实力更为惊人。

这表明了一种趋势，到最后大概率会出现终极圣苦修士超体。

按照推演，这是能够做到的。所谓终极圣苦修士超体，就是圣苦修士真身！

王煊倒吸一口凉气，新星这边的一些研究所将来难道要批量造出圣苦修士真身？

照这样发展下去，几大生命研究所确实可能会将势头正盛的新术碾压！

不过，王煊又想到了精神的问题，自语道："肉身可以研究，但精神层次的研究会是个大问题。"

临走时，秦诚十分自然地从一位科研人员手里接过一个很大的包裹，里面全是药草，有二三十株。

王煊眼神异样，好友这算是"吃拿卡要"吗？

秦诚摇头道："别这么看我，我可没索贿。"

这片区域共有十二块不同的试验田，每块试验田中都有上万株药草，科研人员每天都要检测药草的药性，分析其变异程度，允许有损耗。

"这些药草原本就要处理掉，大多数情况下都是大家平分拿走。"

秦诚和这边的人比较熟，提前打过招呼，这二三十株药草是积攒了两天的量，这次都送给他了。

回到住所后，两人都干瞪眼，因为这二三十株药草或芬芳扑鼻，或怪味儿难闻，让他们感觉有点儿下不去嘴。

秦诚有心理阴影，前几次吃这种大药，折腾得他不是几天睡不着觉，就是连着四五天流鼻血。

王煊担心，这些都是提前成熟的变异药，可能会有副作用。最终，他试着吃了几片馥郁芬芳的花瓣。

他感觉到，确实有热流在体内涌动，新陈代谢加快，但是对他这个宗师来说，效果不是非常明显。

他去过内景地，又接触过天药，对这种需要长期服食才有效果的药草已经不怎么满意了。

"为了将来，还是每样都吃些吧。"王煊自语道。他想到了陈永杰的提醒，古代秘本中有记载，这是在为超凡领域的采药境界做积淀。

多接触一些药草，对将来踏入那个领域有好处。

不知道是不是错觉，王煊觉得自己一口气服食了十二种药草后，身体内似乎有微妙的波动。

若非形成了精神领域，他根本不可能感知到那种波动，但也只是一刹那的异样，很快一切就恢复正常了。

他心中有底了，古代大教的典籍需要重视，前人的某些经验也要认真研究与分析。

"走，去看看。"秦诚接到一个电话，得知又有人去月坑探险了。

那个地方确实充满神秘色彩，这么多年来时不时有人去那里冒险。

月坑如今不在基地中，没有被防护层笼罩。

因为那里一再出事，各方都有点儿怕了，将它从基地中分割了出去。

它所在的位置，距离本土教祖庭不算远。

王煊与秦诚赶到月坑附近，隔着防护层看着那一行人。那一行人共有二十几个，都穿着最新款的太空服，直接步入月坑中。

远远望去，那片地带坑坑洼洼的，全是早年撞击出的陨石坑，中心区域被合金板覆盖着。

"那里就是月坑，常年被封着。这群人胆子真大，非得跑到这种要命的地方探险。"秦诚感叹。他有点儿不理解这种人的心态，为了追求刺激，真是什么地方都敢去。

旁边有人开口道："早年的'驴友'现在进化了，享受在生与死之间起舞的过程。"

"哥们儿，旧土来的吧？"秦诚诧异，"驴友"这种说法有点儿古老了，是旧土那边的说法。

"是啊。兄弟，你多半也是托关系来新月过渡，然后准备去新星的吧？"

……

合金板被打开，尘封的月坑全面开启，露出漆黑的大洞，一行人快速消失在洞中。

防护层这边有数十人在观看，普通人不知道月坑的恐怖，但是像鼎武组织这样的特殊机构必然知晓，不少类似组织的内部人员来这里看看情况。

老苦修士也来了，神色凝重，手中居然拎着一根降魔杵。

还有个老炼气士，手持一柄焦黑的桃木剑，沉默地盯着月坑，如临大敌。

王煊惊异，老苦修士手中的降魔杵与老炼气士手中的桃木剑都有某种神秘能量，他的精神领域捕捉到了奇异的波动。

他确信，两教的祖庭中都留下了一些非凡的器物。

"有情况，他们深入地底后，情绪有些不稳。"远处有人惊叫道。那里有监控装置，可以追踪地下探险的人。

即便是正规的探险队，到月坑探险也需要报备，探险者身上要带上追踪监测设备，方便基地中的人实时了解情况。

突然，观看监控屏幕的人惊叫了一声，脸色苍白，向后退去。这次探险出事了，镜头被覆盖，像过去一样，所有监控装置全部刹那间损坏。

月坑那里死一般地安静，直到几分钟后，有十几人爬了上来。显然，有一部分人死在了里面。

那十几人狂奔着，向防护层这里冲来。

可是，他们的身后什么都没有，只是这十几人像是吓破了胆，连滚带爬地往回逃。

他们顺利地逃到防护层前方，先闯进隔离区，又进入缓冲区，接着跑进过渡层，最后才进入真正的防护层中。

他们快速脱掉身上的特殊装备，一个个脸色苍白，直接倒在了地上，像是虚脱了，大口地喘息，汗水打湿了全身，头发像用水洗过一样。

"发生了什么？"等在这里的许多人都在发问。了解月坑中的真实情况，而后向各自的组织报告，是这些人来这里的最重要的目的。

噗！噗！……

一瞬间，逃回来的十六人中，竟有十一人同时爆体而亡。

"退后！"手持焦黑桃木剑的老炼气士喝道，他站在前方不断挥舞手中的长剑，不知道在劈什么。

老苦修士也是如此，手持降魔杵，在那里朝四面八方乱砸。

"真出事了，我这辈子还是第一次看到这么残酷的画面。"秦诚有点儿受不了了。

王煊拉着他后退，神色凝重。别人看不到，不代表王煊无所觉，精神领域形成后，他能更加清楚地看到这个世界的真相与本质。

他看到十一个爆炸的身体中都有白光飘起，而后白光凝聚在一起，形成一道模糊的身影。

这是精神领域能够捕捉到的景象！

他立刻明白，真的有神秘的东西从月坑中出来了，而老炼气士与老苦修士似有所觉，所以疯狂舞剑以及挥动降魔杵。

"真的有仙人……他们……"

第十二个人嘶吼，然后砰的一声爆炸，身体中又飘出一道淡淡的白光，没入半空那道身影中。

接着，半空的神秘生灵低头，一眼看到王煊，直接扑了过来。

这是所谓的列仙吗？王煊悚然，他看到这道身影的额头上有个红色的字，是古代的"仙"字！

他一把将秦诚推开，然后抽出那柄形似古代鱼肠剑的利刃，快如闪电地挥了出去。

哧！

他竟然直接将那个生灵斩灭了，白光迸发，附近刮起恐怖的狂风。

王煊心头狂跳，他斩了……一个仙人？！

第 112 章
被仙盯上

风很大，在这片区域发出呼呼的声响，四周弥漫着十分阴冷的气息。

大多数人都不知道因何起风，并未看到半空迸发白光的身影。

王煊注意到，那个生灵身上的白光快速消散，整个身影渐渐虚化，在阴冷的大风中瓦解。

死了！

他这是斩了一个仙人吗？

当然，他自身不相信这是列仙中的一员，他又不是没接触过仙。高傲的女剑仙手下留情都将陈永杰劈得死去活来，那样的人活着时才是仙。

另外，那只白虎化成小猫咪都能将陈永杰叼走，羽化层次的生物不可揣度。

没有人知道王煊一剑劈死了一个神秘生物，但所有人都头皮发麻，因为此时莫名起风了。

王煊心中颇不平静，这柄短剑果然很不简单，正如陈永杰所说，遇到一些神秘事件时，可以用短剑保命。

大风停下了，现场一片安静，亲历者心里都有点儿发毛。

人们只能感叹，月坑太恐怖，偏偏有人不信这个邪，每年每月都有人去探险。

老炼气士还在舞剑，老苦修士也在持降魔杵乱砸，两人都只是略微有感应。

就在这时，地上还躺着的四人无声无息地、直挺挺地起身，完全违背物理规律。

其中一人径直向基地深处走去，步子迈得很大，远超常人，一步跃起，居然跨了十米远。

王煊瞳孔收缩，这样的实力很强了！

然而，那人第二次迈步时，刚到半空便解体了。

秦诚真的受不了了，头皮发麻，喊道："老王，走了，下次我再也不来了！"

王煊没动，他真的被惊住了，刚才那个人为什么会解体？他看得清楚，苦修门祖庭与本土教祖庭同时发光，禁锢了那人，那人体内有一道模糊的身影剧烈挣扎，而后消散。

这样看来，当年将本土教祖庭与苦修门祖庭同时迁移到这里，确实有用！

就是不知道一百多年前，是谁建议这么做的。是封建迷信使然，还是有高人布局？

"他们怎么冲向月坑了？"有人不解地问。原来，还活着的三人中，有两人冲出防护层，一路狂奔，进入陨石坑地带。

那两人连太空服都没穿，动作矫捷，每次都能跃出近十米远，直接没入黑洞洞的月坑中。

"这俩兄弟太猛了吧？"

"猛什么，明显中招了！现在可是白天，没有防护层的新月地表可有一百多摄氏度，估计他们现在已经没命了！"

现场还剩下一个青年，这个唯一的幸存者脸色通红，身体发抖，跌跌撞撞走了几步，艰难地开口："月坑中有仙光，一群仙人……"

所有人都跑开了，怕他爆开，但听到他这样说，又赶紧靠近了一些，担心听不到他后面的话。

"你可千万别爆开！"秦诚喊道，他是真的怕了。

"原来……我已经死了。"青年这样说，而后突然解体。

王煊精神领域起伏，额头前白雾弥散，眼睛盯着地面。刚才他看到有东西一闪而过，没入地下。可他等了很长时间都没见那东西出来，现场再无异常。

连着死了这么多人，绝对是大事件，很快这片区域就被封锁了，普通人并不知道这里的情况。

王煊与秦诚在这里做了笔录，然后火速离开。

夜晚，王煊的房间中一片漆黑，他陷入沉眠中。

不久后他被惊醒了，他的感知十分敏锐，察觉到房间中很不对劲。他睁开眼睛的刹那，看到一个披头散发的生物！

这可是深夜，应该是人陷入最深层睡眠的时候，结果他刚醒来，就在黑暗中看到这么个生物，让胆大的他也吓了一大跳。

显然，这个生物也是刚凑到床头的，见王煊睁眼，没有什么犹豫，直接向他扑了过来。

尽管王煊反应迅速，但还是觉得头皮剧痛，像是有什么东西要往里面钻。他心中剧震，这是进入现世中的妖魔？

轰！

王煊运转五页金书上的体术，刹那间，五脏共振，胸口发出淡淡的电光，秘力向全身涌动。

尤其是头皮那里，爆发出一道真实的雷霆，发出轰的一声闷响，而后他听到了惨叫声。

那个披头散发的生物猩红的眼睛中流露出恐惧之情，但后退出去后，居然再次扑了过来。

轰！

王煊一巴掌向前拍去，带着淡淡的白光以及雷鸣声，将这个生物震退，使其胸口冒起黑烟，惨叫着转身就走。

王煊跃起，并快速抓起衣物旁边的短剑，刹那间追了上去，一剑刺出。那生物凄厉嚎叫，身体变淡大半。

王煊双脚发光，雷霆声震耳，白光遍布地面，那生物再次悲惨地嚎叫，瞬间穿墙而去。

王煊发现自己看到了墙外的景物，这才意识到自己形成了精神领域，所以能看到这个生物，而普通人看不到。

他追到院中，将短剑掷出。那个生物哀号着，身体消散，只留下一缕雾气。远方钟鸣，邻近这里的本土教祖庭发光，将那最后的雾气震散，什么都没有留下。

虽然是时间上的夜晚，但房间外边亮如白昼，这就是新月上让人无奈之处。

"那个生物不怕阳光照射，与传说中的鬼物不太一样，这到底是什么东西？那几人临死时为什么说月坑中有一群仙人？照他们的说法，我已经连斩两个仙人了。"王煊自语，刚才他斩的是白天的漏网之鱼。

扰人沉眠最可恨，月坑中那群仙人居然想要害他，这仇被他记下了，他真想冲进月坑中消灭他们。

不过，他还真不敢轻易进入月坑，那地方如果容易对付的话，也不至于请来两教的祖庭一同镇压。

"我是被仙盯上了？连着两个都冲着我来，为什么？"

王煊心很大，提着短剑回去，躺在床上很快又睡着了。

"老王，出事了！"第二天一早，秦诚跑来找王煊，告诉他昨天的探险队伍中有来自财阀的年轻人。

"这有什么稀奇的？财阀中的人进绝地冒险，照样会死。"王煊没把这当一回事。

"是秦家，秦家在新星非常有名，属于超级财阀之一，他们的后人失落在月坑中。这不是重点，关键是他们发出悬赏了，谁能将秦云风的尸体带出来，他们会有重金酬谢。"秦诚告知王煊。

"你的本家？"王煊笑道。

"跟我一点儿关系都没有！"秦诚叹气，同样姓秦，但二人的命运简直天差地别。

昨天中招跑回月坑中的两个年轻人，其中一个就是秦云风，想都不用想，在那种高温下，他肯定没命了。

"别人需要奋斗一生才能得到的东西，对他来说唾手可得。估计他的人生失去追求了，所以才寻找各种极致的刺激，组队探险，结果把自己搭进去了。"秦诚说道。

近些年来，虽然财阀的实力在增长，但是各家都比较低调，什么事都躲在幕后。像这样把命搭进去的财阀后人，这些年来秦云风是头一个。

"要去看看吗？"王煊问秦诚。

"去，看一看谁敢进月坑。"秦诚没忍住，还想去看看情况。

防护层那里，有不少人正在低语。不久前出动的最新型的机械人，进入月坑后彻底失联了。

"还是不行啊！那种机械人抗磁，抗脉冲，抗能量干扰，能力已达到极致，是近期的新款，居然也抵不住月坑内的神秘侵蚀。"

"老凌来了！"秦诚低语，他喊老凌也喊得有些顺口了。

王煊回头，果然见到凌启明在一些人的陪同下走来，站在防护层近前望向月坑。

王煊有些诧异，道："老凌为什么要来这里？"

秦诚道："听说凌家和秦家合作密切，关系相当好，估计秦家有人知道他在新月度假，请他过来盯一下。"

王煊点头道："现在我有些好奇秦家怎么重金酬谢了。"

秦诚已经了解过，当下道："非常吸引人，秦家准备了很多东西，可以任选两种。黄金蘑、地髓，算是稀世奇珍。还有一本锻炼精神的古代秘册，以及新术领域曾经的第一人奥列沙留下的一本手札，此外还有从旧土挖到的一本剑经。虽然没人能将古剑经练成，但据说那本剑经与飞剑术有关。反正都是好东西。不愿意要这些的话，也可以直接兑换成新星币。"

"有点儿吸引力，但我身价太高，他们请不动我！"王煊刚说完，就觉得情况不对劲。月坑那里无声无息地飘浮起几道身影，那几道身影祥和而圣洁，带着绚烂的光，竟盯上了他！

神话不在现世中

王煊心一沉：自己居然被盯上了！

是因为他斩了两个仙，被对面的生物感知到了，还是说他的"招仙体质"又发挥作用了？

天穹漆黑，地面明亮，这就是没有大气层的新月白天的真实景象。但是，月坑中的身影在白天依旧发光。

最终，有个生物动了，缓缓朝防护层而来。

是妖魔吗？王煊精神高度集中，死死地盯着这个生物。

"秦诚，你赶紧后退，去苦修门祖庭！"王煊低语。现在一切都是未知的，他不知道那是什么生物，究竟有多强。

"老王，你发现了什么？"秦诚心中一惊。

"别问，赶紧走！"王煊暗自握住短剑，盯着防护层外的地表，那里坑坑洼洼的，有很多陨石撞击的痕迹。

"你自己小心！"秦诚看了他一眼，没有再多说，转身就走。他与王煊认识多年，很有默契。

王煊看清楚了，那神圣光团中显示出的是一个人的形态，而不是妖魔的形态。

这个人只能看出轮廓，是个男子，身高接近一米九。

男子身上发出白光，有股祥和的气息，身边有洁白的花瓣飘落，气象非凡。

王煊皱眉，一个男人周围飘浮着雪白的花瓣，有什么说法吗？还是在故作姿态？

王煊依旧冷冷地盯着："有种就过来！"

神秘男子放缓脚步，慢慢接近防护层，其他人都没有察觉，根本看不到有一个发白光的男子临近。

突然，在男子距离防护层还有十几米远时，两道光束飞来，带着震耳欲聋的雷鸣声炸开。

那个男子果断后退，即便未被击中，可在雷霆爆开的刹那，他的身体还是略微变淡了一些。

王煊瞠目结舌，霍地转身看向两大祖庭，咽了一口口水，这也太惊人了。

白日雷霆，横贯长空，轰击妖魔？！

然而，他看向周围的人时，发现其他人都比他淡定，还有闲心指指点点，讨论月坑中的古怪之处。

王煊倒吸一口凉气，声势那么浩大的两道惊雷，居然没有一个人听到，大家毫无所觉，像是被隔在另一个世界。

王煊一阵失神，他对两教的底蕴了解不多，但是面对这种朗朗乾坤下降落雷霆的手段，还是深受震撼。

"不对！"很快他回过神来，面露异色。

他很清楚，苦修门祖庭的几位圣苦修士以及那可能存在的苦修门源头的生灵，都在古代留下的大坑中，根本还没有爬上来！

本土教祖庭的情况，大体上应该也差不多。

"两大祖庭根本干预不了现世，只能发起精神层面的打击？"王煊思忖。

只要他将精神领域收起，就会如众人般，也看不到横贯新月上空的雷霆。

"即便是被放出来的苦修士，好像也只能托梦，从未能改变现实中的一切。所以，纵然我将几位圣苦修士级生物从大坑中拽出来，甚至将苦修门源头的生灵拉上来，他们也只能暂时在精神领域显化，而无法改变现世？古代那么多神话传说，该不会都是在精神领域发生的吧？"

一瞬间，王煊想到很多问题，他忽然发现，或许可以对列仙、圣苦修士重新定义。

这群生灵虽然神通广大，但都是在内景地或者神秘的精神层次中显圣，而不是在现实世界中！

所以，这群人对现世的影响力远不如成仙之前，一旦羽化登仙，差不多就离开现世了。王煊思忖，这也就意味着人间还是人类的世界，精神成仙的人也就那么一回事？

王煊忽然淡定了很多，即便想到绝世红衣女妖仙，心底也没有那么强烈的不安了。

然后，他看向防护层外那个发着白光的模糊的男子，觉得那男子也没什么大不了的，根本不可能大范围影响滚滚红尘中的人类。

王煊估摸着，月坑中的生灵最多也就是能附体，而且自身好像还要付出相应的代价，根本不可能如神话传说中那般能铸山煮海。

而且，他们还受本土教祖庭、苦修门祖庭的压制。

王煊这样的人更是不怕被他们附体！

王煊琢磨着，要不要冲到月坑中，将那几个死死盯着他的生灵全都解决掉。

此时王煊极度膨胀，认为神话也就那么一回事。

这一刻，他暂时将内景地深处大幕后的世界屏蔽掉了。

一番神游后，他的思绪回归现实，开始冷静下来。现在绝不能出头，他不想被人盯上，那与他的初衷不符。

"有人出去了，接近月坑。"

一支探险队被惊人的赏金所吸引，六人组速度很快，已冲到月坑入口处。

人们看到，他们直挺挺地倒在黑洞洞的入口旁边，更有人跌落进去，再也没有出现。

"绝对中招了，应该都殒命了！"一些人低呼，有种窒息感。这可不是看电影，而是真的有人殒命。

王煊盯着那里，确定是附体所致！

接下来的两个小时都没有人再出头。赏金虽高，但也要有命拿才行，不然就算搬来一座金山都毫无意义。

在此期间，防护层外面的生灵数次临近，在附近转悠，但始终不敢越雷池一步。

王煊注意到，两大祖庭数次发光，劈出恐怖的雷霆。还有一次，凌启明胸前的吊坠闪烁，手腕上的手串亦熠熠生辉。

王煊轻叹，财阀中人果然不简单，身上戴着不一般的神秘古物，估计凌启明自己都不知道那些配饰真正的效用，只将其当作古玉戴在身上。

王煊联系秦诚，将他喊了回来。一百多年前应该是有高人布局，迁移来两教祖庭，完全镇得住场面。

不久后，秦家的人来了。那是一个中年男子，名为秦鸿，是秦云风的父亲，他面带悲色，亲自登上新月。

"谁能将云风带出来，我必有厚报！"秦鸿看着众人说道。他知道，能来这里的都是各组织的安全专家与特聘顾问等。

要知道，普通人根本就不知道月坑，没有工作证也不会被放过来。

秦诚小声提醒道："老王，不管他给多高的报酬，都不要心动，有些钱咱是不能赚的！"

王煊点头，他确实没打算去。

不就是一本剑经与一本锻炼精神的古代秘册吗？又不是金色竹简以及苦修门与本土教两家的至高绝学。这样的经文不值得他冒险，万一被财阀盯上就得不偿失了。

至于黄金蘑，他自己马上就要去密地了，更不稀罕。

事实上，现场没有人应答。开什么玩笑？昨天死了那么多人，刚才又有六名专业人士倒在那里，谁还敢去？

平时之所以有人去月坑探险，是因为大多数时间月坑都很宁静。

一百多年了，月坑最深层次的问题始终没有得到解决，现在没有人会不珍惜自己的性命！

凌启明与秦鸿交谈，安慰了秦鸿一番，随后离去。他在这里站了快三个小时，不可能再待下去了。

"这群武夫，胆子都这么小吗？没有一个人敢进去！这样的人也配称为安全专家、特聘顾问？"秦鸿在一群人的陪同下离开现场，在远处发出愤怒的低吼声。

常人听不到，因为距离太远，但王煊精神领域形成后感知强大，秦鸿的声音清晰地传入他的耳中。

"那些提供安全服务的大组织养这群人有什么用？旧术、新术领域的人都是一群废物，就算养条狗都比他们强，最起码狗会听话。给我去施压，让那群武夫下月坑！这群人不知道自己存在的意义吗？"

秦鸿低声咆哮，陪着他的人都满头汗水，不敢出声。

秦鸿失去亲子，心中愤怒，在这种境地，他说出的其实都是他的心声。

远处，王煊脸上带着冷意，不过，他并没有觉得意外。秦鸿这种来自大财阀的高层人员，的确就是这么看修行之人的。

尽管有些大组织在动员，但还是没有人出头。安全专家、特聘顾问又不是签了卖身契，在有充分选择的情况下，谁会拿自己的命开玩笑？

不久后，一艘飞船降落在新月，随之一则爆炸性的消息传出：秦家调来了四位圣苦修士！

毫无疑问，某个生命研究所的背后是超级财阀秦家在支持，这次出动的四位基因强者，是当前最强大的月光圣苦修士超体！

王煊远远地看到了所谓的月光圣苦修士，心头一跳，神色立刻严肃起来。这竟然是……大宗师层次的生物！

四大圣苦修士径直出了防护层，向月坑而去。

同时，一艘战舰悬空停在那里！

秦鸿脸色阴沉，已经做好了最坏的打算。

他已经与各方通气，这次要动用N物质，那是从昔日的某处福地中收集到的！

若四大圣苦修士失败，秦鸿准备将那种物质全部浇灌进去，彻底毁了月坑。

这不是他一个人的决定，这么多年来，财阀与各大组织都在想办法，这是他们酝酿了多年的撒手锏。

第 114 章
月坑爆开

"有些问题。"王煊盯着四大圣苦修士，看出一些不同的东西，毕竟他是真正的宗师级强者。

毋庸置疑，四大圣苦修士的肉身很强，但其精神能量比不上真正的大宗师。

与同层次的人物相比，这方面绝对是四大圣苦修士的短板。王煊甚至觉得，他如果得到一本精神领域的秘籍，就有把握击溃一位月光圣苦修士的精神体！

各组织的特聘顾问与安全专家都在注视着。

四大圣苦修士一步迈出，像贴着地面飞行，跨出去很远，那种景象相当惊人。

当然，月光圣苦修士实力强大是一方面原因，最主要的原因其实还是新月引力没那么大。

王煊额前有淡淡的白雾，他密切关注着，想验证心中的猜想。

月坑附近直接爆发战斗，月光圣苦修士有所感应，手中的合金长刀向天空劈去。

同时，有的圣苦修士抬脚踏向地面，冷硬的岩石地崩开，出现很多巨大的黑色裂缝。大宗师级生物的力量不同凡响。

王煊表情严肃，那些神秘生物果然还是那一招——向前猛扑，直接附体。

一位月光圣苦修士的合金长刀扫过半空，但是毫无用处，刀锋从白光中划过，神秘生物无恙，俯冲到月光圣苦修士的头上。

防护层外面没有空气，无法传出声音，但是人们依旧能感觉到，那位月光圣苦修士在嘶吼，在痛苦地大叫。

他扔下合金长刀，抓向自己的头部，恨不得将太空服撕烂，将防护头罩敲碎，状若癫狂。

王煊叹息，月光圣苦修士的弱点很明显，肉身实力够了，但精神层次跟不上，以致被附体后挡不住。

砰！

那位月光圣苦修士将一块四米高的陨石踢得离地而起，在半空爆碎，让所有目击者心惊肉跳。

王煊看得清楚，半空那个发光的生灵钻进月光圣苦修士的头部，一点一点地消失，那景象让人不寒而栗！

"相当残忍啊！"王煊叹气，他能看到，月光圣苦修士的精神在暗淡，被对方一点一点掐灭。

不过，他也看出了问题。那种生物想附体果然要付出代价，因为被月光圣苦修士的肉身灼烧，那个生物发出的白光在暗淡，甚至在瓦解。

即便这样，那个生物也执意要钻进那个身体，而且似乎很兴奋。最终，那个生物暗淡了，全身没入月光圣苦修士的躯体中。

王煊心头狂跳不止，生命研究所研究出来的最新型圣苦修士超体，该不会正好满足了那种生物的所需吧？

咔嚓！

第一个被附体的月光圣苦修士进行最后的挣扎，将太空服撕裂，引发体内那个神秘生物愤怒的咆哮，有精神波动传出！

防护层这边许多人叹息，他们没看到月光圣苦修士与什么生物战斗，但是见到他发狂并撕裂自己的防护服，就意识到他要殒命了。

即便强如大宗师，也不能长时间暴露在新月表面。

最后，那位月光圣苦修士纵身一跃，消失在漆黑的月坑中。

不远处，另外三位月光圣苦修士也在激烈对抗、挣扎。

他们到底在与什么东西战斗？所有人毛骨悚然，未知的事物最可怕，让人心生恐惧。

一位月光圣苦修士炸开，从他身体中飞出的神秘生物变得暗淡。附体大宗师让那神秘生物付出了很大的代价，到最后，神秘生物也没有得到大宗师的肉身。

接着，第三位圣苦修士超体也爆开，第四位则跃进月坑中，再也没有出现。

一时间，防护层这边所有人都安静了，四周鸦雀无声。那可是月光圣苦修士超体，短时间内居然全部覆灭了！

人们心头沉重，但是，王煊确定了一些事：月坑中的生灵无法移山填海，难以大范围影响滚滚红尘中的人类，连附体都要付出一定的代价。

他越发相信自己的猜测：古代的神话传说可能都是在精神领域发生的。

"列仙的归列仙，人间的归王煊。"他轻声自语。

这样想的话，对列仙与圣苦修士或许都将有新的解释。

秦鸿亲自来到现场，隔着防护层看到了这一幕，脸色无比难看。连四位月光圣苦修士过去都没有扑腾出水花，这令他心中焦躁。

他转身离去，现在或许该考虑动用N物质了，那是从昔日的福地中收集到的东西。

但秦鸿真不想遗弃次子的身体，希望将他从月坑中带出来，不然的话他就会与那群神秘生物葬在一起。

"根据这么多年的观测，月坑中的生物应该与精神体有关。我觉得，要想将云风带出来，得找精神力强大的人进去才行。"秦鸿身边的人开口。他特意查了一百多年以来的各种资料，详细了解过月坑发生的每一次事件。

秦鸿此时已经回到住所，他的心情糟糕透顶，脸色很冷，道："一时间去哪里找这种人？"

"那些组织在新月分部的安全专家、特聘顾问中，估计会有几个精神力强大的人，可以动员他们。"

"这群武夫，在该体现他们价值的时候全都退缩了……还不如我脚边的守山犬可靠！"秦鸿带着情绪，一脚将近前的守山犬踢了出去。

他身边的亲信不敢出声，这个时候多说容易出错。

很长时间后，秦鸿才恢复冷静，看向身边的人，道："再去给我施压！"

很快，各大组织开始动员自己内部的安全专家、特聘顾问，明确告诉他们，秦家再次提高了赏金。

秦家是鼎武这种组织的大客户，所以各大组织确实在认真安排，联络一些老手，奈何无人响应。

毕竟，新月上的分部是正规公司，安全专家、特聘顾问不是各大组织养在其他荒芜星球的雇佣兵，也不是死士，所以各大组织的人并没有什么好的办法。

不久后，相关组织接到通知：秦家的人想与安全专家、特聘顾问们见一见。

新月上可以提供安全服务的组织有六七个，数百位安全专家、特聘顾问被请到一个礼堂里。

连秦诚这种"水货"都来了。

当然，他采气与内养成功后，勉强算是最低级的安全专家了。

秦鸿来了，带着无尽的伤感，叹息道："我知道你们都是业内的精英，有些朋友更是顶尖的修行者。这样冒昧将各位请来，实在有些打扰了。但是，请你们理解一位刚失去孩子的父亲的悲苦与痛楚……"

秦鸿声音低沉，表现得很真诚，并且姿态放得很低。

王煊讶异，如果不是曾经远远地听到秦鸿的冷语，他现在还真看不透这个人。

那时，远离众人后，秦鸿当着自己亲信的面说一群武夫是废物，胆小无用，还不如自己养的狗。

现在，他将众人召集到一起，满脸悲色，话语中带着感情，称旧术与新术修行不易，谁的命不是命？如果不是迫不得已，他真的不愿请人冒险……

王煊在心中给秦鸿做了标记：这个人十分虚伪，不好对付，以后万一有交集的话，必须严加防备。

"老秦这人很接地气啊，说得很实在。"秦诚在那里感叹。

王煊能说什么？他只能叹道："我们还年轻，要多学、多看、多留心。"

最后，秦鸿让人将黄金蘑、地髓、剑经、锻炼精神的古代秘本、奥列沙的手札等全都摆在桌子上。

并且，他告知众人，还会有先秦方士的竹简以及月光银、山螺等，只是他没带在身边而已。

另外，他准备的赏金高达三亿新星币。

听到与看到完全是两码事，珍稀奇物、绝世秘籍以及三亿赏金就在眼前，顿时让一些人血液流速加快。

果然，有人忍不住开口："如果死在里面，会有抚恤金吗？"

这是要卖命！

秦鸿立刻回应，很果断地道："有！谁的命不是命？真要发生意外，你的家人必然会受到很好的照料！"

尽管九成九的人依旧不会去冒险，但大家都觉得秦鸿相当真诚。

王煊顾不上感慨，而是集中所有精神看桌子上的秘本，他形成了精神领域，所谓障碍物、角度等，都不是很大的问题！

秦鸿为了让众人有更为直观的感受，手持那些东西一一展示，甚至翻动书页，这进一步方便了王煊。

所谓锻炼精神的古代秘本，总共只有两页，字数少得可怜，不过几百字而已。

王煊感叹，难怪古代有种说法：真传一句话，假传万卷书。

剑经则有六页，六段密语配了六幅图。

王煊很不客气，趁着秦鸿悲怆与感人肺腑之时，将两册经文都记到了心中。

周围的人私下议论秦鸿这人不错，为人厚道，虽然不能帮他去探险，但大家都对他印象极佳。

王煊连连点头，说老秦这人厚道，然后随大流离开礼堂，心情甚佳。

最终，共有六人冒死进月坑去试试，结果，他们"试试就逝世"了。

至此，再也没有人敢踏出防护层一步。

很明显，月坑不同于以往，这次复苏后，压根儿就没有沉寂的迹象，未来相当长一段日子恐怕都会极其危险！

"那六人都死了！"亲信赶来，告诉秦鸿。

"武夫的命很贵吗？"秦鸿冷着脸站了起来，看向窗外，道，"现在都什么时代了？那些陋术早晚会被撤弃！"

而后，他阴沉着脸开口："联系一下各家，看看他们还有没有意见，没有的话，我就动手了。"

这些年来，新星的各大组织与财阀一直在研究月坑，不可能让这个隐患一直存在下去。

他们已经确定，月坑中有X物质，其浓郁度比当年发现的福地要低不少。

这种X物质具有超凡属性，可以对飞船与智能机械等造成严重的干扰。

同时，X物质也会侵蚀新术领域发现的同样有超凡属性的超物质，让人颇为头痛。

这么多年过去了，各大组织经过仔细的探索与研究，找到了一种稀有的N物质，N物质同样有超凡属性，却可以冲击X物质。

"既然几家都没有意见，那么就行动吧！"秦鸿咬牙吩咐道。

一艘战舰出现在新月上空，直接发动。

刹那间，月坑中爆发出刺目的光，而后暗淡下去，接着又亮起，最后月坑爆炸开来！

"月坑的麻烦被解决了？"这一刻，所有人都在惊呼。

王煊看到，有发光的生灵冲出来，但是又爆炸了。

"精神领域的神话传说不敌现世的高科技啊！"王煊感叹。

突然，他头皮发麻，感觉要窒息，这天地间像是有大灾难要发生。

"老王，不知道怎么回事，我胸闷，这是什么状况？"秦诚大口呼吸，感觉阵阵心悸，连他都有感应了。

"列仙的归列仙，人间的似乎还没归王煊。"王煊自语，拉起秦诚就跑，向本土教祖庭而去。

秦诚道："苦修门祖庭更近！"

"跟他们不熟，如果要从古代的大坑中向外拉人，我得找个熟悉的！"

王煊拉着秦诚狂奔，又自语道："老张，如果情况不对，这人间暂时归你了！"

第 — 115 — 章
人间属于谁

列仙也就罢了，人间怎么就成王煊与老张的了？秦诚听着王煊的话，没怎么理解。

轰！

地动山摇，月坑崩解，其附近出现巨大的黑色裂缝，这裂缝向四面八方延伸，似乎要将新月撕裂。

一瞬间，秦诚理解了人间该归谁，喊道："老张在哪里？"

王煊心头压抑，头皮发麻，感觉这宇宙星空都要压下来，万物都要回归原点。

他形成了精神领域，比秦诚看到的多，月坑在崩开，像是有什么庞然大物要出来！

他顾不上回答，拉着秦诚狂奔，风驰电掣一般。新月上引力较小，他现在像是在贴着地面飞行。

终于到了，这是本土教赫赫有名的祖庭，从旧土迁移而来。

当然，历朝历代时有战乱，它曾多次重建，但基石无损，较早时期的砖瓦、残垣也有遗存，而最初的那片道土也还在，全被搬来了。

张仙人的某些遗物也被供奉在其中！

进了门后，王煊直接就喊："老张，这新月要换天了，我请你来把关！"

一些炼气士进进出出，很忙碌，没人搭理他们两个。

秦诚心慌得不得了，咽了口唾沫，道："感觉老张和你不熟啊。"

"我和他是神交，现实中没见过。"王煊进来后，见没人注意自己，立马开始在这片古建筑群中踅摸，道，"我得找一找，看老张究竟在哪块骨中沉眠。"

"别说了，会惹麻烦的！"秦诚受不了王煊了，这要是让一群老炼气士听到，他们两个大概走不出去了。

"找到了，在前方。"别看王煊嘴上轻松，实际上他内心紧张得不得了。他以超强的感知不断捕捉月坑那边的景象，觉得自己的精神领域都要爆开了。

他认为，那里不是有绝世大妖魔要出来，就是有至强的仙人要进入现世中！

这片建筑群很大，路上的青松翠柏无风自动，枝丫摇摆，千年石塔矗立，石屑簌簌坠落，更有数百斤重的铜钟自动轰鸣，嗡嗡作响，整座祖庭都有些异常。

可以想象，月坑中的东西有多么恐怖。

"老张的骨头在祖师殿中！"王煊看向前方，那是一座发光的殿宇，起初朦胧，接着犹如黑夜中的圣火。

随着月坑震动，祖师殿中光焰越来越亮，越来越璀璨。

秦诚看不到光，这一切只有超凡者或者形成精神领域的人才能看到。

王煊颇感遗憾，这璀璨的光焰终究只有他一个人欣赏。

他叹息，说到底这人间似乎还是他的。

随后，他看到祖师殿猛烈地晃动，那并不是地震，那座古老的建筑物在发光的同时宛若有了生命，像是在呼吸与脉动。

这次，秦诚虽然看不到光，但是可以看到祖师殿在轰鸣，在剧震。

他脸色发白，低语道："我感觉老张的棺材板要压不住了！"

神秘因子飘落，在王煊的眼中，像是鹅毛大雪纷纷扬扬，这是他在现世中见过的神秘因子最为浓郁的地方。

接着，王煊看到整座祖师殿被一团光淹没，像是烈日坠落，覆盖此地，无比壮阔，震撼人心。

一时间，他都不敢过去了。

张仙人的存骨地十分吓人，他这是被刺激到了吗？

"你真的看不到吗？"王煊问秦诚。见到这种惊世的异象，居然无法与人共赏，无法热议，唯一人遥望真实人间，实在有点儿……高处不胜寒。

"我看到房子在跳，也听到了什么东西撞击的声响，别的没了。"秦诚如实告知王煊，脸色苍白。

王煊心中也没底，老张太猛了，如果将他从古代的大坑中拽出来，自己会不会反被他顺手塞进去？

况且，这是老张吗？他突然想到，这个问题还没最终确定呢！

嗡！

古殿轰鸣，瑞光迸发，有一股力量牵着王煊，要将他拉过去。

并且，王煊听到了虎啸声，惊天动地，像是有盖世妖魔要出世，王煊的精神领域竟要被震散了！

王煊拉起秦诚扭头就跑，都贴着地面飞起来了。

他对那种声音太敏感了，在内景地中，他与陈永杰差点儿被一只白虎给吃了，怎么这地方也有虎魔？

"你不是要找老张吗？"秦诚问道。

"先看看离了王煊，这新月是不是还在转。"王煊在远处停了下来，回头遥望。

他站在一定的距离内，没有急着做选择，如果情况有变，他可以冲过去放张仙人出来，也可以转身继续跑路。

从本质上说，无论是月坑地下的生物还是张仙人，都是古代大坑中的，无论谁出来都不是很稳妥。

人生不要急着做选择！王煊让自己先稳住。

这时，四周传来阵阵惊呼声，许多人都在仰头观看，只见防护层外，高空中那艘战舰出了问题。

事实上，早前那艘战舰就不对劲，不只是王煊，许多人都看到了那艘战舰最开始时像是被禁锢了，数次剧震。

现在，它缓慢地朝月坑而去，像是有一只无形的大手在牵着它。

有神圣之光激射而起，向月坑轰去。

本土教祖庭整体发光，光芒自那原始的道土中冲起，石基中有仙光流转，古时残留的有裂痕的青砖灰瓦也放出光芒，组成符箓，打入月坑中。

"幸亏我管住了手，没乱放人，老张这是……在主殿？祖师殿中或许有他的骨，但是多半也和苦修门地宫似的，镇压着东西！"

王煊擦了一把冷汗，还好自己没有乱来。

半空中，那艘战舰乘机摆脱禁锢，晃动着渐渐升高。它的动力系统显然受损了，不然不会这么慢。

见战舰摆脱了束缚，很多人都在欢呼。

秦鸿已经在深空中，他在那艘战舰发动前已经坐飞船离开了新月。

此时他得到前方的最新信息，冷冷地开口："在这个时代，科技文明璀璨，所谓神秘之事也可解析，没有解决不了的麻烦。列仙已死，而在不久的将来，我们却可以触及长生！"

这时，苦修门祖庭发光，有光束落入月坑中，让那里崩开的地面趋于安静。

王煊感叹，他现在看到的是超凡力量镇压绝地，神话再现，却没有第二人可与他共观。

两大祖庭都发威了，压制月坑，让那里归于平静！

王煊回头，看向祖师殿方向，越看越流冷汗：那地方的神秘因子如大雪飘落，但也有煞气弥漫。

祖师殿下半部分是用青石筑成的，上方的殿宇该不会是镇妖用的吧？

苦修门地宫下，有时候会镇压一些了不得的东西。

本土教祖庭的格局应该差不多，那座祖师殿下该不会埋着一座石塔吧？如果老张遗有仙骨，那么是在镇压着什么？

突然，地面像是在颤动，引发所有人不安。

月坑那里，漆黑的大洞如同深渊，像有莫名的力量在扩张。

而在新月的上空，那艘战舰毫无征兆地坠落，向月坑砸去！

"糟了，动力系统坏了，战舰出事了。"

"情况不对！它即便失事，也不该偏离原有轨迹那么远，斜着坠落向月坑。这件事还没完！"

……

许多人抬头，无比紧张，今天这件事一波三折，实在有点儿离奇。

在黑科技层出不穷的时代，新月上一个漆黑的坑洞居然能导致战舰坠落，神秘力量强到这种程度了吗？

事情远不止于此，在王煊以为普通人始终无所觉，这是属于他一个人的"超凡人间"时，防护层内无数的惊呼声响起。

月坑中的生灵在漆黑的地下施展手段，极其剧烈的能量波动出现了。

许多人都看到了，有灿烂的光扩张，这是人们第一次见到月坑中的超凡异象！

那里光雨扬起，看起来柔和而绚烂，却极度危险。光雨的速度很快，飞到高空中，将那艘坠落的战舰禁锢。

然后，大面积的光雨形成一只庞大无比的手，轻轻攥住战舰，咔嚓一声，就那么将战舰生生地掰断了！

第116章
掰断战舰

月坑是禁地，有各种秘闻，但都在各大组织间流传，这还是普通人第一次看到它发挥超凡属性的一面！

许多人亲眼看到了这惊天动地的大场面，几乎要瘫软在地上。

这次造成的影响极大！

新月防护层内，无数人感到震撼、恐惧，他们大声尖叫，慌乱奔跑。反应快的一部分人甚至冲向飞船基地，恨不得立刻逃离新月。

半空的景象太恐怖了，那可是一艘战舰啊，居然被一只由光雨组成的大手生生掰断了。

神话般的景象出现在现实世界中！

王煊也被惊得眼睛发直，口干舌燥。

他一直在揣度旧术领域走到尽头后究竟有多强的力量，还曾与陈永杰探讨是否可以手撕战舰。

现在，他亲眼看到，有生物做到了，这样的事情就发生在他面前！

新月这处基地中，大部分人都被吓坏了。在文明社会中，谁经受过这样的刺激？人类的高端武器——战舰，竟然被掰断了！

万一那只大手翻手一拍，落向基地中，那肯定会酿成人间惨剧，没人能活。

这时，人们固有的观念受到严重的冲击：难道世间真的有神魔？

咔嚓！

不出所料，那艘战舰碎成一块一块的，从上空坠落，这一景象看得人们头皮发麻，脸色煞白。

秦诚都有点儿受不了了，颤声道："老王，恭迎张仙人吧！"

"遇事不要慌，沉住气！"王煊安慰道。但其实他也紧张得很，心跳声跟打鼓似的咚咚直响，强劲有力。

这次，两大祖庭都没有发出光束。而且，两大祖庭内部的气氛不正常，有淡淡的煞气出现，有些躁动。

王煊回头看向祖师殿，那里神秘因子沸腾，比得上内景地了，更有一道石塔虚影浮现。

"祖师殿下方真有一座镇妖塔？"他觉得嗓子发干。

当年本土教祖庭从旧土搬迁过来时，镇妖塔被一块搬过来了？

王煊一阵眩晕。还好，没人像他这般可以自主开启内景地，别人无法放出那些不可揣度的生灵！

秦诚什么都没看到，这就意味着，那里的东西暂时影响不了现世。

王煊看向高空，叹道："直接从精神领域显化吗？真正在干预现世啊！"

他觉得，月坑下的生物如果能够出现在真实的世界中，早就出来了，何必等到现在？

估计那个生物现在被激怒了，所以不顾一切地显圣，进行报复，但自身可能也要付出什么代价。

星空深处，秦鸿看到这一幕，脸色有些发白，他深吸了一口气，道："准备动用后手！"

然后，他向家族汇报情况。

虽然秦家极强，但这事涉及新月，也不可能一家说了算，他们需要与各方通气。

秦鸿知道，现在起码有数股超级势力在密切监控着这一切。

新月外，十分遥远的虚空中，一艘很大的战舰浮现，并锁定那只大手，随时准备发动惊天一击。

这艘超级战舰在等待最后的命令，看是否要出击！

此刻，几名老者各自在不同的地方，通过视频对话。他们正在争执，表情严肃，气氛相当紧张。

"秦家有些冒失，万一惹出了乱子，他们承担不起后果！"

"再看看吧，这也算是一次尝试。"

"在正常情况下，他们连精神显照都很难，无法大范围干预现世。一旦他们付出代价，强行融入真实世界，理论上我们可以除掉他们！"

毫无疑问，超级财阀与顶尖组织对列仙的研究越来越深入，对神话的解密越来越多了。

尤其是近期，他们挖出了一批珍贵的古籍，洞彻了某些惊人的真相，远不是普通人所能想象的。

"老钟呢？断线了吗？怎么一声不吭？"

"谁在喊我？年岁大了，精力不济，刚才打了个盹儿。算了，我还是不参与了，人都老糊涂了，就不掺和了，你们年轻人决定吧。"钟家老头子迅速断线。

剩下的几名老者无语，腹诽道：这果然很"钟庸"！

很快，另外一名老者打了个哈欠，道："这事儿我了解得不多。你们秦家突然出手，我没什么好的建议，不参与了。"

时间不长，先后有三人离开。

最终，几名老者同意了，允许秦鸿开火。

所有这些事都是在极短时间内发生的，新月上的尖叫、慌乱还未结束。

那只由光雨组成的大手中，铁屑洒落，像流沙般坠向大地。

轰！

深空中，一道刺目的光束迸发，伴着极其恐怖的能量，打在那只由光雨组成的大手上，有可怕的云雾出现，天空忽明忽暗。

最后，那只大手竟瓦解了，化成凄艳的红光，瞬间熄灭。

人们震撼无比，今日一再见到大场面，那只仿佛属于神魔的大手被打穿，在高空中消失了！

"战舰打列仙?！"连王煊都忍不住惊呼起来。他以前想到过这种场面，却没有料到这么快就会在现实中见到。

这一刻，秦诚想返回旧土了，他面无血色，道："新人瑟瑟发抖中。我今天都看到了什么？科技与神话的碰撞，动摇了我固有的思维认知！这还是我了解与认识的真实世界吗？"

王煊心潮起伏，无法平静，自己居然看到这样一幕！

同时，他也注意到，在那只大手与战舰碰撞的过程中，两大祖庭虽然在发光，但是没有什么动作。

"老王，怎么办？"秦诚心里确实有强烈的不安，谁能想到新月这里竟会发生大战，一不小心他们可能都会死。

王煊皱着眉头，道："老张现在很安详，我们暂且静观。若有变，王与张共天下！"

目前，本土教祖庭很宁静，王煊觉得不妨沉住气，冷静面对。

秦诚张口结舌，看了看深空，又看了看脚下的新月，他觉得王煊不是坐飞船来的，而是从外太空飘来的！

他早就听到了，祖师殿中哐哐响个不停，那里绝对不安宁！

深空中，秦鸿额头上有些冒汗，尽管他下了命令，但内心还是有些紧张的。

一时间，他乘坐的飞船中寂静无声，没有人说话，大家都在等待，想看一看麻烦是否已经解决了。

一秒钟，两秒钟……

直到三十秒钟后，大屏幕上再次浮现异常景象，光雨出现，并且沸腾了！

"不怕，只要冲出来就打！"秦鸿发狠地说道，同时他吩咐下去，让那艘超级战舰注意收集各种数据。

显而易见，他今天这么激进，不是他一个人的决定，而是得到了部分人的认可，这是在试探，更是在检验成果！

"他们难以进入现世，如果非要付出惨重的代价显圣，想干预现世，就需与真实世界相融。"

沸腾的月坑中出现模糊的轮廓，那是个人形的生物。那个生物猛然掷出一柄银斧，锋利的兵器在光雨中冲出月坑。

遥远之地，战舰发出刺目的光束，轰在那柄巨大的斧子上，最终那柄银斧崩开了。

月坑那里，光雨密集，冲霄而起，最后凝聚成朦胧的身影，有生灵冲入深空。在半路上他一招手，银色斧子碎块重聚，他手中再次出现一柄斧子。

"管你是什么东西，出现在现实世界，就需要动用现世的物质能量，与真实世界融合，这也意味着，你全身都是弱点！"超级战舰中有人低吼，疯狂开火。

那朦胧的身影移形换位，但是依旧被打中。这并非其真身，而是通过一种付出代价后的显圣产生的影像。

在现世中，他受到各种束缚，无法像神话传说中那般进行各种变幻，除了躲避，只能硬扛。

咚！

最终，这个庞大的身影被打得崩解开来。此时，银色的斧子临近超级战舰，砰的一声被打碎。

其中一块碎片撞击在战舰上，毁掉一个舱室，引发大爆炸。

"断开左前舱！"有人大吼。战舰晃动着，舍弃了爆炸的那个舱室，而后恢复平稳，悬浮在空中。

遥远的深空中，坐在飞船中的秦鸿通过大屏幕看着超级战舰的表现，身上的衣服都被汗水浸湿了。

当最后一幕出现时，他长出一口气，无声地笑了起来。

他等了十分钟，都未见到异常景象出现。

秦鸿冷笑道："消亡的终究回不来了，等蕴含X物质以及N物质的武器出世，人间将会更精彩更璀璨。这是属于科技的时代，属于早已掌握所有的我们的时代！一切陋术都将暗淡无光！"

王煊盯着月坑，深感不安。因为两大祖庭都在发光，光芒极其绚烂，几乎要将整片基地笼罩。

　　可惜，其他人都看不到。

　　月坑那里的异象也不见了，普通人无法再看到真相。

　　王煊心悸不已，心脏如擂鼓般剧烈跳动，精神领域激荡。他低语道："神话传说难道大多发生在精神世界中吗？"

　　一些景象映现在他的精神领域，至于常人则无所觉。

　　新月地下的神秘事物浮现，出现在地表之上！

第117章
大幕后的世界

王煊心头沉重，脸色前所未有地凝重。他终于确定那是什么了，果然与早先猜想的差不多。

大幕！

那里一片朦胧，比他以往见到的更为壮阔、迫人，毕竟，它现在真正要接近现世了。

王煊第一次接触到这种东西时，险些出意外。当初，内景地深处，大幕的后方，撑着油纸伞的红衣女妖仙差点儿打穿大幕。

现在，他居然在真实的世界中看到了这种东西。

地下的光还在蔓延，向新月地表扩张，王煊看到的景物由模糊而渐渐清晰。

大幕后的世界怎么能在现世中出现？

突然，王煊有所觉，又看到了不一样的东西，他恍然大悟，意识到了这里究竟是怎样的状况。

大幕逼近现世，地下的光在扩张，也有一部分幽寂之地从那月坑中慢慢浮现，逐渐来到地表。

那里安静无声，总体来说，它是暗淡的，也是深邃的，竟是一片内景地！

它像是一块阴影，与明亮的大幕相连，这是在接引什么生灵回来？

内景地还没有彻底显露在地表，但王煊已经看到部分真相，那里面竟有……一只手。

一只穿过大幕的手探入内景地中，似乎努力了很多年，要从幕后的世界过来。

王煊看了看左右，没有一个人能够见到月坑中的异象，连本土教祖庭中的几位老炼气士也不例外。

他们都不知道，一个影响深远，或许会改变整个世界格局的可怕事件正在发生！

如果那个生物跨过来，谁也不知道会发生什么。

除非用超级战舰锁定那个生物，第一时间将其消灭，不然的话，一旦让其逃脱，熟悉了现世，后果难料。

那里越发清晰了，已经可以看到真实的景物。

大幕后的世界一片寂静，残破的废墟，遍地的瓦砾，还有倒下去的高山，看起来尽显破败。

那个世界缺少生机，连草木都很少，即便有一些植物，也快干枯了，总体来看非常荒芜。

尽管大幕在发光，但是大幕后面的世界是那样颓败与荒凉。

天空中悬浮着一些岛，这时竟有一座岛缓缓坠落，上面的亭台楼阁砸在了地面上，扬起漫天的烟尘。

而更远处还有城池，周边有村落，却看不到多少人，相当萧条。

由于大幕在逼近现世，因此这次大幕后方的世界比王煊以前所看到的更清晰一些，像是拉近了距离，映现在王煊的精神领域中。

这些都不算什么，真正让王煊震撼的是，紧邻大幕那里，有一个身材瘦长的男子！

男子披散着头发，眼睛凸出，且是竖生之眼，特征明显。

他的一只手从大幕另一边探到内景地，这似乎耗去了他太多的力量，他的身躯并不能过去。

在他身边还有几人，有男有女，这几人被云雾遮着，有些模糊，只能看出大概的轮廓。

有人持剑刺在大幕上，想帮助竖目男子将那里切开一个缺口，可惜无法成功。

在大幕这边，内景地暗淡，像是一片阴影，里面竟也有人！

有盘坐在那里一动不动的穿戴着古代服饰的修行者，也有穿着宇航服的现代人，甚至有穿着休闲装的人。

这着实让王煊惊异不已，怎么还有现代人在内景地中？

当看到一位月光圣苦修士时，他立刻醒悟了，那些现代人都是后来者，其精神体被带进了内景地中。

毫无疑问，那不是有血有肉的人，全是残存的精神体。

曾有四位月光圣苦修士接近月坑，其中三人的精神被灭了个干净，看样子有一人的精神被内景地中的人接纳与吸收了。

内景地中有个特殊的老者盘坐在那里，在其后方竟是一具枯骨，坐姿与老者一模一样。

枯骨是真实的，不在内景地中！

王煊看到这里后汗毛倒竖，觉得自己明白了真相。

那个老者可以开启内景地，像是一把钥匙，沟通了大幕后的世界，两者连在一起，这是在帮列仙锚定现世？

王煊头皮发麻，这个老者现在的处境，预示了他自己一旦被人制住并利用的下场！

甚至，他比那个老者更吸引古代大坑中的那些人。

因为，现阶段的他还未真正成为超凡者，就能够开启内景地。

他盯着那个老者仔细看，老者周围还有一些中年人以及年轻人，他们都穿戴着古代服饰，其座次像是按身份排的。

仔细观察后，王煊觉得这老者似是一教之主，可开启内景地，其他人大概都是教中的门徒。

至于那些待在边缘区域的现代人，则是后来被吸附进去的。

老者的枯骨盘坐在内景地之外，早就没有生命气息了，却是现实之物，与他的精神体有联系，十分重要。

那具枯骨生前似乎很强，骨头洁白，带着光泽，看起来居然很神圣。

"该不会接近羽化层次了吧？"王煊猜测道。

"其精神与内景地附着现世的真身遗骨，而大幕后的人通过内景地间接触及现世，想要回来！"王煊的脸色阴晴不定。

他警醒自己：以后一定要更加小心谨慎，不能被古人盯上，不然下场可能会很惨。

这位可以开启内景地的老者是怎么来到新月上的？是列仙所为，还是有其他手段？

想到这里，王煊的疑惑更多了：老者是旧土的人，还是本就是新星这边的古人？

到现在王煊都不知道新星是什么状况，只知道它适合人类居住，与旧土环境相近，且生机勃勃，物种繁多。那里早先有没有人类？

他再次盯着月坑那里。

那片幽暗的内景地明显有问题，随着大幕中那只手的挣动，内景地像是漏气的球体，缓慢缩小。并且，里面的精神体也都暗淡了不少。

不知道这片内景地与大幕后的世界相连多久了，显然，这对内景地里面的精神体影响很大，他们正逐渐变得虚弱！

王煊可以感应到，内景地中的神秘因子极其稀薄，与他往日所见的相比，那里简直是一片贫瘠之地。

月坑中的内景地被那只手消耗得太厉害了，根本不是养生之地，反而是夺命之所！

大幕后方几道身影都动了，竟真的想助竖目男子强行过来，几人利用兵器劈砍大幕，产生剧烈的震动。

这样做的确有效果，毕竟竖目男子的一只手已经探过来了。他们不断进攻，导致这边的内景地飘摇着，随时可能会破碎。

最终，几人停下了，而那个竖目男子则猛力张开那只手，有光芒透出内景地，直接射向新月基地。

那种光束像是潮水，向防护层这边冲击。

但是，不等那光芒真正进来，本土教祖庭中就有刺目的光芒散发，无数的符箓浮现，凝聚成一方大印。

轰！

王煊感觉头晕脑涨，精神领域差点儿炸开。只见那方大印朝月坑砸去，将那潮水般的光芒全部击溃了。

同一时间，苦修门祖庭那里出现一个万字符，也轰向月坑。

那只大手发出的光全部熄灭！

月坑中，竖目男子发出一声无力的叹息，像是对干预现世失败而感到无奈，也像是对自身付出惨重的代价却未果而感到失落，甚至有些绝望的意味。

"阳平治都功印！"

王煊吃惊地望着本土教祖庭，那里有一方大印在发光，它发出的漫天光芒落入月坑中。

阳平治都功印在典籍中有清晰的记载，并且这东西没有遗失，一直保留到现在。

它是张仙人的专用印，也是本土教的至宝。

王煊惊叹，这东西保留在这里，也是难得了，财阀居然没有将其据为己有，看来一百多年前确实有高人在这里布置。

月坑中的生灵低吼一声，再次动了，依旧是白茫茫如潮水般的光束涌来，可惜，那光芒再次被阳平治都功印和万字符击溃。

极其可怕的事情发生了，那片内景地经不起这样的剧震与消耗，慢慢地瓦解了。里面的精神体张了张嘴，什么话都没有说出，全都消散，什么都没有留下！

这绝对是惊人的超凡之争，但普通人什么都没有见到。

王煊心有感触，真实的世界有各种神秘莫测的事，他所见到的恐怕仅仅是真相的一角。

"终要消亡吗？"月坑中传来声音，王煊居然听懂了，不禁一阵愕然。

很快他明白过来，不是自己理解了那种语言，而是那个竖目男子的精神在波动，修成精神领域的人便可感知其意。

一瞬间，王煊觉得陈永杰是个坑人的家伙，当初陈永杰还忽悠他，说自己研究过两千多年前的江南古语，所以能理解红衣女妖仙的话。

现在看来，完全不是那么一回事儿！

随着内景地消散，大幕淡去，幕后的世界逐渐模糊，最终消失不见。

"羽化的不绚烂，人间的依旧鲜艳……"大幕后的竖目男子发出最后的吼声，心里充满绝望与不甘，满头发丝飞舞并化为赤色，像耀眼的岩浆倾泻而出。

旧约的代价与报复

深邃的星空中，一艘银色的飞船内，秦鸿安静地等待着，他并未接到异常报告，新月很平静。

"这是科技的时代，就算有神明，也将从我们之中诞生。"他自言自语，眼中有火光在跳动。

不久前，几大组织从古代的神秘洞府中挖出来的那批典籍实在太珍贵了。

他们组织一大群学者破译，解析羽化，研究超凡，获得了惊人的秘密。

"列仙渐渐消亡，最终也活不过来。而我们脚下的路却通向未来，将触及真正的长生。"

秦鸿站了起来，声音铿锵有力。他通过大屏幕望向浩瀚的星空，坚信未来值得期待！

他有信心，更有足够的底气，现在的超级战舰只是雏形，以后还会升级，今天的实战测试非常完美。

"至于个体力量的方向，我们有更好的选择。"

秦鸿相信，他们掌控的生命研究所将持续突破，不久后会有烈阳圣苦修士出世，将来还会诞生终极圣苦修士！

"有些人如果找不到自己的定位，很快就会被扫进历史的尘埃中！"

秦鸿十分冷漠，他想到了旧术领域和新术领域的人，如果他们不听话，要他们何用？！

他的神色越发冷酷，觉得该与一些财阀、大组织协商，制定规则，对某些领域的人有所限制了。

在璀璨的科技文明下，要那些人有什么用？他们只需研究"续命"这个课题就足够了，如果去追求个体的破坏力，那就是毒瘤！

这不是秦鸿一个人的意思，几家财阀都明确表达过这个观点，现在的社会不需要过于"危险"的人出现。

虽然也有一部分财阀投身于那些"术"中，希冀将超凡力量掌握在自己的手中，但这与他们制定规则、限制那些"危险"分子并不矛盾。秦家也在追求这方面的力量，走的是基因超体路线。

月坑崩解，不断下沉，禁地被毁灭了。

大幕逐渐消失，那个人与他身后的世界淡去，成为虚无。

可是，最后一刻，王煊又听到了他绝望的低吼声："旧约，是我负了你，还是你负了我？代价给你！"

这又是什么状况？

然后，王煊看到，那彻底暗淡的新月表面，有一只大手断落。

接着那只手掌一分为二，其中有五分之四的部分炸开，化成光雨，向基地这里洒落而来。

这次人们看到了光雨，都露出惊色，眼睁睁地看着光雨没入防护层中，想躲避都来不及。

无论是本土教祖庭还是苦修门祖庭，这次都没有对抗，不见阳平治都功印发威，也不见万字符显化。

王煊二话没说，抽出短剑抵在身前，又将秦诚一把拉到身边，紧张地盯着半空。

那模糊下去的大幕最后一闪，像横移亿万里，彻底远去，消失得无影无踪。

剩余的五分之一手掌则冲霄而起，眨眼间没入深空。

普通人依旧没有看到断手，只看到奇异的光雨。

"这是代价，也是报复啊！"王煊抬头，猜到断手去了哪里。

远去的手掌疾速而行，开始燃烧，沿途洒落光雨。

毫无疑问，月坑中的生物需要与真实世界相融，才能动用这里的力量干预现世。

超级战舰扫描到异常能量物质，警报长鸣。

"挡住那片光雨，开火！"

"启动曲速引擎！"

然而来不及了，那片光雨到了近前，尽管超级战舰击散了光雨，可是警报依旧在长鸣。

他们看不到那只断手！

许多人惨叫起来，精神被冲击，一些人当场死亡。

"开启防护罩！"有人发出最后的大吼声，砰的一声，刚命令完，他的眼神就暗淡了，精神崩解。

最后，这五分之一手掌一分为二，其中一半显化出来，逐渐凝为光，轰的一声将整艘超级战舰轰碎。

深空中爆发出刺目的光，这个时候可不止一个组织在关注这里，而是有很多个，大家全都被惊到了。

原以为尘埃落定，一切已成定局，谁能想到最后又出现这种变故。

深空中传出叹息声，正是竖目男子的声音。他断落的手掌不可能长存世间，这是永久的失去。干预现世太难，他付出的代价很大，手掌马上就要消散了。

在毁掉超级战舰、冲垮那些人的精神后，他也得到了一个消息：深空中有人在一艘飞船中发号施令。

残余的少许手掌径直朝深空而去，尽管他知道可能来不及了，但依旧不想放弃。

秦鸿得到禀报，并通过大屏幕看到了最后的结果，吓得魂飞魄散。他已经命令飞船返航，此时飞船都快接近那艘超级战舰了。

"来不及了，距离我们太近，我已经看到那个发光物了！"有人大吼，那断掌眼看就要撞上飞船了。

"逃生舱！"一些人慌乱地冲向逃生舱。

事实上，秦鸿反应很快，第一个躺了进去。这些逃生舱都是单人舱，他快速启动。

残余的手掌实在坚持不住了，最终完全显化出来，融入真实世界，轰的一声将飞船砸爆。

这一刻，各大组织都捕捉到了这一画面，大家深感惊悚，好长时间都没有说话，心头十分沉重。

今天的尝试可谓大胆，起初检测结果很完美，但最后这两击让许多人心头浮现阴霾。

最终，秦家的人开口："没什么大不了的，歼星舰就快要问世了，而消亡的生物很难再现，更难对现世施加较大范围的影响。"

另一人附和道："没错，况且，我们在研究羽化，未来你我之中未必不会出现那样的人。"

很长时间，各方都在思忖，都在沉默，有些冷场。

因为这种事实在让人忌惮。

本土教祖庭中，秦诚道："老王，这是什么状况，新月居然下光雨了？"

"没事，跟在我身边，不要乱跑。"王煊手持短剑，那些光雨不沾他的身，也没有触及秦诚。

此外，本土教祖庭存放阳平治都功印的主殿中也无光雨落下，几个老炼气士也没受什么影响。

王煊立刻拉着秦诚走开，没让那里的炼气士看到他这里的异常。

来到街上后，他与秦诚发现了一个瘆人的事实：许多人居然丢失了一部分记忆。

"什么情况？我记得刚才防护层外面动静很大，我的记忆怎么渐渐模糊了？"

"有点儿奇怪，我有些健忘，好像遗漏了什么。对了，刚刚月坑那里出大事儿了，我居然快忘掉了。"

……

王煊知道，月坑已成为历史，一切都结束了，大幕后的世界已远去，彻底消失。

但是，最后的景象实在有些诡异，光雨洒落，这是在"净化"，让普通人忘记超凡吗？

王煊细细思忖，不寒而栗，列仙以一只断手的五分之四作为代价，居然是为了洗去自身的痕迹?！

旧约到底是什么东西？竖目男子竟为此付出这样的代价！

秦诚被吓得不轻，叹道："我只是个普通人，这辈子没什么野心，列仙列祖在上，你们不要在意我。"

王煊没搭理他，还在想刚才的事。

王煊不止一次看到大幕后的世界，但是每次都不同。

红衣女妖仙转身离去时，王煊曾看到她踏破庙宇远行，庙宇中断壁残垣，圣苦修士像倒了一地，但那片世界生机勃勃。

女剑仙所在的大幕后的世界也有旺盛的生机，剑光冲霄，她在那片天地中有敌人，曾与人战斗。

"老王，我有些恐惧啊。你看，这些人真的快遗忘不久前的事了，努力思索都想不起来。"秦诚不安。

王煊抬头，天上的光雨已经消失，他收起短剑。

他立刻意识到，财阀与各大组织如果知道这片基地此时的情况，肯定会顺势掩盖真相，毕竟这一真相过于离谱，容易引发大规模的慌乱以及各种热议。

"走，赶紧去公司看一看深空中到底发生了什么。"王煊说道。如果真相被掩盖，那么很多消息都将被抹去。

鼎武是一个大组织，主要从事安全服务，有雇佣军，有战舰，更有各种先进的监控设备。鼎武能在新月开设分部，装备肯定到位。

"超级战舰被打爆了，还有一艘飞船……也被那个发光物轰碎了！"秦诚目瞪口呆。

王煊叹道："行了，看完就咽到肚子里去吧，你我也装作什么都不知道。"

他再次来到外面，抬头仰望，这片浩瀚的深空充满了迷雾，他到现在也只是初步接触到一点儿真相。

旧约……锁真言。

王煊不可避免地想到了女剑仙说过的那几个字。现在看来，它锁的不仅是古人的真言，也是普通人所看到的超凡真相！

"黎琨，什么时候还我钱？"这时，秦诚一眼看到了那个让他深恶痛绝的部门负责人。

正在苦恼思忖、觉得自己遗忘了什么事的黎琨，闻言霍地抬头，道："转了，你查一下，已经到账。"

秦诚一看，果然早就收到了银行的消息，只是刚才那段时间，各种恐怖的事情不断发生，他根本没顾上看消息。

"老王，走，分账！"秦诚执意要给王煊转两百万新星币，自己只要三百万的本金。

王煊一口拒绝，道："这算什么，好像我在借你的事赚钱一样。"

"你必须要，这是你帮我追回来的。"秦诚执意要给。

王煊想了想，让他转了一百万新星币，等于"赚回来"的两百万两人平分。

"好了，你不要多说，再叽叽歪歪，我就不要了。"王煊说道，并告诉秦诚，自己准备订船票去新星。

"什么，老王你要走了？不等等我吗？我大概还有半个月也能去新星了，现在不会有人卡我了。"秦诚说道。

秦诚现在心中没底，今天新月居然爆发大战，古代列仙对上现代战舰，这事别人可能会遗忘，但他这辈子都不会忘记。

很难说这新月上还有什么，他觉得王煊很神秘，关键时刻靠得住。

"放心吧，月坑里没东西了。"王煊告诉他，以后都不会有什么事了，他尽可安心。

　　王煊必须走了，今天目睹了这样的事，他有种紧迫感。世界那么大，而真相才向他揭开一角。

　　他想立刻去新星，去密地，"真实的世界"很恐怖，他需要尽快提升自己。

　　另外，三年这个期限真的不算长，今日所见让他心头沉重，那些问题远比他想象的要严重！

初临新世界

王煊是个行动派，恨不得立刻订船票前往新星。

但考虑到财阀与各大组织可能会顺势而为，封锁新月上的真相，他只能暂时按捺冲动，原地等待。

财阀与各大组织很果断，很短的时间内，躁动还没平息呢，就有数艘大型飞船登上了新月。

然后，负责人带领新月分部的人开始行动。秦诚就听从命令，配合鼎武组织处理各种监控设备。

"那么多人丢失记忆，真是令人毛骨悚然啊。"这次行动的负责人神色凝重。

他们动作很快，迅速处理了相关装置。

"出事时，新月与新星间的信息传送被切断了，所以问题不大。"

"不可能完全保密，在这个时代，连银行系统有时都会受到威胁，何况是已经发生的大规模泄密事件。"

各大组织很清楚这件事的最终走向与结果。

大部分人失忆，这至关重要。只要主流报道一口咬定新月上在试验新型武器，把握好舆论风向就足够了。

至于少数人揭露真相，没那么大的影响，因为新星每天都有关于域外文明的各种消息在传播，千篇文章难存一真。

"真要走了？"秦诚叹气，与王煊短暂相聚几天，他还真是舍不得，独在异乡，他有时倍感孤独。

虽然距离留在新星的目标很近了，但他开始怀疑自己的选择是否正确，父母、女友都在旧土，有一天他是否会因此失去很多东西？

"别跟生离死别似的，新星再聚。"次日，王煊就已订好船票，立刻就要动身。

秦诚送他，两人从特聘顾问带小院的房屋走出来时，正好碰到一个女人。

"你在新月的女朋友？"王煊瞥了秦诚一眼。

"根本不是。"秦诚心中有气，这次他没隐瞒，告诉了王煊一些事。

黎琨勒索三百万新星币也就罢了，他的一个远房侄女也来凑热闹，明面上是与秦诚交朋友，实际上是让秦诚给她买各种名包与化妆品。

"和她叔叔一样贪婪，她要的东西都是顶级名牌。"秦诚不忿。

王煊怀疑这些顶级名牌是他认识的那些人的家族产业的分支。

"你真给她买了？"王煊恨铁不成钢，要知道，那些都是奢侈品，动辄数万甚至十几万新星币。

"有求于人，能有什么办法？"秦诚叹气，见王煊瞪眼就要去找那女人的麻烦，他赶紧拦住了。

秦诚低语道："没事，那是我托和我家有生意往来的贸易团队从旧土捎过来的，全是假名牌。结果她美滋滋的，有段日子还真有点儿要黏上我的意思。"

王煊瞥了他一眼。

"放心，我没搭理她的各种暗示。"秦诚拍着胸脯，发誓对得起女友，并说黎琨的侄女人品有问题。

"第一次见面吃饭时，她就直接带过来两个所谓的男闺蜜，选最贵的餐厅，点了一大桌子菜，还大刺刺地说那天是她一个男闺蜜的生日。"说到这里，秦诚又气得不行，觉得窝火。

"你忍了？"王煊停下脚步，他觉得秦诚的应对方式有问题，自己有必要教导一下秦诚，甚至教育一下那个女人。

秦诚叹气，道："当时，她又加了几个很贵的菜，加上服务费，那一桌足足两万多新星币。"

王煊受不了了，真想先教育他一顿，实在太窝囊了。

秦诚快速道："后来，我去前台选了些顶级的礼品，生了一肚子气先走了。"

"你付账了吗？"王煊问他。

秦诚摇头，道："没有啊，我一个人哪有他们三个吃得多，还给他们结账？自己吃自己埋单！嗯，礼品也是他们付账的。"

王煊无语，看来不用他出头了，就算他出面也不能处理得更好。

"从这以后，她经常向我要名牌包！"秦诚说道。

王煊懒得理他那些破事儿了，看来他虽对付不了黎琨，但应付那女人绰绰有余。

秦诚将王煊送到新月的飞船基地，用力挥手告别。

"女士们、先生们，欢迎您选乘星河联盟成员中庸深空公司……"

王煊坐上飞船后，听着这样的播报，十分怀疑这是钟晴家的产业之一。

他深刻意识到，财阀与各大组织的触角伸到了各行各业，到处都能见到他们的身影。

王煊要了一杯水，然后闭上眼睛开始研究记在心中的那部精神秘本。

它只有两页，短短数百字，可以说每个字都不能忽略。

经文名为"元炉锻神"，不知道是哪家的精神秘籍，主张以"炉火"锻炼精神，最终，元炉能锻炼出最精纯的极其旺盛的精神。

王煊以前从未接触过主修精神的法门，他不知道这篇经文的等级，决定先练，以后如果有更好的再换。

"尊敬的旅客……"飞船上的空乘人员提示飞船即将抵达新星。

王煊讶异，他闭上眼睛没多长时间，研究经文刚入神而已。

他在飞船上只喝了半杯水，还想着顺带解决午餐问题，没想到这么快就到了。

难怪新月上的观光旅游业十分繁荣，主要是新技术突破了空间的限制。

新世界，我来了！王煊在心中喊道，抛下其他念头。

元城，摩天大楼一幢又一幢，有些大厦仿佛高耸入云霄，一艘又一艘小型飞船在空中穿梭。

中低空的是悬浮车，它们有序前行，都有特定的航道。

新星的生活节奏非常快，人们行色匆匆，出行都会选择速度较快的工具。

王煊没有去鼎武组织在这座城市的分部报到，身为特聘顾问，他较为自由，打个招呼就可以了。

他这次是为密地而来的，不想在其他事上耽搁时间。

元城的中心区域有些钢铁丛林的味道，各座大楼的顶部都有飞船停着，许多组织的分部都设在这里。

稍微靠外一些的则是商业区，繁华而热闹。

再向外居民区较多，即便是高大的建筑上也有很多植物，天台被开辟成花园，阳台修建得很开阔，遍布着绿植。

生活区域中自然也少不了商业地带，但这种商业地带没那么大的客流量。

王煊首先要安顿下来，然后去了解密地，想办法悄无声息地进去。

他有些不适应这里，乘坐悬浮车与飞艇居然要人体识别，可是他根本没有录入过这些信息。

路边一个年轻的姑娘走来，她异常漂亮，齐耳的短发显得很清爽，笑起来时漂亮的眼睛弯成月牙状，牙齿洁白整齐。

"先生，要帮忙吗？"她很阳光。

很快，王煊明白这是有偿服务，她可以当他的向导，为他介绍工作，帮他租房等，每小时一百新星币，价格很贵。

王煊初来新星，对一切都很陌生，确实需要一个向导。

"虽然录入身体信息后可以免费乘坐各种短途交通工具，但是新星很多人很注重隐私保护，所以大多用智能通信设备消费出行，这很简单，您只需……"

姑娘很热情，也很细心，带王煊购买新星这边的智能通信设备。其实，这种智能通信设备就是手机，但确实比旧土的先进，能立体投影、仿真面对面交谈等。

"您放心，如果没有触犯法律，危害社会，为了保护隐私，您的智能通信设备不会被定位与追踪的。"

王煊信这些才怪呢，旧土的大数据精准地掌握了个人的所有痕迹，现实中随口的一句话，都会引来一些网站推送相应的购物信息。

他估摸着，新星这边的人闹得厉害，各大服务商才迫于压力说不会侵犯公民隐私。

真实情况如何，想都不用想。但他觉得，这总比通过扫描虹膜等直接录入人体信息强得多。

一路上，王煊和这姑娘聊得很投机，了解到很多关于新星的事，虽然付费多，但确实值得。

新星的全称是希望新星，当年人们登上这颗星球时，对未来怀有无限憧憬与希望，所以就有了这个名字。

很快，漂亮的姑娘帮王煊租到了房子，并带他熟悉了附近的智能商场，购买了一些日常生活用品。

"小赵，你的全名是什么？有名片或联系方式吗？下次如果有需要，我还找你。"王煊说道。

这姑娘开朗乐观、细心周到，而他对这座城市还很陌生，估计还会需要她服务。

"我的全名是赵氏1025，这是我的名片，很高兴为您服务。"姑娘鞠了一躬，礼貌地离去。

"……"

王煊一个人留在原地，傻眼了。

他来到新的环境，不想对一个姑娘动用精神领域，怕不小心看到不该看到的，结果似乎出了问题。

这时，他放开精神领域，看到远去的姑娘身体内部构造竟是各种精密的部件与芯片，这是一个智能机械人。

与自己一路上聊得这么愉快的，居然不是一个有血有肉的人，王煊在原地出神很久。

他租住的这个小区环境很好，绿化率达到百分之七十，花圃中栽种着各种花卉，芬芳扑鼻。

道路两旁有很多大树，枝繁叶茂，不远处有凉亭，有水池，有小桥，风格接近园林式。

"欢欢，下来！"一个四岁左右的小女孩仰着头，对高楼上招手，十一楼那里有一只巴掌大的雪白小猫咪。

听到小女孩的话，那只小猫真的俯冲了下来。

王煊第一反应就是冲过去，想营救小猫，结果却发现巴掌大的漂亮小猫张开毛茸茸的双翼，滑翔了下来。

并且，在临近小女孩时，它用力舞动双翼，缓解下冲之势，很平稳地落在小女孩的怀中，逗得她咯咯直笑。

王煊讶然：这竟是新物种。

小女孩很漂亮，大眼扑闪，瞳孔呈罕有的淡紫色，连发丝都略带紫光。

突然，小女孩捂着胸口，小脸煞白，将雪白小猫放在草坪上，她自己则痛苦地蹲在了地上。

"小妹妹，你怎么了，你家大人在哪里，要我帮忙吗？"王煊赶紧走过去，并准备拨打新星的急救电话。

小女孩捂着心口，摇头道："不用的，这是老毛病了，天人五衰病，休息一下就好。"

王煊惊愕，这病……有点儿吓人！

小女孩看了他一眼，低头小声道："我是新星的原住民。"

王煊惊异，他对这个新世界知道得太少了，看来要花一些时间去了解。

第 120 章

新星原住民

新星上竟有原住民，这确实让王煊一愣，因为他在旧土时从没有听说过，这是被故意遮掩了吗？

他轻叹一声，当年开发新星时应该有很多"故事"，外来者的双手不知道是否染上了鲜血。

他希望，当年旧土的悲剧不要在这里重演。

不过如今说什么都晚了，已经过去一百多年，该发生的事早就发生了。

他能说什么？只能在心中同情。

一时间，他看向小女孩时，目光格外柔和。不知道原住民还剩下多少。

"你真的不要紧？"王煊有些担忧，这个孩子痛得洁白的额头上满是冷汗，竟生生忍住了，没有哭，也没有喊叫。

他取出手机就要拨打急救电话，他不怎么信一个孩子的话，万一出事那就太遗憾了。

"叔叔，没事，我休息一下就好。"小女孩摇头拒绝。她面孔精致美丽，细长好看的眉毛微蹙，虽然仅四岁左右，但是很有主见，或者说很坚毅。

"喵喵喵！"巴掌大的雪白小猫很有灵性，拍着毛茸茸的双翼，在地上绕着小女孩走，似乎很不安。

"乐乐！"一个女子出现，人很漂亮，二十七八岁的样子，肤色白皙，齐肩的中长发略带紫色，而瞳孔则更趋近黑瞳。

她快速跑来，轻柔而谨慎地抱起小女孩，不断细语安慰，轻轻拍着小女孩的后背，脸上既有忧色，也有母性的光辉。

看到小女孩痛苦的神色，她的眼里出现泪光，恨不得能够替代小女孩。

远处有人在低声议论，说这是绝症。

以王煊的感知能力，他自然听到了——小女孩很不幸，最多只能活到五岁。

听到这些，王煊又惊讶又觉得她可怜。

有其他人走来，问年轻女子和小女孩要不要去医院，年轻女子摇头，泪水终于忍不住落了下来。

"妈妈，你不要哭，我马上就好了。"小女孩忍着痛，反过来安慰女子，异常懂事。

然后，她伸出小手帮妈妈擦泪。

王煊最看不得这种情景，心中某个柔软的部分被触动，他轻轻叹息，运转先秦方士的根法，尝试调动体内的神秘因子。

这种神秘因子外人看不到，但他的精神领域可以捕捉到。点点小雪花般的物质飘落，被他小心而谨慎地送到小女孩的身体中。

然而，他吃了一惊，这个柔弱而懂事的小女孩五脏间像有什么极其难缠的物质，将神秘因子消融了！

他还是第一次遇到这种情况，神秘因子疗伤效果极佳，不至于如此才对。

他为了练张仙人的五页金书，五脏曾出现过细小的裂痕，但得这种物质滋养后，很快复原了。

他内心大受震动，难道小女孩所说的天人五衰病不是胡言乱语，真的有什么讲究不成？

王煊又注入一些神秘因子，他发现小女孩的痛苦减轻了，神秘因子多少管点儿用，但是难有更大的效果。

不久后，小女孩慢慢恢复，不再痛苦，她趴在妈妈的怀中，很长时间都没有动。

直到最后，她才轻声道："妈妈，你给我生个弟弟吧，如果我不在了，让他陪着你好不好？"

听到这种话，年轻女子受不了了，泪水夺眶而出，强忍着心痛，用力抱紧自己的女儿，匆匆向家里跑去。

"喵喵！"那只巴掌大的雪白小猫跟在后面，一路追了上去。

附近一些人轻叹，他们都住在这个小区中，显然对小女孩的情况有些了解。

在新星科技这么发达的情况下，那种病却无法根治，目前没有任何办法。

这些人轻声议论着，很同情小女孩。

"那是遗传病，小女孩的父亲两个月前去世了，她还不知道，以为她父亲出差了。"

"应该是遗传。这家人都很聪慧，父母都在顶级科研所上班，那小女孩别看只有四岁，比七八岁的孩子学东西都快很多，但是命运多舛……"

……

王煊租住的房子在二十五楼，他所住的这栋楼总共有三十层，这层采光相当好。

他开始在手机上搜索关于原住民的消息。

每当想到刚才那种情景时，他的心都会被触动，总会产生一种强烈的同情心，很难当作没看到。

如果能够帮上一把，他愿意伸手。

他找到一些很早之前的新闻，但点进去后发现是"404（不存在）"状态，全都无法打开。

随后，他找到一些消息，那些消息显然抹去了一些敏感的内容，但并没有彻底删尽。

有篇文章提及，旧土的人早年登上新星时，曾发现数千原住民，虽然发生了一些冲突，但双方很快就融合在了一起，和睦相处。

文章下面有人在讨论，提及原住民有某种遗传病。

后面的一则回复很惊人：那不是简单的遗传病，是天人五衰病，带着神话色彩。

可惜，再后面没什么人谈论了。

王煊又搜索了很长时间，终于再次发现一篇没有被"404"的文章，写得很有料。

旧土的人早期探索新星时，确实发现了原住民，但人口不多。

原住民的生育率极低，这是他们人口稀少的最主要原因。按照这个趋势下去，他们早晚会自然消失。

原住民大部分是紫发紫瞳，整体长相出众，学习能力尤为突出。

初见原住民时，他们住木屋，居于山林，从旧土来的人都被惊得不轻。

旧土的人认为，这群人的基因相当优秀，应该尽快与其融合。

当年，原住民称自身是真仙的后代，让来自旧土的人不能不多想。

文章提及，有些出名的财阀祖上曾与紫发紫瞳的原住民通过婚，但后来再也不敢了。

原住民有某种可怕的遗传病，没有任何办法医治。

有的人年幼时就会表现出来，有的人则成年后才会出现症状，一旦发作便活不了几年。

病变只在五脏间。

即便后来技术越发成熟，可以换人造器官，但他们依旧会死，而且与传说中的天人五衰的描述相近，死时身体污臭。

王煊看得一阵出神，这种病居然连现在的医学都无可奈何。

他轻叹，爱莫能助。

王煊安顿下来，接下来的两日，他先熟悉新星的一切，而后专心研究地图，准备进密地。

陈永杰曾和他说过，密地应该在云雾高原，只有那里条件最符合，面积足够广阔，且是一片无人区。

陈永杰曾经认真研究过，觉得其他地方都不可能藏着密地。

王煊选择在元城居住，主要是因为元城毗邻云雾高原，从元城进入那片无人区很方便。

新星上，东方人力量很强大，大部分人栖居在最大的洲——中洲。

仅听这个名字，就知道中洲很东方化。一百多年前登上这颗星球时，来自旧土的东方人直接就起了这样一个名字。

当然，也有不少东方人定居在其他大洲。

中洲的西部就是云雾高原，整体海拔两千米以上，有些大山直插云霄，山顶终年是白雪，山腰是雾霭，山脚下则一片葱绿，生机勃勃。

可以说，在有些大山上常年可见四季景。

云雾高原面积有九百多万平方千米，一直没有被开发，是一片无人区，里面相当危险。

陈永杰每次来新星，都会拎着黑剑跑进云雾高原，目的自然是找早年的福地以及后来的密地。

按照陈永杰所说，除了福地、密地外，还有几个神秘的地方，他不信邪，不认为找不到。

他给王煊特别标注了一下，如今云雾高原只剩下几片区域有嫌疑，王煊去那几个地方寻觅就足够了。

"老陈，你到底靠不靠谱？别忽悠我一个人在无人区中乱闯。"王煊决定一天后就出发！

这两日，他数次看到那个小女孩乐乐。乐乐漂亮可爱，非常懂事，每次都抱着她那只雪白的小猫咪，甜甜地喊他叔叔。

王煊叹息，这孩子太可怜了，据说她过早地发病，活不过五岁，在这个世上生活的时间大概率超不过半年了。

"叔叔，晚上你去看星星鱼吗？"王煊再次在楼下看到乐乐时，她仰着头问道。

"什么星星鱼？"王煊笑着问她。

刚来新星，他了解的都是与生活有关的事，同时在为探密地做准备，其他暂时没顾上，还不如一个孩子知道得多。

"一种非常漂亮的鱼，也叫灯笼鱼。现在是它们洄游产卵的季节，它们从下游一路向西而来，直到临近云雾高原才停下，非常壮观美丽。现在它们游到元城附近了，晚上你要不要一起去看？河两岸很热闹，全是游河赏景的人。"

乐乐不被病痛折磨时，活泼开朗，条理清晰，像个小大人一样在那里介绍。

她告诉王煊，元城外的河段位置得天独厚，每年慕名来欣赏星星鱼的游客不计其数。

"我一岁时、两岁时、三岁时，爸爸妈妈都带我去看过。可惜，今年爸爸出差了，不知道什么时候回来。今年只有妈妈带我去。"

她多少有些失落，但终究是小孩子心性，很快就开始憧憬晚上的美景了。她根本不知道父亲已经离世两个月了。

王煊毕竟只与乐乐熟，与她的母亲不过见过一面，为免引起误会，自然不可能和她们同行。

但他晚间确实出城了，果然有很多游人，隔着很远，就可以看到河岸上到处都是人影。

周河是中洲排名第五的长河，在元城外的这段格外壮阔。

很快，王煊就受到了震撼，真的漫天都是"星星"，灿烂无比，从河面到高空全是"星辉"。

这种鱼冲出水面后，会迅速鼓胀起来，并且会发光，像一盏又一盏漂亮的灯笼悬浮在水面上方。

一些"小灯笼"被刚跃出水面的同类冲撞，会飞到更高的空中，漫天都是光源，极其绚烂美丽。

远远望去，整条周河上下都是"星光"，格外壮观。

"我来到新星后，一门心思想着进密地，忽略了生活中许多美好的东西啊，这种美景确实值得一看。"

在长长的河岸边，王煊转了一个多小时，猛然间，他赶紧转身，因为他看到了熟人！

真让乐乐说对了，每年这个时节有许多外地游客慕名来赏美景。

王煊看到三个女人走在一起，有说有笑，看起来很融洽。那三人怎么凑到一起了？

　　她们都曾想找他合作，极力拉拢他进她们各自的探险队，居然在这里遇上了。

　　他躲开了，他暂时不想与她们相见，只想悄然进密地。

　　不久后，他发现了乐乐与她的妈妈姜雪。

　　"妈妈，你怎么哭了？"乐乐仰着头看姜雪。

　　乐乐今晚穿得很漂亮，一身紫色的小裙子，淡紫色的长发在微风中飘起，大眼明亮，精致可爱，像是童话里的小仙子。

　　姜雪快速擦去眼泪，将她抱了起来。

　　"妈妈，你是想爸爸了吗？我也想他，但你不要哭呀。"乐乐说道，表现得很懂事。

　　接着，乐乐也有些沉默了，很长时间后才轻声道："妈妈，你是不是担心我活不长了？没关系的，我如果离开，会化作星星鱼，每年都来看你们。以后，你和爸爸每年也来这里看我。过段时间，你们生个弟弟，让他陪着你们，他一定很可爱。将来你们把他带来，让我也看看他。"

　　姜雪抱紧乐乐，不想让女儿看到自己落泪，她面对周河，不断有泪水滑落。

　　王煊转身，不忍看下去了。他一声叹息，刚才他还觉得自己错过了路边的风景，现在却越发地坚定，要早日踏入超凡。这美丽的红尘、壮阔的周河、无边的"星光"，绚烂中掩映着一些人的泪光。

第 121 章
密地的真正位置

羽化的不灿烂，回望身后，却是灯火通明，人间万象生动鲜艳。

红尘的慕长生、叹悲苦，生老病死，一路多哀愁，不得解脱。

王煊行走在周河畔，看大河壮阔，波光粼粼中映着一轮明月，无数"灯笼"挂夜空，接连漫天星辉，与人间共璀璨。

周河，西起云雾高原，一路向东流去，在湍急拐弯处也有惊涛拍岸。

王煊沿着大河走了很久，沿途看到了很多人，也见到了各种景。他今夜心有感触，努力遥望自己的前路。

人在红尘中，谁不想活得灿烂？他还是一个青年，不可能有离尘遁世的心态，自是要多姿多彩地走上一遭。

关于修行路，现在看来，固有的那些可能都有弊端，存在一些问题。

他还年轻，拨开迷雾，就会探索出属于自己的绚烂未来，前提是，沿途不能落进古人的陷阱中。

周河在这个时节非常热闹，有些像古代的上元节，到处是观赏灯笼鱼的人。

王煊又一次远远地看到了那三位熟人——吴茵、钟晴、李清璇，三人居然可以和平相处。

前面两人，他算是比较熟了，接触过多次。那两人几乎每次见面都会有一场唇枪舌剑。

第三个女子李清璇，发丝自来卷，丹凤眼，在旧土曾与王煊见过一次面，并拉拢过他。

她与凌薇不对付。王煊觉得当时她的拉拢也有其他方面的思量。

吴茵与凌薇关系不错，但在旧土同李清璇相处得很平淡。

现在这三个人竟然走在一起，共游周河畔，看星星鱼漫天飞舞，该不会已放下成见，想要合作吧？

难道密地中有什么变故？王煊思忖，明天他就会动身去寻找密地，等进入密地就知道了。

星月下，王煊远去，返回元城。

回到住所后，他突然想到一个问题：被"404"的关于原住民的部分消息，该不会涉及财阀隐私吧？

晚间，他见到乐乐，又看到三个相识的女子，不可避免地产生了一些联想。

当年，有些财阀曾与原住民通婚，如今他们的后代中，是否偶尔也会出现患天人五衰病的人？

他认为有可能，所以有些文章被删除了。

次日，王煊背起包就走，径直向云雾高原进发。

无论在什么年代，都有很多人热衷于去野外探险，还有人以此为职业，进行野外直播。

王煊乘坐飞艇来到西部的无人区外围，元城有固定的专线到这里，倒也便捷。

前方，地势渐高，一片葱绿，生机勃勃。

即便在外部，人们也能够看到远处有些高大的山峰上覆盖着白雪。

"兄弟，你这身装备不行啊，不适合去云雾高原。"路上，一位资深的探险主播凑过来拍摄取景。

王煊避开，一闪身没入林地不见踪影，他不会让自己进入镜头中。

"看到没有？一个菜鸟，刚上云雾高原就这么猛地向前冲，一会儿身体肯定吃不消。走，跟我一起追踪下去，给你们拍摄下新人冒失行动后累到吐的场景。"

资深主播很自信，大步追了过去。因为在直播，他要对得起那些观众，必须追上那个所谓的菜鸟。

最终，他自己累到吐，终究没有看到那个新人。但他依旧不承认自己翻车，说那个菜鸟可能迷路了，在别处吐呢。

云雾高原实在太壮阔了，有九百多万平方千米，无比广袤，一般的人真不敢深入。

王煊在外围还看到了一些人，但深入有猛兽出没的地带后，就很少看到冒险者了，偶尔才会看到人类留下的一些痕迹。

夕阳下，云雾高原上林木丰茂，各种野生动物开始出没。除了一只很大的猛禽一直在盘旋，追逐王煊的身影外，晚霞中一头类似熊的生物出现，发现他后直接向他冲来。

它长着一身红色的毛，格外雄壮，有一千两百斤以上，在林地中快速奔跑时，动静特别大，将附近的飞禽走兽都惊跑了。

王煊起身，没有躲避，反而有些期待。他早就听闻密地中有各种凶物，他或许接近边缘地带了。

这头类熊生物临近后，直立而起，一巴掌向前拍来，这要是一般人肯定会没命。并且，它张开了血盆大口，向前撕咬。

砰！

尽管见到新物种，但是王煊没惯着它，一巴掌反拍了过去。

嗷——

满身红色兽毛的类熊猛兽惨叫，那只巴掌向后收，不解而恐惧地看着对面的人。

事实上，王煊已经手下留情了，不然的话，类熊生物的巴掌就被打爆了。

"来，给我当坐骑试试看。"

这是王煊成为宗师以来，第一次看到超大型猛兽。

平日他也听过一些古代传说，列仙骑神兽出行。他现在比不了，骑坐普通猛兽总行吧？

现在，他来了兴趣，准备骑这头类熊猛兽闯云雾高原。

然而，等他真正骑上这头庞然大物后，体验感差极了，完全不是那么一回事。它连蹦带跳，无比惶恐，怎么驯都没用，王煊像坐在剧烈起伏的跷跷板上一样。

"立刻给我消失，再让我看到你直接红烧。"王煊受不了了，将它赶走。

夜间，他在山林中穿行，一阵蹙眉。在这里，那头类熊生物已经算是大型猛兽了，他没有看到其他凶兽，这意味着密地不在这片区域。

清晨，王煊再次上路，沿着周河向上游走，因为那个方向有陈永杰标注的一个目标。

两日后，王煊失望了，那片地带不可能是密地所在地。

第四日，王煊解决掉一只两百多斤的猛禽，这东西从高空俯冲而下，能够轻易地将普通人的头盖骨抓伤。

王煊心中生出些许希望，但很快他就发现，这种猛禽已经算是高原上的飞行类霸主，天空中再也没有比这更厉害的生物了。

第七日，王煊攀上一座数千米高的雪山眺望，认为这片雪域不可能有密地。

第十一日，王煊来到了云雾高原深处。在一个清澈的淡水湖旁边，他除掉一头足有一千七百斤的猫科生物，它看着像虎豹，但比虎豹更凶残更威猛。

这是他在云雾高原上发现的最强物种，但跟传说中的凶兽肯定不沾边。

王煊叹气，他已经找遍了陈永杰所怀疑的几个地方，但连密地的影子都没见到，毫无线索。

第十二日，王煊意外发现一片金色的蘑菇，顿时有些激动，快速冲了过去。这是黄金蘑吗？

半刻钟后，他看到被他强行喂食金色蘑菇的大地鼠全都口吐白沫，嘴角流血，躺在地上抽搐。他叹息，有些无奈了。

根本就找不到密地，王煊横穿这片无人区，一无所获。

"老陈，你果然不靠谱啊！"王煊受不了了，他一个人在云雾高原风餐露宿，折腾了这么多天，什么有价值的线索都没发现。

他认为，密地根本就不在云雾高原，老陈从一开始就错了。

"难道迫不得已只能去找赵清菡或者吴茵她们合作？"他有点儿不甘心。

因为，无论是与赵清菡合作，还是进入吴茵家的探险队，都很容易暴露他真正的实力。

最主要的是，他身上的秘密太多了，容易让人产生诸多联想。

"该不会是新星上有神秘的空间，需要从某一特定入口进入，那里面是一片崭新的天地？"王煊自语。

如果是这样的话，那入口肯定被各大组织守着，他想悄然潜入根本不可行。

还是说密地在其他大洲？他心中有各种猜测。

他认为密地大概率不在云雾高原——老陈找了那么久，自己又将最后几个目标探索完毕，却什么都没发现。

王煊失望，踏上归程，一路狂奔，惊得许多飞禽走兽四散奔逃。

数日后，他回到元城。

耗时大半个月，王煊一无所获，很是无奈。最终，他来到秘路探险组织在元城的分部，想借暗语让他们给陈永杰捎话：推测完全错误！

然而，等他用暗语与对方接头后，对方先给了他一封密信。

王煊看罢，简直想回旧土捶老陈一顿，太坑人了！

如果他破译这封信无误的话，这密信是在告诉他，无论是福地还是密地，都是独立的星球，根本不在新星。

显然，这么多天过去了，老陈已经"复活"，并从有关部门那里知道了秘闻，了解到了真相。

想想自己这大半个月在云雾高原乱闯，与野兽为伍，王煊百感交集。消息有误，简直能折腾死人！

密地居然是全新的生命星球！这让他心头震动。

难道只能与赵清菡、吴茵她们合作吗？唉！绕了一圈，居然又回到原点，王煊皱眉：还有其他办法吗？

第 122 章

覆灭是常态

密地，处在未知的星空深处，那里有续命的奇珍，让各大财阀眼红，不断派人去探索。

"既然那里有地仙草，那么是否会有强大的灵长类生物，有没有真正的超凡生灵？"王煊思忖。

地仙草这种稀世药草在旧土的古籍中有清晰的记载，很容易将它与神话联想到一起。

现在信息不对称，具体情况都掌握在财阀手中，他了解得太少了。

密地恐怕远比他想象的更危险。各方不断组织人去探险，究竟收获了多少奇物？

陈永杰的秘路探险组织在元城有分部，也在收集密地的消息，奈何只知道一些探险队伍的战绩，根本不知道密地在何方，也不知道具体情况。

钟家，古色古香的书房中，不少藏品都带着神秘色彩，有些与神话传说有关，有些是曾经最强大的方士用过的器物。

钟庸坐在一把青翠如玉石的藤椅上，在椅背的后方，一根藤条上还长着两片清新的嫩叶。

他的腿上盖着一张瑞兽皮，这张皮有种神圣的气息，并散发着浓郁的生命因子。

他轻轻叹息，将自己的次子钟长明找来，道："我可能时日无多，你要有所准备，走好接下来的每一步棋。"

钟长明刚坐下，又猛地站了起来。老父亲这是怎么了？平日他最怕死，今天怎么开口说这种话？

钟庸背后的书架上有五色玉书，有金色竹简，有流转朦胧光辉的玉净瓶，有刻着九幅人形图的石板……

而这只是他藏品的一小部分，库藏的宝物数之不尽。

即便古代的顶尖强者复生，看到他的某些藏品也会心惊。在很久远的过去，有些东西就已经失踪，成为传说。

"坐下，听我说……"

王煊休养了两日，琢磨到底怎么进密地，究竟与哪家合作为好。

或者说，我不去密地，接着研究内景地。王煊觉得不能被堵死在一条路上，万一去不了密地，还能有其他选择。

像他这种在踏入超凡前就可以打开内景地的特殊情况，或许在某些大教秘传的典籍中有记载。

他在琢磨，可否有效地利用内景地，而又不放出古人？有什么制约的古法吗？

旧约锁真言，能不能利用起来，锁住那些古代的陷阱？

新星这边有大量的典籍，有各种古物，这也是王煊来新星的原因之一。

三日后，鼎武组织联系他这个特聘顾问，让他到元城的分部走一趟，登记一些信息。

很快，他就清楚怎么回事了，新星这边对新术与旧术领域的人要录入一些基本信息，说是为了更好地服务修行者。

王煊出神：是为了服务修行者，还是想更好地掌握他们的一切？

他第一时间意识到，新星这边未雨绸缪，怕出现真正的超凡者，现在已经提前准备起来了。

按照这个趋势发展下去，未来新星这边可能会对他们进行各种限制，比如达到某个层次后，出行需要报备等。

他估摸着，陈永杰这种人现在应该就被重点"关照"了！

王煊心中抵触，道："我不是新星的人，我从旧土暂时调过来工作，过段时间还要回去。"

"没有办法，只要身在新星就需要登记。当然你不要多想，只是录入姓名与修行段位等基本的信息，不涉及其他。"

王煊听到这里后，知道无法避免了。现在录入的信息较少，属于修行者"普查"阶段，以后究竟要怎样，那就难说了。

他不得已去了一趟鼎武组织在元城的分部。

"其实请您跑一趟，主要是有些事不方便在电话中沟通，需要当面告诉您。"

负责登记的人是个中年女子，她并不是鼎武组织分部的人，而是上面派驻进来的，显然上面对这件事很重视。

王煊没说话，只是看着她。

"是件好事。"中年女子压低声音，神秘兮兮地说道，"您是特聘顾问，肯定听说过密地吧？"

王煊脸色不变，眼底深处却有了波澜。他最近都在研究密地，现在居然有外人主动对他提及。

"虽然有部分修行者知道密地，并在新星各地寻找，但是如果没有人引路，他们永远不会发现那个地方。"中年女子微笑着说道。

王煊对此有很深刻的领悟，他就在云雾高原乱闯了大半个月！

中年女子微笑道："您别这样看我，密地究竟在哪里，我也不知道。但是，这次录入信息后，您就有进入密地的机会了。"

"怎么讲？"王煊问她。

中年女子道："各方相商后，都认为应该对一些实力强大的修行者开放密地，给予他们宝贵的机会。"

她微笑着补充道："都说了，这次登记信息是为了更好地服务修行者。您就等好消息吧，我估计像您这种实力强大的人，会优先被邀请进密地。"

王煊面无表情地离开。什么服务修行者？这完全是为大组织服务，方便他们找到合适的人去探险。

果然，两天后他就接到了第一个电话，超级财阀秦家的探险队邀请他加入。

王煊安静地听着，通过这个人的介绍，了解自己想知道的信息。最后他没有一口拒绝，只说考虑考虑。

在接下来的几天里，他接到了十几个探险队伍的电话，其中还有一个中介。

这个中介比较有意思，他告诉王煊，他不收王煊的中介费，而只收雇主的费用，让王煊尽可以放心。

"兄弟，不只大组织在探索密地，还有其他人也想介入，希望在那里投资，现在已经打通了道路。那些财阀与探险组织是怎么给探险者分账的？他们拿走七成，给探险者三成。要知道，那些都是探险者在密地舍生忘死采集的奇物，是探险者拿命换的，却被他们拿走大头。我介绍的雇主则不一样，五五分账！"

王煊依旧不急着表态，他与这样的人接触，只是为了获取更多的信息。

这个中介很热情，加了他的深空信号，把他拉到一个群组里，里面有十几位类似他这样的修行者。

"千万不能去大财阀的探险队，他们瞄准的是什么奇物？是山螺、地仙草等珍稀神物，探险队动辄死光光，每次探险都活不下来几人！"

"听说了吗，上次宋家三支探险队全部覆灭，现在宋家都招不到人，没人敢去了！"

"都和你们说了，我们新源探险队虽然成立不久，但安全，且分成高。上次队伍中八个人，最后成功活着回来四个，百分之五十的存活率，在所有组织中最高！"

······

王煊静静地看着他们聊天，什么也不说，他露出冷笑，该不会是一群骗子在组团忽悠他一个人吧？

他转头就去联系陈永杰的秘路探险组织在元城的分部，将情况和分部的负责人说了，让这个负责人看一看新源探险队是什么情况。

当天王煊就得到了反馈，消息让他惊讶不已。

这个新成立的新源探险队，队员存活率确实最高，有半数人平安地从密地出来。

而其他探险队的死亡率的确惊人，大多时候有两成人活着回来就不错了。至于最近，大财阀的探险队覆灭了数次。

"赵家、吴家、钟家的探险队怎样？"王煊问道。

"钟家不清楚，没有认识的人。吴家一直与我们有合作，联系比较紧密，听说最近两次全部阵亡，还有一次存活率不足百分之十五。赵家也相仿。"

王煊听到这里后有些发呆，早先他还想着实在不行就去投奔赵清菡或吴茵，结果赵家和吴家的探险队动辄全灭，强如他也受不了啊！

他早就料到密地多半很危险，现在看来，那地方简直是绝地，超级财阀的队伍都不断折戟。

然后，王煊又去鼎武组织分部找人询问："这个新源探险队是什么情况，为什么存活率较高？"

"他们定位较低，没有冲地仙草、山螺等进发，只待在外围区域，而且见好就收，最多一个星期就返航。"

其他探险队一般在密地待十天以上，有时候甚至接近一个月才会离开密地。

王煊点头，看来不是一群骗子组团忽悠他。

"有人挖到过地仙草吗？"他问道。

"怎么可能？那可是仙药，在古代是由地仙层次的生物看守的东西。反正，那里死了很多人，从来没有人能靠近。"

……

王煊通过各种渠道了解信息，虽然仍然对密地所知有限，但是对各家队伍的情况了解得越来越多了。

"马上就到月底了，各家的队伍也该回来了，战绩也即将揭晓，看一看大财阀的探险队是不是又全灭了。"

"新源探险队的第二次探险也要结束了，等着了解战损情况。"

"如果这次还是百分之五十的生存率，那我豁出去了，报名参加新源探险队下次的探险！"

深空信号群中，那些人在议论着。

王煊也在等待，想看一看赵清菡、吴茵各自家族的探险队情况以及大组织的普遍状况，那些队伍该不会又覆灭了吧？

第 123 章
老钟扛着战舰跑了

数日后，按照时间算，各家的探险队应该回来了。

所有了解密地的人都在等待他们公布"战绩"。

"现在是安静期，但保不住秘密，各家探险队是什么情况，究竟死了多少人，马上就要传出来了。"

深空信号群中，那些人第一时间活跃起来。

"可叹，宇宙多姿多彩，本土的大势力早就去探索密地了，普通人却根本不知道这些。"

这的确是事实，各大组织一直严守着秘密，没有对民众公布过真相。

新星这些年来出现不少新物种，部分人虽然心里存疑，但也只是在猜测而已。

"为什么要遮着掩着？自然是为了垄断，他们想把持住那些利益。"深空信号群中，有人分析。

王煊依旧不说话，现阶段他主要是多听多看，研究密地，了解财阀的探险经历。

"还有一种可能，他们掌控不了密地，探索密地存在很高的风险，风险甚至可能传到新星来，所以他们不愿公开，怕引起民众反对。"

起初，王煊认为这是一群组团忽悠他的骗子，现在他发现其中部分人确实有些料。

最起码，他能在这个群中了解到不少关于密地的消息。

这天午后，新源探险队的队员回来了，第一时间告知众人具体情况，引发群中热议，一些人十分激动。

新源探险队这次共有二十一人，活着回来十一人，存活率高于百分之五十！

这如果传到普通人群中，会让很多人心惊：五成的生还率，现今没有比这更高危的职业了！

但在异域探险，这已经算是高生还率了，其他队伍死的人更多。

王煊沉默地看着，心中叹息：探险者真不易，完全是在拿命换明天，一半的生存率就有部分人愿意去。

不过，活着回来的人大多采集到了奇物，回到旧土就能卖到天价，足够花一辈子了。

虽然是高风险，但也有高回报，所以有人愿意以命相搏。

群中有人发照片，一个活着回来的探险队员满身是血，笑容却无比灿烂，手中抱着一颗脸盆大的黄金蘑。

"这么大一颗，最起码要一亿新星币，几辈子都花不完！"

深空信号群中沸腾了，很多人无比激动，羡慕得不得了。

"你说少了，这在古代都算灵药，给人服食能延年益寿，抗衰老。每次采摘到这种东西，财阀都会花天价收购，最少也得一点五亿新星币！"

"黄金蘑，好东西啊！练旧术的人吃这么大一颗，就能顺利突破，实力更上一层楼！"

新源探险队放出一张照片，比什么都有说服力，引发群里人热议，连王煊都动心了。

傍晚，终于有大组织的"战绩"泄露出来，不是大组织自己公布的，而是了解内情的人传出来的。

"宋家的队伍这次终于没有全灭，活着回来三人，不过其中两人被重创，需要换人造肾和肺。"

上个月，宋家的探险者都死了，而且这种情况不止一次了。这次有人活着回来，已经算不错了。

"宋家这次去了多少人？"

"好像去了一百六十多人，都是实力不弱的修行者。"

深空信号群中陷入了短暂的寂静，然后一群人排着队发"倒吸一口凉气"的表情。

宋家以往的探险者不管分成几队，总体人数一般都在百人左右。

这个月虽然没有全灭，但其实死的人更多！

这么高的死亡率，以后谁还敢去？

王煊也头皮发麻，前往密地的队伍动辄死绝，连财阀的队伍都折损成这个样子，这也太恐怖了。

这种死亡率，估计会让踏上密地的人在最后关头悔不当初。

反正王煊心里打鼓了，他是为提升自己、为超凡而来，前提是好好活着，他不想去赌命，没必要那样折腾。

很快，秦家探险队的情况也被人传了出来。这次他们去的人不多，五十几人全部死在了密地，没有一人活着回来。

这让得到消息的相关方心头沉重。密地越来越危险了，似乎出了什么变故，奇物越来越难采集。

"秦家是超级财阀之一，这次为什么只去了五十几人？因为他们的队伍经常覆灭，很多人不敢加入他们的队伍了。"

深空信号群中有人感叹，再这样下去，秦家提前给再高的报酬都没用，没人敢去了。

"战报"陆续传来，起源生命研究所的探险队表现可以，存活率达到百分之十五。

名为"神行"的顶尖雇佣兵组织，这次派去了一批精英，但近两百人只活下来六人。

接着，关于赵家那支队伍的详情传出，死亡率高达百分之九十三！

王煊很想一个人安静一下。赵清菡邀请过他加入她家的探险队，就这个死亡率……谁敢去？

赵清菡是不是对他有意见啊？他两次谈论赵清菡，都被她在背后抓了个正着。

第一次是意外，他才开始感慨，说"凡你喜欢与向往的"，便被秦诚乱插话。

第二次是他提醒秦诚时，说赵女神想对外展示什么面孔，全在一念间，道行极为高深，一般人降不住她。

"小赵不会是故意想让我死吧？"那样的死亡率让王煊身上冒寒气。

他打定主意，除非赵清菡自己也去密地，不然的话她家的那支探险队他碰都不会碰，有多远躲多远。

不出意外，各家的队伍全都损失惨重，有几家的队伍全灭，其他家的队伍有人活着回来就算不错了。

晚间，各种消息传出，简直是比惨大会。

"孔家的战舰落地后，从里面抬出来一副又一副担架，当时就把人们惊呆了，而后是一片大笑声。"

"像话吗？！人家已经够惨了，你还说现场有大笑声？"

"为什么不笑？重伤的才会被抬回来。死了的不是横尸密地，就是进了不明生物的嘴里，其他人根本没时间，也没有能力去抢回遗骸。"

"我觉得这种大笑……有些怪异！"

不出意外，深空信号群中各种消息齐出，王煊逐条细看，了解到了最新情况。

他轻敲桌面，暗自琢磨。从密地越来越吓人的死亡率看，他认为那里出了变故。

早期，各家队伍的存活率比现在高，密地究竟出了什么问题？

他想到吴茵、钟晴、李清璇共游周河，估摸着这三人在为三家结盟做前期准备工作。

现在已经很明显，几天前的信息登记哪里是为修行者服务，完全是为了方便财阀选人。

最近死的人太多了，各大势力想挑选到合适的修行者都有难度，给再多的钱也没人敢去。

让修行者去探险，对于财阀来说一举两得，最终许多奇物都会落入财阀的手中，而且可以消耗修行者这个不稳定的因素。

以秦家为代表的部分保守财阀，担心一些超凡者诞生后会出现各种问题。

钟家什么状况？似乎还没有他们的消息传出，王煊一直在关注他们。

因为钟家有金色竹简，他一直惦记着呢。

尤其是他现在形成了精神领域，隔着很远就能窥视到经文，所以他想找个机会和钟庸唠唠嗑。

虽然他知道这很不现实，但万一哪天有机会去钟庸的书房呢？

王煊正琢磨着呢，很快，关于钟庸的爆炸性消息就传来了。

"钟庸老头子要逆天而行啊！"

深空信号群中，有人惊叹，而后发出一则让人难以置信的消息：钟老头竟冒死跑到密地去了。

随后，陈永杰的秘路探险组织在元城的负责人也告诉了王煊这件事，证实了这一消息。

这简直像是一颗炸弹投入深海，让各方目瞪口呆。

这么多年了，从来没有财阀的重要成员踏上密地，更不要说这种家族的掌控者了。

到了这个层次后，哪里需要他们亲自出面？连他们的后人都不去密地，不会踏足险地一步。

许多人都不相信，钟庸老头子怎么会亲自去密地？要知道，没有比他更惜命的人了。

他现在已经一百多岁了，每次病危都能挺过来，据悉花了巨大的代价，先后续命四次了。

很多人都认为，他的次子钟长明，也就是当前钟家的第一顺位继承人，估计会和其兄长一样，走在钟老头之前。

这老家伙一生怕死，最后关头却这么胆大包天，他疯了吗？

唯有顶级大组织在得到消息后，第一时间洞悉了钟庸想干什么。

他们暗自叹息，钟庸是发疯了，但也相当有魄力，到了那种高度后还敢以身犯险。

近期，密地出现一种传说中的奇物，与古书中的描述几乎一模一样。

按照记载，那种奇物异常珍稀，无法保存，无法带回，只能当场服食，一旦服食，可续命五十载以上！

"钟家付出惨重的代价，蹚过一次路，并验证了奇物的存在，想不到第二次钟庸老头子就敢亲自去！"

各家不得不感叹，钟庸老头子关键时刻很果断，颇有些不疯魔不成活的架势。

"我们要干预一下吗？如果他出了意外，钟家……"有人低语。

结果，他刚开口就被组织的负责人打断了。

"任何一个超级财阀都自成体系，根本不会因为某个人出了意外而有变化。再说，以钟老头子的谨慎性格，当出现这种消息时，他不是死了，就是成功回来了，根本不会给人可乘之机。"

事实上，这个负责人判断对了。

就在人们觉得钟庸会出意外时，一张照片打破了宁静。

王煊也看到了，有人在群里发出钟庸的照片。

那是在密地，钟庸扛着一个救生舱，迈开一双大长腿，正在发力狂奔。

这是某个组织的探测器捕捉到的画面，据说，那架探测器受损严重，照片应该是一两天前拍摄到的，因为受到强烈干扰，今日才被传回。

"老钟真牛，竟然成功了。按照时间推算，他已经回到了新星！"

各方盯着照片，都无比震惊。

钟庸原本没有多少发丝的头皮上出现了一层淡黑色，那是有黑发冒出？并且他看起来没那么老了。

关键是，他居然扛着一个救生舱在跑，那可是数百斤甚至上千斤的东西，普通人怎么扛得动？

"他也不一定成功了，从照片来看，老钟遇到了危险，正在被什么东西追赶。他根本来不及启动救生舱，所以只能先扛着它跑路，说不定他现在已经死在了密地！"

"请大人物们去钟家问问，老钟回来了吗？"

不管怎么说，钟庸老头子在特定的圈子中很火，所有人都在关注与议论他。

更有人提及，钟庸可能是旧术领域的一位绝顶高手，只不过平日低调而已。

最后，有人P图，将救生舱变成一艘超级战舰，钟庸扛着它正在跑路。这引发轰动，成为最受关注的一张图片。

第124章
赵女神

钟庸老头子疑似服食了奇物，成功续命，这在了解密地的人群中引发了很大的反响。

这老家伙不行动则已，一旦发动，便势若奔雷，绝对是冲着续命去的！

都一百多岁的人了，他却依旧说舍不得儿女，不愿离开人间。

财阀的重要人物中，也就他执念最强，时常感叹红尘如此绚烂，真的很想再活五百年。

这件事影响巨大，各方都在关注与研究。

最近，各大组织损失很大，探险队被灭了一支又一支，抚恤金发得他们自己都发颤。

现在钟庸逆天一拼，让一些老家伙大受触动，都坐不住了。如果能恢复青春，谁不想死前搏一把？

一些财阀的掌控者在研究那张照片，拿着放大镜仔细地看，确信钟老头长出浓密的黑色短发了。

他那张满是褶子的老脸也舒展开了，这是要向四五十岁那个年龄段跨越了！

一群七八十岁的老者越看这张照片越觉得，钟老头是故意的，甩开一双大长腿给谁看呢？

平日，他们去拜访钟庸时，他都是一副快死了的样子，盖着那张从上古洞府中挖出来的麒麟皮躺在那里，以防生命之气流失。

"钟老头没安好心，诱惑我们去密地，想坑害一群人！"有人咬牙切齿，最后叹道，"虽然在骂他，但我真的动心了！"

有大人物去钟家拜访，结果被钟长明告知，钟庸现在身体不适，需要调养，近期无法见客。

现在不用怀疑了，钟庸早就跑回来了！

王煊看着钟庸扛着超级战舰跑路的那张图片，一阵无语。这老头够狠，是在逆天改命啊，而且成功了。

他看了下原图，估量了一下，那个救生舱最起码有数百斤重，看钟庸一步迈出去那么远，至少也有宗师级的实力！

这是服食奇物后获得的力量，还是说，钟庸本身就是个高手？

钟家有各种秘典，其中包括本土教最高秘篇绝学，钟庸如果真是旧术领域的顶尖高手，王煊一点儿也不觉得意外。

"一百多岁的老人了，脖子以下都埋在黄土中了，还那么拼。你我有什么理由不去努力？搏一搏，挣脱命运的枷锁，列仙路就在眼前！"

王煊很镇静，但群中已经沸腾，各种慷慨激昂的话语频频发出，一群人嚷着要去密地改命。

"人生现状如此坎坷，而未来又那样璀璨，你我有什么理由蹉跎？准备上路，报名！"

一群人热血沸腾，嚷着要加入新源探险队。

王煊没被他们的情绪感染，但是看到钟庸那张照片，他确实有些不淡定了。

一百多岁的钟庸敢进绝地，扛着救生舱搏命，他现在却想连夜订船票跑路，觉得各大组织太狠，密地是个绝地，他想稳一点儿。

难道他还没有一个垂死的老头子有冲劲儿？

很快，他又冷静下来，深刻意识到钟庸掀起的风波并没完，而只是刚开始，事情一定会发酵到非常恐怖的地步。

连他都心绪起伏，何况是各大组织中那些没几年可活的老头子？他们必然要孤注一掷！

而财阀中一部分有闯劲儿的年轻人，也多半想去密地搏一搏。

"导火索啊！钟庸一张照片，密地中便要流更多的血了。"

王煊确信，从此以后，财阀中会有部分重要人物亲临密地，而为了安全，他们会带上更多的探险者。

事实上，他的猜测成真。次日一个上午而已，他就接到几个电话，这几个电话全都来自顶尖的大组织，各方再次提高预付金，花天价招兵买马，准备再进密地。

显然，钟庸搅局后，坐看风云起，微笑注视其他老头子跃跃欲试。

很快，新源探险队的人在线给王煊发了合约，让他看一下，说探险队这次依旧只招二十一人，名额有限。

王煊收了文件，说考虑一下。

他大致看了看，合约显示，只要加入新源探险队，就可收到预付款四百万新星币，确实很多，但这是卖命钱，弄不好就会死在深空中。

除了预付款，往返有战舰免费护送，采集奇物带回来后五五分，这是基本的条款。

陈永杰的秘路探险组织在元城的负责人在线上接到王煊传来的合约后，颇有感触，叹道："这是一个复杂的时代，与古代相比，修行者地位一落千丈，需要拿命去赌未来。深空一趟远行，是生是死犹若抛硬币，正反两面决定命运。"

对于大组织来说，四百万新星币不过是两张船票的钱而已，算不得什么。

王煊在小区中漫步，思考一些问题。他今天再次看到了多日不见的乐乐。

她坐在树荫下的长椅上，怀中抱着巴掌大的雪白小猫，正在自言自语。

"我最近经常痛到昏过去，没法儿再去上学了。我可能要死去了，可是，爸爸怎么还不回来？再晚些他就看不到我了。"她很失落，用力抱了抱小猫，而后低下头，眼里噙着泪水。

王煊站在后面，没有打断她的思绪。他心中叹息，小女孩实在有些可怜。

她上次发病时痛得那么厉害，额头满是冷汗都没有哭，还颤抖着伸出小手帮她妈妈擦眼泪，反过来安慰大人。

现在一个人时，她暂时没有发病，反倒落泪了，可见她自己也很忧伤，只是过于懂事，不在大人面前表露。

"欢欢，我死后埋在周河边上的林地中，你说好不好？"小女孩低头，和怀中的小猫说话，泪水吧嗒吧嗒地落了下来，"我和妈妈说好了，以后每年星星鱼飞满夜空的时候，她和爸爸都要去看我。其实，我真的想天天见到他们，我不想和他们分开。可我又怕他们伤心，所以和妈妈约定，每年的这个时候他们去看我一次。"

王煊站在后方，已经移不开脚步。小女孩早慧，懂事得令人心疼，现在居然还在担心父母以后会伤心，这些话语实在让人心弦发颤。

"我怕他们以后会想我，所以才让妈妈生个弟弟陪着他们。可是，一年又一年过去，他们会不会忘记我？"小女孩有泪滴落在小猫身上，她帮它擦去后，又道，"欢欢，以后当你听到有人说星星鱼出现了，你一定要提醒他们去看我，还有你也要去啊，我也会想你的。"

"喵！"巴掌大的小猫在她怀中轻叫了一声。

"他们以为我不懂，可是，我什么都知道。我明白，我很快就要死去了，可能就在下个月。"小女孩乐乐抱着雪白的小猫，忍不住轻轻地抽泣道，"我舍不得你们。我其实很害怕，害怕一个人躺在周河边，更害怕死后什么都消失，彻底没有我了。"

小女孩看着远方，道："死去前，我想将我的眼角膜捐给别人。原住民的眼睛最有灵性，能够看得更远，我们的遗传病不会影响到眼睛。我要把眼角膜捐给一个和我年龄差不多大的小朋友，让他偶尔来帮我看看妈妈……"

说到这里，她无比低沉，眼泪吧嗒吧嗒地落下。她轻语道："我还没有看过大海，妈妈说，那里太潮湿，海风对我生病的身体不好。我想让那个小朋友替我去看看。我一直待在元城，没有办法远行。将来得到我眼角膜的小朋友，他会替我看遍各地，看遍这个世界……"

王煊轻叹，他真的有些心疼这个小女孩，听着那些话感觉很揪心，却帮不上什么忙。

过了很长时间，小女孩乐乐才平静下来，擦去泪水，看着天边的云朵出神。

直到这时，王煊才走过去和她打了个招呼，然后和她聊了起来，说些旧土的趣闻。

显然，小女孩很愿意和人聊天，也喜欢听故事，一大一小聊得颇为投机。

"你妈妈上班了吗，没有人照料你吗？"王煊有些担心，万一小女孩突然发病怎么办？

"有个智能机械人阿姨，就在不远处。我想和欢欢单独说些话，刚才没有让她过来。"说完这些，她问道，"叔叔，你上次去看星星鱼了吗？"

王煊点头道："去看了，很震撼，非常漂亮。"

"那你明年还会去看吗？"小女孩问道。

"还会去，以后我每年都会去，因为那里太美丽绚烂了。"王煊点头说道。

"那真是太好了！"小女孩的眼中发出灿烂的光彩。

王煊和她告别，走出去很远，她还在后方看着王煊所在的方向。

不久后，王煊的手机响起，是个陌生的号码，他猜测又是那些大组织的电话，联系他去密地。

他接通后直接开口："又是密地有约吧？"

那边陷入了短暂的安静，而后响起一个女子好听的声音："最近没少约？"

这种语气不像是客服，而且声音耳熟，瞬间他便知道是谁了，竟是赵清菡，她怎么知道他来新星了？

刹那间他意识到，肯定是秦诚这个大嘴巴说漏嘴了，熟人中，他在新星的手机号只告诉了秦诚。

"清菡，我正想联系你呢。我初来新星，人生地不熟，想请你关照下，可是有些不好意思，一直拖延到现在。改天我请你吃饭。"

"虚伪。"赵清菡嘘了他一声。

她刚才联系秦诚时，问到王煊在旧土怎样了，隐约间觉得电话那边有些异样，她立刻又道："王煊在新星哪座城市？将电话号码给我。"

赵清菡这么敏锐，又不按常理出牌，直接使秦诚蒙了，他刚支吾了一声，赵清菡就确定王煊来新星了。

她让秦诚报出王煊的联系方式，直接就给王煊拨打了过来。

秦诚放下电话，稍微出神后，立刻联系王煊，想通风报信，结果发现对方在通话中。

他叹道："女神道行果然高深，各种反应超快啊。"

"你在元城吧，中午出来吃饭。"赵清菡说道，相当干脆利落，不容王煊找借口。

王煊的大脑正在高速运转，琢磨万一赵清菡邀请他进探险队该怎么婉拒，而拒绝后他如果出现在密地，万一被知晓或与她相遇，又该怎么解释。

所以，他有些走神，闻言道："小赵……"

"你喊我什么?！"可以感觉到，赵清菡的声音大了一点儿。

"女神！"王煊一点儿也没觉得不好意思，直接改口。

"在学校时，你可从来没有这么称呼过我，再喊一声。"赵清菡淡定地说道。

"女神！"王煊相当自然，多喊一声又不会少块肉。

午时，元城中心商业区一家餐厅中，王煊与赵清菡面对面而坐。

赵清菡选的地方不是什么顶层餐厅，但这里环境不错，据她说，这家餐厅的饭菜味道相当不错，她比较喜欢。

"你家在元城附近?"王煊问道。

赵清菡摇头："不是。每次到元城看星星鱼，我都会来这家餐厅。"

现在是夏季，她穿得很随意，一件T恤，一条略加长的热裤到膝盖上方，穿着相当清凉。

虽然衣饰简单，但她长得异常标致，引得一些人不时向这边注目。

她一头发丝及肩，瓜子脸白皙，双眼清澈明亮，红唇带着光泽，面孔清秀略显冷艳，笑时又很甜美。

听她说起星星鱼，王煊心头一动，他正担心她提及密地呢，于是轻声一叹，道："说起星星鱼，我想到了一个让人揪心而又伤感的小朋友。"

赵清菡瞥了他一眼，直接看透问题本质，道："你是怕我谈密地吧，上来就给我讲故事。"

"不，你冤枉我了。你肯定知道原住民，那个小女孩太可怜了……"王煊说得很认真，将小女孩自言自语的那些话都讲了出来。

赵清菡轻叹道："天人五衰病。"

王煊问道："当年与原住民通婚的财阀，后代中是不是还有这样的人？现在有特效药吗？"

赵清菡又点头又摇头："吴家现在就有这样的人。"她告诉王煊，这种病没有根治的药，但有可以略微缓解的药。

"吴家？"王煊惊讶，吴茵家族中现在有这种人？

"即便是缓解这种病痛的药也极其珍稀，需要进密地去采摘。那两位病人对吴家很重要，但现在情况都很不好。吴家希望去密地采集到更惊人的奇物，能缓解两人的病痛，甚至医治好他们。"

听到这里后，王煊立刻明白了为什么吴成林跑到旧土去，想请陈永杰亲自出山，这是急着救人啊。

然后，他看向赵清菡，这姑娘随口一提，就又把话题转到密地上去了。

赵清菡瞥了过来，道："放心，我可没打算带你去密地，那里太危险了，我怕不能护你周全。"

王煊看着她，这姑娘不按剧本来，这意思是，真要去了密地，也是他需要赵女神保护？

大时代临近

"赵宗师？"王煊看向赵清菡，脸上露出笑容。他自然知道，赵清菡不可能达到那个层次。

这才多长时间？如果赵清菡也踏入了这个领域，那他就干脆"金盆洗手"，回家娶媳妇生子归隐算了。

赵清菡横了他一眼，但脸上的笑容还在，目光不怎么迫人，反倒有点儿回眸一笑的韵味。

"看着这里。"她伸出一根洁白如象牙、纤秀细长的手指，在王煊眼前晃了晃。

"挺好看的。"王煊点评。

赵清菡翻了个白眼，没理会他，再次轻轻摇了一下纤长的手指。

王煊立刻意识到了什么，他的精神领域正在被秘力接近，她居然有种异常的心灵力量，想干预他的意识。

他不动声色，佯装略微出神，坐在那里看着她清秀动人的面孔，立刻发现她的双目中有丝丝缕缕的异样光彩绽放。

这是旧术领域的某种奇术，还是新术领域的精神掌控手段？

王煊确信，如果是一般人的话已经中招，对方的心灵力量很强大，似乎天生具备某种能力。

让他尤为惊讶的是，赵清菡的双瞳居然变成了紫瞳，这不是原住民的特征吗？

"上次你和我交手时还很厉害，你看现在，我都没有出手，你就失去了行动能力。"赵清菡淡笑。

"来，赔个不是吧。对了，上次秦诚拔了房间中的电源软线递给你，你们当时是不是真想捆绑我？"赵清菡漂亮的眸子睨视王煊，这样问道。

她还记着这件事呢？王煊觉得，赵女神有些记仇。

同时他确信，如果不是形成了精神领域，他真的会中招，那种心灵力量真的不弱。

这不是精神的全面入侵，而是有强烈的催眠成分，以心灵力量干预物质领域，十分厉害。

她现在瞳孔色彩异常，赵家以前也和原住民通过婚？

王煊琢磨，自己是装作中招，满足"赵宗师"的成就感，还是找个理由蒙混过去？

他觉得，以后自己可能还会与赵清菡有接触与合作的机会，现在遮掩得太严实也不太好，多少露点儿底子。

于是，王煊身体绷紧，一会儿失神，一会儿又眼睛亮起，像在挣扎。

最后，他探出一只手，一把攥住了前方那根漂亮的手指，似乎挣脱了某种精神束缚，长出一口气。

"你对我做了什么？"他大口喘息，一副消耗了颇多精力的样子。

"松手！"赵清菡看着他，眼神有些锋利，但相当镇静。她用力向外抽手指，结果手指被攥得更牢了。

"不松。我感觉精神恍惚，心力交瘁，你到底对我做了什么？"王煊死不松手。

他摆出一副很疲累的样子，要赵清菡给个说法，盯着她的面孔，严肃而认真。

赵清菡用力抽了抽，发现如果不动用旧术或新术，还真甩不开，但她也不想在这里闹出动静。

"刚才只是精神扰动，影响不了你的言行。我只是试探一下你，没想到你还真让我意外。"赵清菡相当平静。

她被攥着手指，却没有一点儿慌乱，反而以审视的目光看着王煊，双目有神，有些迫人。

然而，王煊就是不松手，与她对视着。

"中了心灵干扰的人，不会有什么不适。而且，我刚才只是为了测试你，没用力，所以你自己暴露了，你的实力比我预估的要强。"

王煊放手，叹道："还有没有信任了？赵同学，一见面你就给我设各种圈套。"

赵清菡瞥了他一眼，道："你自己遮着捂着，还怪我？我只是简单测试一下，结果你还讹上我了。"

王煊转移话题："行，咱谁也别说谁了，这事儿就此揭过。"

"这位女士，需要帮忙吗？"一个西装笔挺的青年走来，很绅士地开口问道。

王煊看了看，发现四周有不少男士想挺身而出。他叹气，人与人为何会这么不同？周围也有女士，怎么没有人替他出头？

赵清菡说了声"谢谢，不用"，然后与王煊快速解决午餐。两个人离去，换了个喝茶的安静雅间。

茶室中，袅袅清香飘漾开来，这里光线合宜，非常宁静，适合交谈。

赵清菡惬意地坐在那里，开口道："看得出，你在旧土有新的际遇，以你现在的实力，进密地应该可以自保。"

王煊顿时脸色微滞，他觉得赵清菡是有点儿记仇的。她刚才还提及秦诚与他要捆她的事，现在又说他可以进密地，该不会真想折腾他吧？

"你什么表情，我是那么小心眼的人吗？"赵清菡一看他那个样子，就知道他在戒备。

"当然不是，你胸怀宽广。"王煊看了她一眼。

赵清菡轻轻敲了下茶桌，看向他道："以前看你天赋很好，我想带你进密地碰碰机缘，让你在旧术路上走得更远一些。"

她告诉王煊，最近密地很危险，死了太多的人，问题十分严重，刚采气与内养的人进去不见得能保住性命。

现在她确定王煊是个高手，以他的实力或许能进密地了。当然，尽管赵清菡很精明，但也难以判断出他是宗师！

因为，这很不现实，依照常理判断，王煊即便是天纵奇才，有人培养，也有际遇，眼下也不可能达到那种高度。

这不是眼光的问题，而是涉及旧术最为神秘的领域——秘路，以常理判断会失误。

她认为，王煊距离准宗师还有一段路要走。

作为同学，她还是很坦诚的，看好王煊在旧术路上能走得很远。随着对深空的探索，一个大时代正在接近，超凡不会很远了。

她明言，歼星舰即将问世，新星的力量将迅猛提升，想要击灭一颗生命星球不过在弹指间！

但是，随着神秘领域临近，超凡者如果进入新星，那就是内部问题了，科技武器再厉害，也不可能将新星击毁。

如果新星的一些大组织率先在神秘领域突破，有了神话级的生灵，必然会在新星引发某种剧烈的变革。

王煊讶然，赵清菡这么年轻，只是刚走出校门而已，就已经开始思考未来的局势了。

"超凡像是迷雾中的生灵，我们尽管还看不清，但它必然会出现。到那个特殊时期，新星内部各方会有利益上的碰撞，究竟会怎样很难说。我希望身边有一些朋友在大时代到来前就变得很强。"

赵清菡确信，未来必然会有超凡变革。

王煊默默听着，他对赵清菡还是很佩服的，她说的这些极有可能发生。

"我要去一趟密地。"赵清菡说道。

"钟老头真是害人啊！"王煊叹气，连道行很深的赵清菡都坐不住了，要亲自前往那颗星球。

"还说你不想去密地？老钟扛着救生舱跑路这张图片只在特定的圈子里传播，你能够看到，说明你进入了这个圈子，想接近密地。"

"小赵，你能不能对我好点儿？又试探我！"王煊一不留神便露出了破绽。

赵清菡瞪了他一眼，这才接着道："老钟很厉害，他肯定预见了未来的各种可能，不甘心老死，于是逆天一跃，居然真的成功了。他这个搅局者出现后，别的老头子肯定坐不住了，都想搏上一搏。"

王煊点头道："是很厉害。别的老头子借密地顺势消耗修行者，老钟则是顺势消灭一群老头子，让各家不得不狠着劲地去折腾。"

赵清菡："……"

"你没必要冒险。"王煊劝道。

赵清菡摇头道："再不去的话，以后就没机会了，老钟得到的那种奇物不久后多半会被人采光。另外，密地出现的生物越来越强，越来越怪，我担心以后会更危险，会出现一些强大的超凡生灵。"

她坦言，既然未来会出现超凡变革，自然要未雨绸缪，她发现自己的天赋不错，也想努力一下。

王煊想起她对秦诚说的话，她练旧术只是为了保持好身材，结果就采气与内养成功了，当时将苦修却不能采气的秦诚打击得不轻。

王煊估摸着，赵清菡天赋应该很高。

"既然你看到了我的紫色瞳孔，应该也猜测到了，很久以前，我家也和原住民通过婚。"

尽管赵清菡自己身体没出现什么问题，但她担心以后如果有了后代会出事，便想去密地解决这个麻烦，自她这一代彻底了结这个问题。

"要做最坏的考量。"王煊再次提醒她，确实不愿她出事。

赵清菡摇头道："这可能是最后一次较好的机会了！"

"较好的机会？"王煊不解。

"一群老头子坐不住，必然会带着大批的高手杀进去，我们跟在他们身后。"赵清菡坦言，少数年轻人会跟着行动，等老头子们开辟道路，在后面捡便宜。

"你们年轻人想法就是多。"王煊叹气。

他意识到，赵清菡对自身的规划很清晰，预见了超凡变革，她想提前积蓄力量，以掌控赵家。

看她的各种考量就知道，她未来是要主动争权的，而且她在积极推动身边的人早日变强，接近超凡，那样未来便可以互助。

赵清菡问王煊："你要去密地吗？如果想去，可以跟我同行。我如果没出事，你的安全也没什么问题。"

毫无疑问，如果王煊跟在她的身边，安全性确实会极大幅度地提升。

"超凡的脚步已经很近了，未来的大势谁都无法阻挡，现在正是迅速积累与提升自身的最好时机。密地有些奇物可以让人一夜超凡，这次各家兴师动众，必然会采摘到一些。这次行动后，可能有人要踏足超凡领域了。"

王煊心绪起伏，连赵清菡都敢去密地，他有宗师的实力，自然也心动了，想去密地走上一遭，以期踏足超凡。

"可以，我打算进密地了！"最终，他做出了这个决定。人有时候需要果断一些，若瞻前顾后，可能会一事无成。

第 126 章
星辰大海

新星的大组织有不少，但进入那些不认识的队伍中，很容易被拉去当炮灰。

那些大势力绝对干得出这种事，吸引怪物、出去探路、关键时刻断后等脏活累活都是为他这样的路人量身打造的。

而赵清菡毕竟是他的同学，不管怎么说，不会故意让他去送死，她已经明言，要他跟在她身边。

除非形势过于危险，不然的话，他跟在赵清菡身边，人为的不确定因素会少很多。

他同样认识吴成林、吴茵，还有钟晴与钟诚姐弟二人，但那是以王宗师的身份结识的。

他现在是王煊，不可能去找那两家。

在旧土时，他曾一脚将吴茵踹进湖里，现在如果以真面目去吴家，估计吴茵会琢磨怎么将他塞进绝地中去探路。

"什么时候动身？"王煊询问具体情况。

赵清菡微笑着道："等一些老前辈开辟好前路，我们便起程，应该就在这几日。有人比我们更急。"

老头子们不下决心则已，一旦出手便雷霆万钧，生怕落在别人后面，奇物被采光。

显然，老头子们可能也会联手，有他们开道，这次进密地相对来说会安全很多。

"这两日我会和钟家人谈一谈，争取拉拢钟晴与钟诚姐弟一起行动。"赵清菡告诉他这样一个消息。

"为什么找钟家？"王煊问她。

赵清菡拢了拢秀发，道："如果我的某种猜测成立，和他们结盟会更安全一些。"

她平静地解释，钟庸或许还没有回来！

简单的一句话让王煊目瞪口呆。钟庸老头子还在密地？这实在超出他的预料。

赵清菡摇了摇头，道："只是一种较小的可能，不见得是真的。"

但只要有可能，就值得试一试。无论如何，拉上那姐弟两人都是有益的，钟家实力很强，与其结盟肯定不会吃亏。

钟庸没回来的话，一种可能是遭到了追杀，导致他最终抛下救生舱，与外界失联。

还有一种可能就是，他故意不回来，搅起足够的波澜，等着一群老家伙发疯般去开路，他则想浑水摸鱼，图谋甚大。

赵清菡分析，依照钟庸那么怕死的性格，第一种可能更大。

王煊摇头，他认为如果钟庸没回来，第二种可能更大。

他始终觉得，这老家伙是个狠人，不动则已，一动就石破天惊，会有大手笔。

就像这次，谁能想到最惜命的钟庸老头子，在还有几年可活的情况下亲自去密地？这是第一个去密地冒险的财阀重要成员。

他既然敢这么拼，未必不敢拼把大的——趁一群老头子受到刺激，联手攻进密地时，他借势去摘地仙草。

赵清菡微笑道："他回到新星的概率占百分之八十以上，还在密地的概率不足百分之二十。所以，我们也不用想那么多，争取与钟家结盟就是了。"

她认为钟庸是旧术领域的绝顶高手，万一还在密地，那就赚大了。

王煊点头，心中却在想，进了密地后就要想办法提升自己，只要再晋阶，他就是大宗师！

而在密地中采集奇物顺利的话，他可能会直接突破到超凡领域。

到了那个时候，列仙的归列仙，人间的归王煊。无论是谁敢作妖，都一边凉快去。

王煊将新源探险队的合约给赵清菡看，说这支队伍存活率很高。

赵清菡稍微一看就笑了，她直接告诉王煊，这是坑人呢。

新源探险队是某个财阀的"马甲"，财阀现在招人困难，所以才出此下策。

王煊的脸顿时黑了，自己最早的判断没错，一群骗子组团忽悠他。

昨天晚上那些人还慷慨激昂，说钟庸一百多岁了都还在拼命，他们有什么理由不行动起来去努力改命。

现在看来，这群骗子彻底盯上他了，不然不会这么卖力。

虽然王煊一直警惕性很高，不曾相信他们，始终没有在群里冒头，但现在还是火气上涌。好多天了，这群人都在演戏，这是认为一定能把他骗到密地去？

"哪家的'马甲'？"

赵清菡看着他这个样子，有些想笑，道："你还想去找麻烦？不是秦家，就是宋家。"

王煊咬牙道："到了密地后，那些人会得到教训的！"

随后，赵清菡严肃起来，白皙的瓜子脸上写满郑重之色。她告诉王煊，在去密地前，最好去接受几天培训，不然仅靠她的介绍明显不够。赵家在西部地域有个基地，可以系统而全面地提升他在密地的生存能力。

王煊没有拒绝，他对密地两眼一抹黑，仅在那个骗子群中得悉了一些情报，现在看来那些情报水分很大。

他简直恨死这群骗子了，虽然他没有上当，但被他们盯上，本身就是对他的侮辱。

"要不要和新星的同学聚会？"赵清菡问他。

王煊摇头道："等从密地回来再聚吧，我现在得抓紧时间了解那片超凡之地到底是什么状况。"

这次是去博命，他很重视，不敢有丝毫大意，毕竟那地方动不动就会发生惨案！

王煊回到住所简单收拾了一下，带上那柄短剑，然后联系陈永杰的秘路探险组织在元城的分部，和那个负责人通话。

"烦请告诉青木，就说他们的护道人要去密地了，很快就要变成王采药了，问下燃灯老同志要不要去。"

元城分部的负责人无语，这年轻人……说的都是什么乱七八糟的东西！

王煊离开时，并没有看到小女孩乐乐，但他心中有了决定，到了密地后留心对小女孩的病有效的奇物，希望小女孩能够支撑到他回来。

他坐上赵清菡的小型飞船一路向西，惊讶地发现飞船竟进入了云雾高原。

他对这个地方不陌生，在这里有很惨痛的经历！

赵清菡看着他一脸苦大仇深的样子，不禁笑着问道："你来过这里？"

"没有！"王煊一口否认。

云雾高原广袤无垠，有九百多万平方千米，大片的无人区很适合作为基地，赵家在这里就有一个基地。

王煊上次来时看到过一个类似的地方，远远地避开了。

"你在这里系统学习下，过两天我来看你。"赵清菡将他送到后就离开了。

她有许多事要处理，与人结盟、确定密地最佳的安全路径、究竟采摘哪种超凡药物，都需要仔细考量。

这个基地很大，远方是茂密的原始森林，还有耸入云霄的雪山。

王煊来到这里后，上的第一课就是了解密地的大环境，一个慈眉善目的中年女子为他讲解。

密地的重力比新星略大，大气压比新星稍高，氧气也浓一点儿。

所以，前往密地的人需要心肺功能强大一些。

还好，密地与新星的参数出入不大，只是略微有偏差，人类完全可以登陆。

如果密地的重力数倍甚至十几倍于新星，那想都不要想，一般的人出现在那里就等于送死。

中年女子讲解："在密地中，最大的问题是有浓郁的X物质，时间稍长，各种精密元器件就会出现故障。"

连超级战舰都曾在那里坠毁过，X物质具有恐怖的穿透力，让人防不胜防。

飞船进出密地接送探险者时有严格的时间限制，不敢停留过久，必须按照约定迅速出入，不然会失事。

所以，许多精密而强大的科技武器在那里派不上用场。

一台价值过亿的机甲，很可能只运转半个小时就会瘫痪，这种损耗谁都承受不起。

"那片区域对走新术路的人也不友善，X物质侵蚀超物质，走新术路的人待得过久，身体会出现可怕的病变。"

王煊收获很大，对密地渐渐有了了解。

随后，一个老者为他讲解密地的动植物。

老者先给了他一本药草书，书中全都是各种珍贵药物、稀有矿物等的介绍，其中更有地仙草的描述与图片。

老者道："进入宝地，明明遇到天地奇珍，却不认识，当面错过，那就太可惜了。"

王煊点头，这本书很重要，录入了各类奇物，比陈永杰给他的那本书还全面，他一一记在心中。

接着，老者又给了他一本书，当中记载的是各种剧毒之物以及危险等级很高的凶物与怪物等。

这同样重要，提前对这些东西有所了解，能够极大地提高生存能力。老者说，这本书是探险者用命总结出来的。

他告诫王煊，密地中的危险事物远比这本书记载的更多，很多还未被发现，在那里一定要小心谨慎。

老者十分尽心，教的东西很多，甚至提及普通的兽类与果实等，万一迷失在密地中，这些就是食物。

"一定要记好，你看这两种果实，看着很像，但是前者能吃，后者是剧毒之物！"

王煊很感谢这个老者，他确实学到了很多东西。

他形成了精神领域，记忆力超常，所以很快就掌握了，这让老者惊讶不已，频频点头。

随后，王煊被人带去学格斗。

"密地有些虫兽与怪物很特殊。你和人战斗可能很在行，但是与那些东西对上，最初可能很不适应。"

有专人讲解怎么最省力地对付那些东西，让王煊长了很多见识。

王煊像海绵吸水，不断学习新知识，对密地渐渐有了深入的了解，那里确实太危险了，连他都要无比谨慎。

两日后，赵清菡来了，还带了位同伴。

王煊隔着很远就认出了赵清菡带的同伴，不禁暗自嘀咕，真是人生何处不相逢，居然在这里遇上她。

吴茵也一怔，有些不敢相信，在新星也能遇上这家伙？怎么哪里都有他！

王煊腹诽，同一个人的待遇相差怎么这么大？

他身为王宗师时，和吴茵相谈甚欢，而现在吴茵那双眼睛隐约间仿佛要喷出火来呢！

两人第一次相见时他帮吴茵诊断了"病理"，第二次他不小心踹了她一脚，难道因为两件小事，他要被记恨一辈子吗？

"你们是……旧识？"赵清菡面带惊讶之色。

"是啊，我和大……我和吴茵在旧土经常碰面，老朋友了。"王煊打招呼。

"呵呵……"吴茵不给他好脸色，他冒犯她的那些言行，她是真的能记很久。

……

吴茵来这里没待多久就走了。

赵清菡告诉王煊，她和吴家结盟了，另外和小钟也谈妥了。

王煊面露异色，看来"小钟"这个称号很有名，连赵清菡都不经意间这么说出口了。

王煊在这个基地待了五天，深入了解密地与学习相关知识，那些教官都满意地点头，认为他学得很快也很扎实。

第七日，赵清菡告诉王煊该出发了！

结盟的人将在密地附近集合，现在赵家的队伍即将出发。

王煊进入战舰中，他们这支探险队共有三十六人，人不算多，主要在一群老头子的后面捡漏。

战舰离开新星，最终来到一颗名为深空第十九星的行星上，从这里的星门离去。

这让王煊大为震撼：居然要走虫洞，具备曲速引擎的战舰都不能直接过去，可想而知密地距离新星有多远。

同时，他又疑惑，新星的人是怎么发现密地的？这虫洞是他们自己构建的吗？

战舰穿过虫洞，进入一片陌生的星空中，绝对远离了新星所在的星系，临近密地了！

第—127—章

抵达密地

从虫洞出来后，星空灿烂，一片寂静。

众人皆有感触，仰望宇宙，总会感觉到自身渺小，星球也如尘埃。

现在，新星不知道在哪里，以战舰扫描深空，根本找不到那片熟悉的星域了。

很难想象，他们究竟跨越了多少光年，离故土有多远。

王煊甚至怀疑，是不是换了一个宇宙？

不只是他，探险队不少成员都有类似的念头。

虫洞后面是全新的星域，还是一个平行宇宙？掌握空间跃迁技术的顶尖大组织或许知道。

王煊看了一眼赵清菡，发现她非常严肃，正在看手中的一份资料，思考着什么，便断了与她聊这种话题的念头。

眼下探索密地最重要，其他事情没必要去多想。

战舰中，一个青年男子将一杯散发清香的自然饮品递给赵清菡，轻语道："休息会儿吧。"

这是队伍中的重要成员，名为郑睿，来自拥有起源生命研究所的郑家，同赵清菡是合作的关系。

这支探险队伍有三十六名成员，其中十二人是郑睿带来的。

"谢谢。"赵清菡放下资料，接过饮品。

战舰上众人都沉默了，未来几天他们可能会在生与死之间徘徊，有些人注定要将命留在那颗星球上。

战舰开启曲速引擎，在浩瀚的宇宙中穿行。虫洞并没有紧邻密地，显然有安全方面的考量。

大概需要四个小时，他们便能进入密地所在的恒星系。

"这是杨霖宗师。"在路上，赵清菡向众人介绍队伍中的重要成员，首先是一位新术领域的宗师。

在密地中，超物质会被X物质侵蚀。

杨霖尽管会受限，但毕竟是宗师，肉身锻炼到这种程度，还是要比其他人强不少。

谁都知道，旧术宗师最适合在密地中战斗，但如今很难找到这种人，旧术整体衰落得太厉害。

郑睿的身边跟着一个中年男子，这中年男子是基因超体，实力非常强，也达到了宗师层次。

"这是王煊。"赵清菡介绍。

"是你的那位同学？"郑睿笑着问道。

赵清菡点了点头，继续介绍其他人。

众人惊异，看了一眼王煊，不知道他是不是关系户。不过，大家觉得不至于，若实力不够，动辄会死在密地中。

战舰进入了密地所在的恒星系，接近行星带。

"看到了吗？那就是密地！"赵清菡示意，指向战舰扫描到的那颗生命星球。

王煊来到近前，仔细凝视，隐约间可见那里青翠葱郁，但像是覆盖着一层雾。

密地中有大量X物质，战舰无法清晰地捕捉到那里的画面。

战舰开始减速，向一颗褐色的行星靠近，那颗行星并非密地，它与密地像是太阳系中的火星与旧土的关系。

密地对飞船来说极其危险，飞船不能长久地停在上面，那么与密地相邻的行星就成为最好的基地。

所有来密地探险的队伍乘坐的战舰、飞船等都会停在这里，只有在接送探险队员时才会匆匆往返那颗生命星球。

这里的设施相当完善，虽然比不上新月上的基地，但在这里安排伤员短暂休养以及为飞船提供能量补给等，没有任何问题。

在这名为褐星的飞船基地中，停着一艘又一艘超级战舰，那是一群老头子的座驾，他们已经进入密地中。

赵清菡的战舰降落，她准备在这里停留一天，让老前辈们先去开道，同时她也要在这里与吴家、钟家的人会合。

褐星的基地中供人休息的地方像是一座小城镇，它被防护层保护得很严实，里面风平浪静，外面则沙尘漫天。

赵清菡、王煊、郑睿、杨霖他们进入基地中，引起了一些人的注意。

"清菡！"有人笑着打招呼。

"郑睿！"

一些年轻的男女走来，显然认识赵清菡与郑睿。他们是来自其他财阀的年轻人，属于有闯劲儿的一批人。

他们胆子大，野心更不小，想跟在老头子们的后面杀进密地，看能不能采摘到惊世奇物。

一群人谈了起来，不管是不是真心，现在都面带笑容，很是热络，说到了密地中要相互扶持。

这种话听听就算了，在密地中真遇到危险的话，自顾自还来不及呢。

为了避免争夺奇物，引发冲突，他们各自走的路线不同，必定相距颇远。没有人敢远距离跑去救人，那样做等于在燃烧自己的生命。

王煊注意到路边的立体投影广告，顿时神色一动：各大组织发布的兑换公告极其诱人。

"地髓三百克，可兑换五千万新星币。"

"太阳金一百克，可兑换五亿新星币。"

……

王煊惊异，太阳金是什么东西？居然这么昂贵，简直是天价奇物！

"看着这份清单很动心吧？我第一次见到时也热血澎湃，但回来后心就凉了，那些奇物付出生命也很难拿到。"一个中年男子叹息，他仅余一条手臂，脸上尽显沧桑之色。

他坦言自己去过密地，侥幸活了下来，现在在这个基地中当后勤人员。

"太阳金是什么？"王煊向他请教。

"密地的稀有金属。据说，古代列仙的兵器中都会加入部分太阳金。现在各大科研所都在研究怎么更好地利用太阳金，它的超凡效果好得惊人。"

王煊点头，密地中的奇物真是太多了，但大多数只能远远地看着，根本接触不了，有些奇物疑似有超凡生物守着。

在这个阶段，谁能挡得住那种怪物？探险者若敢在密地中高调，很快就会被凶物教训！

王煊继续往后看，不禁眼花缭乱，清单上所列的全都是天地奇珍，不少属于传说中的东西，这些东西居然都在密地中出现过？

这地方真的有些惊人！

终于，他看到了地仙草，一株地仙草可以兑换六十亿新星币，而这只是保底价格，后面还有补充：可面议！

王煊默默地看着，冷静下来后，他觉得这个价格不高，毕竟，地仙草可让人续命数百年，甚至直接踏足超凡。

果然，后面有的财阀提及地仙草时，报价更为惊人，除了天价保底外，还附加了其他报酬。

比如，宋家送最好地段的别墅、商铺，此外还有一篇绝世经文，竟是吕洞宾留下的秘册，直指金丹大道。

秦家的兑换物也很惊人，有数十亿新星币保底，还提供无上秘篇。

随后，王煊看到钟家的兑换物，先秦金色竹简赫然在列！

王煊心潮起伏，看着那些兑换物，谁能不心动？一株地仙草在现阶段可以换取传说中的各种典籍。

不过，得到地仙草的人大概率不会拿出来交换，采摘到这种东西，不立刻吃掉的话，恐怕没法儿活着回去。

谁敢带着地仙草，在路上估计就会被截杀。即便是财阀中有身份、讲究体面的老头子们也会为了它撕破脸皮，反目成仇。

即便有人吃了地仙草，也得隐瞒真相，不然的话，有些科研所多半会从人体中提炼那种药性。

为了接近长生，有些大组织绝对无比疯狂，不然的话，他们也不会开出那样的天价来求购地仙草。

王煊往后看，发现还有比地仙草更珍贵的奇物！

"长生石、天命浆、羽化树……"

不过，这些都是各大组织推测出的奇物，各大组织暂时只发现了相关的蛛丝马迹，没有人见过实物。因为密地有些区域太恐怖，至今无法探索。

相对而言，他们还算在外围区域呢。

赵清菡、郑睿与一些熟人打过招呼，重新归队，带着众人来到预订的住所，他们将在这里休息一天。

两个小时后，吴家、钟家的人先后到了，与赵清菡、郑睿会合。

三方聚首，三支队伍的成员相见。

在吴茵的身边有位青年男子，这男子二十七八岁，留着短发，身体健硕，身高有一百八十五厘米，眼睛非常亮，犀利而迫人。

"周云！"王煊认出了他。两人也算是熟人了，打过不止一次交道。总体来说，每次都是王煊打周云。

周云是凌薇的表兄，第一次出现就显露新术，与王煊对决了一场，结果被打了。

两人第二次相见，则是在青城山地下。当时周家、吴家、凌家一起挖掘地宫，被青木与王煊截和。

那一次，王煊戴着一张看起来像混血男子的仿真面具，又将周云给打了，让周云从此恨上了混血儿！

王煊看到周云后，很有好感，当日他就是从周云的怀里取走张仙人的五页金书的，所以再次相见后，他对周云报以友善的微笑。

结果，周云有轻微的脸盲症，他的目光从大厅中数十人身上扫过，没有第一时间认出王煊，暂时将王煊忽略过去了。

倒是吴茵眼尖，看到了王煊对她微笑示意，结果她冷着脸直接转过身去，以后背对着这边。

"老王！"一声惊呼传出。

钟诚看到王煊的背影，嗖嗖迈开脚步，快速跑了过来。他这么一喊，顿时引得部分人注目。

王煊转身，黑着脸看向他。这小子平日对王宗师十分恭敬，失态时就暴露了心底对王宗师的真实称呼。

钟诚看到王煊的面孔后颇为失望，道："不是老王。"

吴茵惊疑，又一次看向王煊，特意盯着他的背影观察了片刻。

事实上，在离开旧土的前一天，她就在安城的云湖边偶遇过王煊，当时也有异样的感觉。

"我叫王煊。"

"原来是小王。我认识你一个本家，人称老王，实力强绝一时，可俯视老辈人物，值得你用一生去追赶啊。"钟诚年龄不大，却老气横秋，最后拍了拍王煊的肩膀离去。

王煊面无表情，心中决定找机会教训他一顿，他居然一再称呼"王教祖"为老王！

有轻微脸盲症的周云正在与赵清菡和郑睿交谈，依旧没有认出王煊。

次日，他们起程，直接赶往密地。

三方人马共乘一艘稍小的飞船，密地无时无刻不在侵蚀各种飞行器，这也算节约成本。

时间没过很久，他们便抵达密地！

这是一片林地，很久前被人清理过，适合飞船降落。

王煊一踏上这片土地，就立刻感应到各种活跃的能量物质，非常浓郁，他舒服得想要大叫一声。

在他呼吸间，整个肉身都仿佛要获得新生。

他很吃惊，这里居然这么适合他！

还未容他仔细观察周围的环境，他霍地低头，感觉到异常，他的精神领域太敏锐了，地下有东西，危险在临近。

"相对而言，这里很安全，大家不用担心。"一名来过不止一次的老探险队员介绍情况。

"躲开！"王煊喝道，并且突然发动了。

他双手持合金刀冲了出去，将挡路的钟诚撞飞，又摆动长腿，将站在原地未动的吴茵扫飞。

现场一片嘈杂声，钟诚痛得龇牙咧嘴。

吴茵身在半空回头的刹那，正好看到王煊收脚，她双目喷火，简直是……

第128章
新世界初体验

吴茵身在半空，简直恨死王煊了，又是那个男子，又被他踢了一脚，这个画面似曾相识，恍若昨日之事重现。

这还不像上次，今天全是熟人，众目睽睽之下，她中招后从空中不雅地飞了出去。

匆匆一瞥间，她已经看到，许多人惊愕地注视着她与王煊。

吴茵满脸绯红，人在半空，怒气已冲霄。

至于钟诚，被撞得真不轻，连滚带爬出去很远，疼得直揉腰，一个劲儿喊痛。

王煊双手持刀站在原地，等着地下的东西冒头，结果土层下安静了，什么状况都没有发生。

他的脸色顿时变了，这不是坑他吗？密地的虫子都这么有智慧吗？他怒了，地下的东西再不出来的话，他就解释不通了，有人要找他拼命了！

所以，他提着刀在这地方用力地戳。

吴茵落地后一个踉跄，快速稳住身体，很隐蔽地揉了下痛处，然后转身就盯上了王煊，眼睛像要冒火。

她咬牙切齿，很想说，又是你！

接着，她准备抄家伙了，今天不报仇的话，她咽不下这口气。她刚来到新世界，就迎来了这样糟糕的开篇。

"地下真有东西！"王煊解释，还在那里戳地呢，"我实力或许不如很多人，但是精神感知敏锐。"

许多人看向他，面露异色。

不过，新术宗师杨霖却在侧耳倾听，显然有所觉。不只是他，队伍中达到这个层次的基因超体等也都有感应。

有经验的老探险队员甚至脸色都变了。

"快跑，离开这里，这片地下有蚯龙！"有人喝道，率先朝远处跑去。

嗖嗖嗖！

一群人全都行动起来，在这片陌生的土地上，任何风吹草动都容易引起新手的恐慌。

三支队伍共有一百多人，大部分是新手，现在这么多人一窝蜂地逃跑，一片混乱，简直像是溃军。

王煊二话不说……也跟着跑了。如果没有人喊这一嗓子帮他解围，他就是跳进黄河也洗不清了。

钟诚刚爬起来，又被吴家一个新探险队员给撞翻了。

王煊路过时，拎着他的衣领子把他拽了起来。

砰！

电光石火间，后方的野草被掀飞，土石四溅，大地炸开，有东西钻了出来。

一条水桶粗的虫子冲起，这虫子嘴巴很特殊，张开后呈圆形，与它的身体一般粗，满嘴都是锋利而细密的牙齿。

"小王，谢谢啊，幸亏有你！"钟诚虽然被王煊撞得翻白眼，现在还龇牙咧嘴呢，但他不得不感谢王煊。

王煊一把将他向钟晴那边推去，事实上，钟家请来的新术宗师已经过来了，拉着钟诚就跑。

轰！

后方那片地带，地表不断破碎，钻出来二十几条大虫子，这些虫子全都接近十米长，在后面快速追赶众人。

显然，第一条虫子憋着不出来，是在等地下的同伴，这东西有一定的智商，准备发动群体攻击。

幸好众人提前跑了，不然的话肯定要死一批人。

"一窝蚯龙！"有人低呼，认出了这是什么生物。

它们看起来像蚯蚓，但比蚯蚓要可怕得多，一般都有近十米长，表皮长着一种角质层，很坚硬很厚实，嘴巴可以轻易地咬断人的身躯。

普通人遇到它们根本别想活，想逃都逃不走，它们除了能钻地，还可以在地表上快速爬行。

在场的人都是修行者，所以逃得快，后方除却少数几条水缸粗的巨型蚯龙，大多都被甩得没影儿了。

"没吓到吧？"王煊一路奔跑，发现吴茵就在不远处，便凑过去开口询问。

吴茵身材极好，此时迈开长腿逃命，都有一种美感。

她手中提着合金刀，刚才都准备去教训王煊了，现在则是心中有气，想教训人却不知道教训谁。

她想开口说谢谢，但是又有点儿抹不开面子。

"你身后有土，赶紧拍掉吧。"王煊提醒她，主要是担心在人多的地方被发现后，她又想提刀教训人。

吴茵回头一看，身后某个部位有好大的一个脚印，她果然又要抓狂了。

这被多少人看到了？她不禁向左右看去，还好没人注意，她快速整理衣物。

当她再回头看时，发现王煊早就跑没影儿了，明显是躲着她，接着她看到钟诚正在瞄她。

"逃命呢，你还看？小心长针眼！"她朝钟诚瞪去。

"没事，只有两条特别粗大的蚯龙追了过来，我们消灭它们。"有人号召。

有新术宗师转身停了下来，不过没有亲自动手的意思。

王煊也跑回去了，跟在人群中挥刀。

他尽量收着刀势，并没有动用宗师级的力量，一道寒光落下，劈向一条大蚯龙。

噗！

一股墨绿色的液体冲了出来，那就是蚯龙的血液。他快速倒退。

探险队中有几名老手，来过密地两三次，非常有经验，他们带着一群人围猎，很快就将两条巨型虫子斩灭了。

在此期间，吴茵也冲了过来，她找到了撒气的对象，举刀狂砍，蚯龙都死了，她还在那里砍呢。

直到最后她才醒悟过来，开始向后退。

所有新手都有些不安，这次刚来到密地就遇到了意外，连地下都有危险，稍微不留神就可能出事。

"小王，反应挺快啊。"一位老探险队员开口。

"精神力异常！"一位新术宗师点了点头。

王煊道："是，我精神感应敏锐一些，不过实战经验较少。各位，如果能提前发现风吹草动，我帮大家预警，但你们得保护我。"

众人点头，向前走了一段距离，便停下来休息。

直到这时，人们才有时间、有心情仔细观察这个新世界。

这是一片林区，苍翠无比。

附近的大树下有许多大蘑菇，全都通体金黄，有两三人那么高，像一把又一把金色的大伞插在地上。

"小心一点儿，这些蘑菇都是剧毒之物，但相对来说，这里较为安全了，别碰那些蘑菇就行。"一位老探险队员说道。

王煊仔细观察周围，许多大树需要七八个人才能合抱过来，是名副其实的参天古树。

最为重要的是，这个新世界里有各种能量物质，他甚至感受到了神秘因子，且神秘因子居然在现实世界中飘落！

这让他无比震撼，虽然这里的神秘因子很稀薄，远无法与内景地相比，但这已经是了不得的事情了。

王煊猜测，难道这个世界与旧术有什么关联？！

他的身体活性在变强，血肉在欢呼，仿佛无比渴望融入这个世界中。王煊真的想舒展身体，全力爆发，与人大战一场。

"咱们还要分开行动吗？"吴茵开口道。

原本三家要分成三股，齐头并进，一起向密地深处进发。

但她现在觉得这个世界太危险了，他们刚来到这里就遭到这样的突袭，后面还不知道会遇到什么，最好合在一起。

"别分开了，一起走。"钟晴说道。

"我也觉得合在一起好。"郑睿发表意见。

赵清菡点头同意。

最终，事情就这么定了下来。

经过这么一折腾，已经到了午时，众人取出自带的食物充饥，简单休息了一番。

"王煊，你居然离开旧土，跟进密地来了，真够可以啊！"周云鬼鬼祟祟地凑了过来，坐在王煊的身边。

"老周，好久不见，甚是想念。"王煊很热情地打招呼。他真的很感谢周云，五页金书对他而言，作用太大了。

"叫周哥。"周云瞪眼，而后压低声音问道，"你没在这里和人乱说与我切磋过的事情吧？"

王煊无语。留着寸头的周云还真好面子，看起来眼神锐利，桀骜不驯，结果居然担心自己被揍的事泄露。

"没有。"

"嗯，嘴巴严点儿，不要乱说话。"周云放心了，站起身来之前，又小声道，"我现在新术大成，一个人可以打八个你，就不欺负你了，毕竟现在咱们要同舟共济。"

王煊笑着点头，觉得周云很有意思，找机会……算了，还是别欺负他了，总欺负他也不好。

嗡！

远方像是有什么动静，有人爬到高大的树上观望，顿时毛骨悚然。

"野蜂，成群成片的野蜂，太恐怖了！"

树下有人哂笑："野蜂你也害怕？"

"不是一般的野蜂，有两米多长，比牛都大！"树上的人似乎很害怕。

听到这种话语，众人脸色变了，迅速爬到大树上向远方看去。

"那是毒蜂！千万不能走出这片蘑菇区域，有两群毒蜂起了冲突！"一位老探险队员声音都发颤了。

王煊也爬上了大树，看到远方漫天都是黑影，像乌云般遮蔽了天空。

两群毒蜂在冲撞，在厮杀，不断有毒蜂坠落。

有的毒蜂距离这里不是很远，王煊可以清晰地看到，它们确实有两米多长，要是被这种东西蜇一下，必死无疑！

很快，王煊发现了更远处的一座蜂巢，这座蜂巢居然像小山般，有三百多米高，灰蒙蒙一片，让人毛骨悚然。

那里绝对是禁地！

"等它们血拼结束我们再走，现在千万不要冒头。"

毒蜂漫天飞舞，但没有接近毒蘑菇区，这片地带居然成了避风港。

直到太阳落山，他们也没能换个地方，只能在这里过夜。

吃过晚饭后，熬到九点多钟，众人决定早睡，明天早起赶路。今天算是彻底耽搁了，他们几乎没能去探索。

"王煊，你来这边。"赵清菡喊他。

王煊走了过去，在距离赵清菡两米远处打开自己的睡袋，准备入睡。

一些人面露异色，早先他们就觉得王煊是关系户，现在的情况似乎坐实了他们的这个想法。

连宗师杨霖以及郑睿等人都在另一片区域呢，赵清菡让她的同学靠近她，明显是在照顾他，怕他出什么意外。

王煊能说什么？他总不能告诉众人，谁挨着他谁最安全吧？

他什么都没有说，但他心中对赵清菡还是很感激的，老同学确实是在照顾他这个"关系户"呢。

深夜，王煊一阵心悸，霍地惊醒了，他看到远处像有黑影一闪而没。

片刻后，有人起夜，很快就惊叫了起来，声音都在发颤："我身边的人呢？怎么都不见了？！"

夜深人静，他这样一喊，所有人都被惊醒了，全都一阵发毛。

"我这边少了五人！"有人嘴唇都在颤抖。

"我这里少了四人！"

……

不同方位都有人恐惧地报出消失的人数。

大半夜，队伍中居然足足少了三十七人，谁都没能提前发现！那些人是怎么消失的？

这实在有些惊悚，所有人都头皮发麻，再也睡不着了。

赵清菡也从睡袋中起身，很不安。

王煊坐在她近前，道："不要害怕，没事！"

第129章
月夜人面生物出现

深夜从沉眠中醒来，发现自己身边的同伴无影无踪，这对众人来说简直是噩梦。

整整三十七人！

这么多人没有留下任何线索，刚才没有丝毫动静。

所有人都冒冷汗了，漆黑的森林中伸手不见五指，这片地带没有声音，异常安静，只有他们自己的心跳声咚咚如擂鼓。

"守夜的……三人也不见了。"有人打着战说道。

人们听到了彼此渐渐粗重的呼吸声，心中惊悸，看向黑暗深处，那里是不是正有一双恶毒的眼睛在注视着他们？

有些新人在轻颤，背上冒寒气，头皮如同过电似的，这比一个人深更半夜看恐怖片惊悚多了。

事实上，这是真实的恐怖事件，正在黑暗中上演。

人们不知道是什么东西在接近他们，不知道那东西是否还要从他们这里带走一些人。

这里不是故土，而是未知星系中的一颗陌生星球，甚至可能是平行宇宙中的一颗星球，这是一个可怕的新世界。

密地，至今都没有被了解。

啊呜——

哭声突兀地响起，在这死一般的寂静中，凄厉的声音划破黑暗，让一群人身体发麻。谁在哭？

所有人都后退，身边根本没有人出声，哭声来自那未知的漆黑森林。

"附近有什么东西？"一名女性新手带着哭腔问道。她后悔来密地了，她的身体都在哆嗦。

呜——

不远处，那凄凉的哭声很真实，但与普通人的哭声有些区别，更冷冽一些。

"不要自己吓自己，那是啼鸟，不是什么妖魔鬼怪！"一位老手开口道。他来过密地三次了，关键时刻，他的经验派上了用场，最起码经他提醒后，许多人略微安心了。

不然的话，刚刚失踪那么多人，附近又有哭泣声，实在让人恐惧，一些新手在慌乱中容易接连犯错。

但那位老手没有说啼鸟出现，附近必然有大量的鲜血，鲜血深深刺激到了它们，它们这是在徘徊呢，想要接近血源。

刚才失踪了那么多人，老手可以想象究竟有什么样的事正在上演，那些人的下场多半十分凄惨。

现在已是后半夜，众人早已失去睡意，在这样陌生而可怕的森林中，人们都在紧张地防备着。

终于，黑暗渐渐散开，东边泛起鱼肚白。

一些新人长出一口气，这个黑夜有部分人差点儿崩溃，这才来到密地，他们的队伍一下子就减员三分之一！

随着天亮，人们心中的紧张与恐惧感散去不少。

"在附近探察一下。"赵清菡说道，这是要看一看昨夜是否留下什么线索。他们到现在都不知道是什么在作祟，心里很不安。

新术宗师杨霖动了，他这样的高手到现在还没有发挥出震慑力，他也想弄清楚到底有什么古怪。

王煊提着长刀，也向林地外走去。

"王煊！"赵清菡看了他一眼。才一夜而已很多人就出事了，人是她带来的，她不希望同学出意外。

附近，一些人眼神异样。

"我精神感知敏锐，去看一看。"王煊确实想查一下，昨晚那东西掳走人竟悄无声息，让他的脸色都略微凝重。

清晨，朝晖透过雾气洒落进森林中，却很难驱散人们心中的阴霾。

王煊与新术宗师杨霖一起在一千米外看到了一具又一具尸体。

其他人闻讯赶来，见到这一幕后，个别新手小腿肚子都在发抖，持刀的手都在轻颤。

有些尸体的眼睛还睁着，临死时似乎有无尽的惊恐。这实在太凄惨了，所有人在害怕的同时，又生出无边的怒意，恨不得立刻手刃凶手。

可是到现在，人们都不知道是什么凶物在作祟。

赵清菡、郑睿、吴茵、周云、钟晴等人皱眉——出师不利，第一夜就损失惨重！

"这些人身上有毒素。"一名女探险者用特殊的试剂盒检验，发现那些尸体的血肉中有镇静剂的成分。

旁边有人恨声道："这是等他们昏厥过去后拖走的，我说昨晚怎么睡得那么沉，我们多少也中了毒。"

几位来过密地数次的老手聚在一起研究了半天，但最后也不知道夜间袭击他们是什么东西，以前没遇到过这种事。

钟晴建议道："我们赶紧离开这片林地吧，估计那种凶物的巢穴就在附近，这里不安全。"

这个地方让人有心理阴影，无论如何，众人都不愿意再待下去了。

一大清早，他们继续上路。

王煊越发觉得这个新世界适合旧术领域的人栖居，他的身体活性在进一步变强。在这里待上一年半载，即便不服食奇物，他也会自然而然成为大宗师！

不得不说，密地的景色很美，林地中、山峰间，有色彩斑斓的光带缭绕。

各种特殊的能量物质飘动着，如雾如烟，在阳光的照射下，显得非常瑰丽。

午后，他们来到一条大河前，原本想要渡过去，不久后却发现异常。

对岸的坡地上像覆盖着晚霞，通红一片，仔细看竟是一群血蚁。这些血蚁个头都有鸡蛋那么大，堆在一起前行，让有密集恐惧症的人非常不适。

"情况不对，血蚁在大规模迁徙，前方可能有什么异常状况，我们最好缓一缓。"一位老手强烈建议。

众人确实觉得不对劲，这次刚来密地，就遇到各种异常情况——毒蜂血拼、莫名怪物夜袭、血蚁迁徙。

他们沿河而行，傍晚前找了一个适合休息的地方。

这是一片茂密的紫色森林，树木从叶子到树干都呈紫色，并有一种很特殊的气味。

树上结的果实有拳头那么大，紫得发黑，看起来很好吃的样子，稍微剥开一点儿薄皮，顿时有汁水流淌，但并不芬芳香甜，而是有种刺鼻的怪味儿，让人受不了。

一位老手高声道："各位，不管你们是否喜爱这种味道，今夜都要把果实的汁水涂抹到身上。不仅你们讨厌这种气味儿，各种凶禽猛兽也都厌恶，会远远躲避。"

这种果实的汁水确实难闻，不仅有刺鼻的怪味儿，王煊觉得还略带一点儿臭味儿，但他还是忍着不适，将其涂抹在身上。

他发现吴茵跟上刑场似的，咬着牙在那里涂抹。钟晴被她弟弟用那种汁液淋了一头后，直接痛揍钟诚。

赵清菡虽然行事果断，但也是强忍着恶心的感觉在涂抹汁液，最终还戴上了防毒面具。

众人纷纷效仿，本来今夜他们就打算戴上防毒面具，因为他们不知道昨夜那怪物是否还会出现。

"清菡，这边。"郑睿低语。他身边竟有两个基因超体达到了宗师层次，他让赵清菡与新术领域的宗师杨霖晚间在他们这片区域休息。

赵清菡又一次让王煊跟着她，怕他出意外。

郑睿有些不满，他对赵清菡有好感，但是觉得自己没义务这么照顾王煊。

赵清菡平静地开口："别人都是为了天价酬金自愿来的，只有我这位同学是被我邀请来的，我要确保将他平安带回去。"

"行吧！"郑睿瞥了一眼王煊，总觉得他是个拖累。

王煊懒得理郑睿，他靠近赵清菡，躺下就睡。

深夜，王煊再次睁开眼睛，这次他的精神领域扩张，全力以赴地寻觅，终于感应到了，异常竟来自天空。

空中一百多米处有一群黑影，居然是人面生物，獠牙突出，眼神森冷，非常狰狞！

人面、兽身、肉翼，那种生物长相很凶，冷幽幽地望着下方，无声无息地接近王煊他们。

最后这些生物挂在树梢上，向下喷吐绿雾。毫无疑问，这是某种可致人昏迷的毒雾。

王煊弹出一粒又一粒小石子，使其落在一些人的身上，提前示警。

事实上，很多人这晚都没敢睡，怕那种食人的凶物再现。

一群人又惊惧又愤怒，凶物居然一路跟了过来，这是将他们当成了稀有的美味？连刺鼻的果浆都没让它们退去。

终于，众人看清了这种生物的模样。

它们的面孔六分像人，嘴里獠牙突出，眼睛凹陷，生有蝠翼，身体像猫科动物，满身黑毛，可以很好地融入夜色中，爪子非常锋利。

"杀！"

当这群凶物无声地落下，想要将一些人拖走时，众人全都猛地起身挥动长刀。

噗噗噗！

有凶物中刀，当场坠落下来。

既然它们选择放毒与夜袭，实力肯定不足以碾压众人。看清是什么生物后，人们的恐惧之情减少——又不是真正的妖魔，有什么好害怕的？复仇之火剧烈涌动！

王煊接连挥刀，连着劈下来四个怪物。

"有宗师级的怪物！"有人惊叫，然后他就被撕碎了。

怪物中共有两个首领，像是一公一母，相当凶残。这次暴露行踪后，它们选择凌厉出击。

"围猎它们！"赵清菡喝道，让新术领域的宗师杨霖去帮忙，那边已经有宗师级的超体在与怪物们交手。

三支队伍中数位强者冲了过去，想猎杀那两个怪物。

王煊不断挥刀，有十几个怪物被斩落下来。

周围没有人注意他，大家自顾不暇，都在挥刀与怪物激烈对抗。

那两个首领冲起，躲开围猎，一眼看到王煊这边己方死伤惨重，其中一个瞬间就俯冲了过来。

结果它险些中刀，刹那间避开，而后竟向赵清菡那里冲去。伴着惊呼声，赵清菡被抓了起来。

显然，她身上穿着顶级防护服，里面更有内甲，不然身体一下就会被抓穿。

旁边的郑睿脸色发白，他想去营救赵清菡，但面对一个宗师级怪物，克服不了心中的恐惧，最后他快速后退。

怪物没能在第一时间置赵清菡于死地，它挥动宽大的肉翼，像恶魔般向夜空而去。

那个凶戾的怪物腾空，震碎了阻挡它的一些大树枝杈，冲过了树冠。

月色下，赵清菡发丝飘舞，白皙的面孔失去血色，一双美目无助地向下看去，张了张嘴，却什么都没有说，只发出一声轻微的叹息，有种凄然的美。

她被掳走了，最后那一望让所有人心颤。

郑睿不敢看她，低下了头。

其他人也都攥紧合金刀，有种无力感。

呼！

突然，一道身影冲起。王煊刚才就没有任何犹豫，一直在尝试接近赵清菡。现在他敏捷地冲上一棵大树的顶部，凌空一跃，抓住了赵清菡的脚踝！

地面上，许多人惊呼出声，没想到最后关头，竟有人这么大胆。

众人认出是王煊，全都面露惊讶之色，不再认为他是无能的关系户。关键时刻他敢舍身去营救老同学，不管结果如何，这种人都非常值得结交。

郑睿面色发白，有内疚，更有心痛，他知道赵清菡活不了了，在密地被怪物抓走的人中从来就没有生还者。

那个怪物速度快得吓人，它冲上高空，在夜月下宛若盖世妖魔，相当可怕，带着两人疾速远去。

月下"旅行"

夜空中，风声呼呼，怪物疾速飞行。

不算肉翼，它的身体也有三米多长，强健有力，身上带着一股血腥味。

王煊确定，这个怪物的力量很强，一般的宗师对付不了它。

他原本想直接扯断赵清菡的防护服，与她一同坠落向地面，没想到这个怪物升空这么快。

他现在不敢了，怕两人一起摔死。

怪物挥动着肉翼，破开山林上空的迷雾，冲向未知的区域。

赵清菡脸色苍白，早先她有些凄然，但看到王煊在最后关头竟不计后果纵身一跃，脸色变得柔和，心里很感激王煊。

不久前，她都绝望了，感觉自己被整个世界遗弃了。连平日隐约间追求她的郑睿都在躲避，她请的新术领域的宗师都在后退，无人敢追上前来，她只能闭上嘴，什么都不说。

因为她知道，连宗师都不敢救她，其他人就更不敢了。

她没想到，那段时间她都没有见到的王煊，居然突兀出现，凌空一跃，抓住了她的脚踝。

那一刻，她险些落泪，感觉自己重新融入了这个世界中。

王煊抛掉合金刀，抱着赵清菡的双腿，几下就跃了上去，直接抓住怪物的一条后腿。

赵清菡脸色发白，看着大地越来越远，山川越来越小，轻语道："你不该追上来，你也会没命的。"

风很大，将她的话语吹散，她不得不大声地喊出来。

"不要害怕，没事！"王煊说道。

他很想给这个怪物来一下，让它慢慢坠落到大地上去，但他又怕掌控不好力度，导致一兽两人全都摔成肉酱。

"你赶紧抱住我，不然，万一这怪物松开爪子，你就会从高空坠落下去！"王煊喊道。

赵清菡照做，张开双臂迅速抱紧了他。

时间不长，怪物果然松开了爪子。将爪子松开后，它想抓死那个像狗皮膏药似的黏上来的男子。

王煊抽出短剑，对着它探过来的大爪子来了一下。

怪物的大爪子寒光闪闪，非常锋利，但是直接被短剑削断了，这让它受惊不轻，身体一颤。

王煊没客气，给怪物的后腿也来了一下，但不敢扎它的要害，怕它力竭。

"它这是要飞到哪里去？"赵清菡抱着王煊，声音有些发颤。在这样的高空俯瞰大地，着实恐怖，弄不好就会粉身碎骨。

"估计是去它的巢穴。不要担心，就当在密地月下旅行了。"王煊一只手抓紧怪物的腿，一只手持短剑，研究怎么下手。

锵锵锵！

他很快就将怪物两条后腿上的锋利爪子削断了，以免它时不时地挣动伤人。

可惜，怪物的前爪离得有点儿远，他够不到，主要也是怕跃过去时，不小心将赵清菡甩出去。

嗷——

怪物发出沉闷的低吼，这是它第一次发出声音。被人"修理"了脚指甲，它双目森冷，戾气滔天，愤怒无比。

"喊什么，得'王教祖'亲自修脚，你能吹嘘一辈子！"王煊教育道。

"不过，你也没机会吹嘘一辈子，今晚我就斩了你！"王煊研究怎么让它主动落到地上去。

不过，这怪物反应很强烈，被短剑刺痛后剧烈挣扎起来，有两次更是在高空中翻身，想将两人甩出去。

王煊不敢过分逼迫了，只能静等它自己落地。

同时，他提醒赵清菡一定要抱紧他，如果没力气了，要提前告诉他。

赵清菡点头道："我怎么也算是一个高手，短时间内不会力竭。"

这是她从未有过的体验，她居然和王煊一起抓着怪物的腿，横跨充斥着迷雾的长空。

赵清菡被分散了注意力，不再那么紧张了，皱着眉头问道："你身上有什么东西，怎么会这么硬？"

"钢板，防身用的！"王煊恍悟，立刻答道。

赵清菡抱着他的腰，轻轻敲了两下，金属颤音响起，衣服里果然是钢板，足有十厘米厚。

王煊不仅穿着防护服，还夹了钢板，在密地中是要这么谨慎的！

月色下，怪物带着他们横跨长空，惊退很多鸟。

王煊开口道："这怪物明显比它的同类厉害十倍不止，发生了脱胎换骨的变化，肯定吃了什么奇物。说不定它的巢穴附近有超凡药草。"

赵清菡面露忧色，这凶物实力强大，达到了宗师层次，落地后说不定会立刻将他们撕裂。

她有些怀疑，怪物这是要用他们去喂食幼崽。

"如果这头凶兽降落，我们分散逃，这次你不要管我，能活一个是一个，不要再想着回头救我！"

赵清菡轻叹一声，虽然王煊表现得很厉害，勇气十足，但是真要面对宗师级怪物，他根本不可能是对手。

她不清楚旧术领域有内景地、天药这样的秘路，所以无法正确判断王煊的实力。

王煊道：“我手中的短剑出自名家之手，锋锐无比，落地前，我会对它的要害下手，有机会搏出一条生路，我们死不了。”

赵清菡确实早就注意到他手中奇异的短剑，现在又看了两眼，忍不住道："我看它的样式，怎么有点儿像鱼肠古剑？"

王煊淡定回应道："是旧土一位大师仿造的，肯定比真正的鱼肠剑锋锐很多，毕竟这是特殊的合金材质，不是青铜。"

远处传来兽吼声，另外一个宗师级怪物追了过来，马上就要到眼前了。

一公一母两个凶兽将会合。

王煊叹道："今夜注定要有一战啊！"

他估摸着，自己的宗师级实力不得不暴露了。

第 131 章

月夜奇迹

另一个怪物临近，眼神凶狠，还隔着一段距离就看到伴侣的爪子被"修剪"了，不禁张口咆哮，声音震动了夜空。

而带着王煊他们飞行的凶兽也在低吼，像在回应着什么。

"看什么看，一会儿先对付你！"王煊吼道。

赵清菡抱着王煊的腰，很紧张，最终又叹息一声，他们终逃不过这一劫吗？

她认为，两个宗师级怪物会合，他们绝对没有活路。她已经做好了死的准备。

"你要相信奇迹。"王煊淡然，手持短剑，准备随时开战。

他为了缓解紧张的气氛，故意轻描淡写，一副满不在乎的样子。

"对我们来说，这不见得是厄运，或许是一场造化，我们可以去它们的巢穴采摘灵药。现在，你抱牢我，先安心夜游密地长空，如果感觉不适，就闭上眼睛。"

赵清菡听着他这种话，不得不叹，这位同学真的心大，这个时候了，还这么镇静从容。

有那么片刻，她产生了怀疑，王煊该不会是宗师了吧？

可是，她又觉得没有任何道理，他不可能在一两个月的时间内，跨越几个层次，从采气、内养直接进入宗师领域。

嗷！

那第二个怪物临近后，直接俯冲了过来。

"奇迹就要出现了！"王煊喝道，双目光芒迸发，两道近乎实体化的光束飞出。他决定全力以赴，以雷霆万钧之势先消灭一个怪物！

赵清菡心头微颤，她看到王煊这种表情，再看到他双目灿烂得惊人，顿时生出一个念头：他真的踏足宗师级领域了？！

轰！

一道璀璨的金光冲了过去，原地气流激荡，发生了大爆炸。

王煊手持短剑，身体略微僵硬。他还没出手呢，怪物呢？直接就没了！

他的精神领域起伏，捕捉到了那一幅恐怖的画面！

关键时刻，一只金色的猛禽飞过，实在太快了，像一道刺目的闪电划过黑暗，而后远去。

金色猛禽在夜空中远去，只余一束金光渐渐暗淡消失，速度快得不可思议。

密地实在太恐怖了，这是什么层次的生物？

嗷——

带着他们飞行的怪物低吼，身体居然在颤抖，然后疾速降落，一头向大地栽去，显然吓坏了。

它身上溅上了伴侣的血液，恐惧到了极点。

"那是什么生物，是所谓……奇迹吗？"赵清菡的声音略微发颤。

王煊说会有奇迹发生，没想到真的应验了！

"是……奇迹来了。"王煊嘴里发干，他正准备展现宗师级实力，没想到关键时刻，有神秘生物"抢镜"。

同时，他相当骇然，后背冒出寒气。

那只金色的猛禽太强了，一口就将怪物吞进嘴里，就像燕子划过夜空，吞食飞虫那么简单。

"快降落到地面了，别想那么多，我们准备逃生。"赵清菡提醒他。

怪物俯冲向大地，距离地面还有几十米时开始扇动翅膀，放缓速度，即将平稳地落下去。

"奇迹……它又来了！"赵清菡惊呼。

夜空下，一道金光疾速而来，两人只看到一束光划过，像一柄飞剑斩破夜空。

"下降，快点儿着陆！"王煊喝道。那只金色猛禽绝对是超凡生灵，这是在捕猎，将宗师级怪物当成了食物。

这怪物比王煊还急切，无比恐惧，向下猛降，想要进入密林中。

"来不及了！"赵清菡脸色发白，那只金色的猛禽快到眼前了，比这个怪物的速度快很多。

王煊看到猛禽张开金色的鸟喙准备进食，不由得心头悸动，这多半是要将他与赵清菡一起吞进去。

噗！

关键时刻，王煊挥动短剑，直接削断了怪物的后腿，刺激得它眼睛通红，仰天发出凄厉的长号。

这一刻，剧痛让它兽性爆发，失去理智，它猛烈振动双翼，这完全是一种本能反应。

这为王煊与赵清菡争取到了时间，在怪物扇动双翼、短暂在半空停驻时，两人直接坠落向山林。

"抱紧！保护好你的眼睛，别被树枝划到！"王煊最后提醒道。

怪物因为剧痛而发狂，不过瞬间而已，它就清醒了过来，不再激烈地拍动翅膀，而一头向山林扎去。

然而，无论怎么逃，它都不可能避开那只金色的猛禽，不过是为王煊与赵清菡的逃生争取到了时间而已。

砰的一声，怪物在原地消失了，只有一片血液洒落向下方的林地。

一道金光贴着林地而去，将一些巨大的树冠撞击得粉碎，发生剧烈的大爆炸，没有什么可以阻挡那只金色的猛禽。

随后，它的后方区域又有音爆声传来，这片山地动静巨大无比，惊得许多凶禽猛兽逃走了。

王煊收起短剑，双手抓向下方的古树枝杈，他练成金身术的好处现在体现了出来，不怕撞击。

当然，他得让身前的赵清菡避开那些粗大的树杈。在疾速下坠的过程中，他拉断不少枝杈，更是以后背撞断一些树干，不断减速，最终抓住树杈稳住身体。

咔嚓！

但那根树杈断了，他摔落在地面上。

砰的一声，一块石头被他撞碎，因为他后背有钢板。

他已经尽量照顾赵清菡了，但她还是被震得七荤八素。

这样都能不死？赵清菡感觉这个夜晚他们一直在经历奇迹。

远方有兽吼声，是被金色猛禽掠走的怪物发出的，现在这片山林附近难得地安谧了下来。

"它会不会继续捕食，将我们也当成食物？"王煊表情严肃地道。这确实有可能，那只金色的猛禽喜欢盘旋回身。

他刚说完，一道金光就从天空中划过，大爆炸声响起。

两人都惊住了，它真的在徘徊，该不会想将他们两人也吞掉吧？

一刹那，他们都安静了，并肩躺在地上等待。半刻钟后，他们放下心来，金色猛禽没有再出现。

"不是奇迹，在你身上一定发生过什么事！"月光下，赵清菡眼神清亮，偏着头看向身边的王煊。

人性

"什么奇迹？我的腰都快断了！"王煊叹息，躺在那里不动。

"啊？"赵清菡吃惊，快速坐了起来，要帮他检查。

"不用，估计只是撞在树干上伤到了，问题不大，我这么躺着休息下就可以了。"王煊不让她检查。

"趁各种凶禽猛兽都逃掉了，你休息下，天亮我们就赶紧离开。"赵清菡说道。

王煊点头，直接躺在这里睡了。在密地中他必须尽量让自己处于巅峰状态，以应对各种意外。

月光洒落，赵清菡看着他，久久未眠。她有很多疑惑，以她的精明，自然会有各种联想。主要也是王煊在那种时刻太镇定了。

不管怎么说，王煊最后关头凌空一跃来救她这个画面映入了她的心中，这是能托付性命的朋友。

她很感动，在月光下慢慢闭上了美目。

连续两个夜晚出事，她都没怎么睡过，现在她睡得很安稳，很快进入梦乡。

清晨，王煊一动不动，整条手臂都被压着，他想抽出来，却怕惊醒赵清菡，觉得还是让她多睡会儿吧。

终于，赵清菡眼皮颤动，渐渐醒了，感觉到自己抱着一条手臂，她顿时慌乱松手，整理衣服。

"没事，你睡觉时流的口水不多。"王煊调侃道，以化解尴尬。

"你才流口水，我从来不流！"赵清菡脸色微红。

"那我的手怎么是湿的？"王煊站了起来，发现右手似乎真有些湿痕。

"看什么呢？那是露水！"赵清菡起身。

两人辨别方向，想要往回走，去找大部队，和那些人会合。

昨夜虽然只是被那个怪物掳走片刻，但王煊觉得他们最少飞出了数千米远。

"错过了怪物的巢穴，与一种灵药失之交臂，可惜！"王煊轻叹。

赵清菡道："先别想着奇物了，我们赶紧回去。这次的行动我需要检讨，密地的危险远超我的想象。"

这与她得到的那些资料不相符，密地现在比以前危险了很多，一定出了什么变故。

两人谨慎地踏上归路，确定方位，翻山越岭。途中，王煊以强大的精神感知避开了一些有危险的地带。

这里还算密地的外围区域，出现金色猛禽那样的超凡生物算是意外。

"有人！"王煊驻足，看到前方林地中一道身影盘坐在一个湖泊边上，是人类。

这个中年男子身上带着斑斑血迹，连防护服都破损了，但他自身似乎无大碍。此时他霍地回头，发现了王煊与赵清菡。

他冲两人招了招手，示意两人过去。

"你是谁，怎么在这里？"王煊并不在意，大步走了过去。

王煊洞彻了这个人的状况——宗师级的基因超体，身上无伤，状态很好，但是对王煊没什么威胁。

"我自然是探险者，和队伍失联了。我在这里发现了一些灵药，等着灵药成熟采摘呢。"这个男子三十几岁的样子，脸上露出淡淡的笑容，道，"相逢即是缘。湖中共有五株养神莲，我三株，你们两株，怎么样？"

湖中飘出淡淡的清香，共有五株莲花发出光芒，一看这莲花就不是凡物。

养神莲，可以养身，但更养神。从名字就可以知道，养神莲对精神力的提升有很大的好处，等到结出莲蓬，吃莲子进补，效果最好。

那绽放光华的莲花也有效果，但肯定差一些。

但凡探险者都不可能等到养神莲结出莲蓬，因为没有时间等待。

王煊觉得自己如果吃了养神莲，实力必有突破！

"小伙子，你去采摘养神莲。"中年男子说道。

"我觉得这湖中有东西，你自己都不敢下去。"王煊精神感知力超强，自然感觉到了湖中的异常，所以他直接点破。他没有必要惧怕这个男子，这个人的恶意太明显了。

这里远离新星，有些人到这里后，失去了法规的束缚，像是挣脱了道德枷锁，在无人区恣意妄为。

有老探险队员说过，如果与自己的探险队失散，在野外遇到其他探险者时一定要注意，有些人毫无底线，其行为令人发指，比凶兽还可怕。

"让你去就去，废什么话！"中年男子站起身，冲赵清菡招了招手，道，"姑娘，这边来，我们在这里等他采药就是了。"

这个人虽然在笑，但是王煊和赵清菡明显感觉到他居心不良，他根本不掩饰自己的企图，觉得自己是基因超体，眼前这两人随自己揉搓。

很明显，他想逼王煊进有问题的湖中采药，白白送命。

而他留下赵清菡的企图也赤裸裸的不加掩饰，眼神中那种炽热的光芒，任何年轻的姑娘看到都会觉得恶心。

"什么地方才能将人性演绎得淋漓尽致？就是这种无人区。在脱离人类社会法律束缚的地方，纯善与丑陋都会上演。可惜，你与善绝缘，将丑恶的一面全展现了出来。"王煊冷声道，一点儿情面都不留。

一个基因超体也敢为所欲为？遇上这种无底线的人，他没有必要心慈手软。

"你知道自己在和谁说话吗？"中年男子冷笑着问道。

他确实无所畏惧，现今的宗师级高手都在三十岁以上，眼前这个年轻人不过二十出头，也敢和他叫板？也就旧土出了个年轻的怪物而已，仅此一例，但那怪物根本没离开过那颗星球。

"你面对的是宗师！"中年男子冷冷地道。

赵清菡听到这种话，顿时脸色微变，拉着王煊的手就要退走。

虽然她对王煊的实力有所猜测，但还是担忧，眼前的人绝对是个老牌宗师。

王煊笑了，道："清菡，你差点儿中计，这个人受了重伤，可又不想与人分享这里的灵药，想将你我诈走。"

中年男子走了过来，他觉得这个年轻人实在天真得可爱，让他这个双手沾满鲜血、连同伴都照杀不误的宗师都想微笑面对。

王煊松开赵清菡的手，大步迎了过去，道："你色厉内荏，骗谁啊？我拆穿你这个纸老虎！"

中年男子笑了，眼底深处却有冷光闪过，他伸手向王煊抓来，这是要重创王煊的手臂。

王煊反抓了过去，比他更快，也比他更有力，他的一条手臂顿时断了。

王煊对赵清菡开口："你看，他在虚张声势吧？手臂断过，现在还没长好呢，就这种人也敢作恶？"

中年男子疼得满脑门子都是汗，无比震惊，这是什么怪物啊？！

"我是……"他想说自己是宗师，结果另一条手臂也断了，嘴里的话变成了闷哼声。

"这也太假了，什么人都敢冒充宗师。"王煊在那里摇头。

中年男子很想说，我不是假的，我是真宗师啊，不能这么埋汰人。然后他被那年轻人摸了一把，肩头又受了重创！

"我……"他张嘴喘息，却被一股强大的精神力量压制得说不出话来。

第 133 章

情侣

中年男子满身都是冷汗，到现在想都不用想，他踢到的不是铁板，简直是火炉，在这位面前，他太脆弱了！

他难以理解，这是什么层次的怪胎？一挨着这位，他的手臂就骨折；稍微碰一下，他的肩头就受到重创。

这是王煊将金身术练到第六层巅峰的最直接体现，肉身强大得离谱！

"我……"最让中年男子感觉憋屈的是，对方连话都不让他说，为什么啊？

他一张嘴，就全身剧痛。

而现在他更是被精神压制了，对方这是形成了精神领域吗？实在太恐怖了。

"我有话说！"他艰难地嘶吼出声。他想与对方谈一下，想要求饶，不然的话死不瞑目。

砰！

结果，那个年轻人微笑着摸了摸他的下巴，咔吧一声，他下巴脱臼了，这一刻，他疼得涕泪长流。

太艰难了，人生在世，连说话都不行，连谦恭地赔礼道歉，问一下对方到底是何方神圣，都没有机会吗？

至于发狠对抗，他想都不去想，他很清楚自己和对方的差距。这个年轻人摸他一下就让他骨折了，他若真敢动用所谓的撒手锏，估计会立刻丧命！

他宁愿痛苦地苟活，也不想马上死去。

后方，赵清菡很吃惊，最初她以为这个人真的受了重伤，刚才是在虚张声势，可是后来越看越觉得有问题。

这到底是不是宗师？她十分怀疑。即便王煊很厉害，也不至于如此吧，随手就让这个层次的强者受重创，太惊人了。

赵清菡身段修长，轻盈地走了过来，想要探个究竟。

中年男子像是看到了救星，他为人心狠手辣，察言观色等能力自然不弱，他觉得这个女孩面善，似乎想要问他什么话。

他竭力表现，希望这个无比漂亮的年轻女子暂时制止那个男子的"恶行"。

然而，他等到的是这个异常标致的姑娘一记漂亮的摆腿。

赵清菡想试试这个人到底是不是受了重伤，亲自检验才最真实！

砰的一声，中年男子被踢中胸部，感觉头大无比，这是遇上了一对喜欢打人的情侣？

"我怎么没能重创他？"赵清菡问王煊。

王煊也没有想到赵清菡会直接上脚，他装模作样地摸了摸中年男子的胸骨，道："他这里原本没有伤，但是被你踢得马上要断了，不信你再试试。"

"我……"中年男子要疯了，明明是你用手按的，恶魔啊！

在这一瞬间，他认为王煊可能是什么妖魔化形的，毕竟这里是密地，充满神话迷雾，一切都有可能。

"你别折腾他了，挺可怜的，我发现你摸他哪里，他哪里就受伤！"赵清菡开口道。这姑娘眼睛明亮，普通的手段根本糊弄不了她。

这一刻中年男子频频点头，终于有人说句公道话了。

然而，赵清菡接下来的一句话又让他感觉从人间坠落进地狱中。

"我觉得你还是给他个痛快吧！"赵清菡这样建议道。

中年男子觉得，自己真是遇上了一对妖魔情侣，这两人没有一个善茬儿。女子看起来罕见地美丽，在怪物横行的恐怖密地中像个仙子般，结果张嘴就要他死！

赵清菡不是柔弱之人，既然确定这个中年男子不是好人，想害死王煊，更对她图谋不轨，她觉得这种人死不足惜。

她曾听说过，在密地无人区落单的女探险队员有过噩梦般的经历，虽然侥幸活了下来，可是后半生无比痛苦。

眼前这个人就是那种比凶兽还没有底线的恶魔，刚才他的行为清晰地体现了这一点。

王煊感觉赵清菡确实不好骗，无论他怎么遮掩自己的实力，这姑娘都起疑心了，多半已经认为他是位强大的宗师。

王煊停手，对中年男子开口道："我问什么，你说什么，不要胡言乱语，听明白了吗？"

中年男子立刻点头，不敢违逆。越是这种无底线的人，越容易被更凶狠的人压制，变得怯弱。

"你加入了哪家的探险组织？为什么到了这里？你们的队伍呢？"

"我加入了宋家的探险队……"

中年男子介绍，宋家的老头子带领大批的高手，破釜沉舟，想要进入密地某一区域，希望饱饮地元液，像钟庸般获得新生。

结果，在密地深处，一群人遭遇恐怖的怪物群，探险队中大宗师级的高手都被击灭了。

眼前这个中年男子见到那样一幕后，转身就跑了，他也不知道后来怎样了。

他一路逃到这里，发现灵药并想采摘，可是湖中有两个怪物，他一个人对付不了，只能在这里干着急。

"你沿途杀过几个人？"王煊问他。

"没……"

然而，在王煊释放精神领域压制后，他顿时满头汗水，精神力量之源要崩溃了。

"六个！"他咬牙，接着拱手道，"我什么都说了，二位神仙眷侣，请给我一个机会吧。密地这么危险，我给你们当马前卒探路。"

王煊笑了笑，道："挺会说话啊。"

赵清菡瞥了王煊一眼，道："你赶紧给他个痛快吧。"

王煊点头，直接摆腿将这个人踹飞。

"妖魔……情侣！"中年男子咬牙切齿，带着不甘与怨毒之色，咽下最后一口气。

"我还以为你会让他去引诱湖中的怪物上岸呢。"赵清菡说道。

"他进入湖中肯定会被怪物咬，到时候采摘到灵药服食时，我怕难以下嘴。"王煊说着，自己到了湖边，尝试踏足水中。

"你小心点儿，湖中有怪物。刚才那个人是宗师吧，他觉得水中异常危险。"赵清菡提醒。

"他不是宗师！"王煊摇头。

赵清菡撇嘴，这个时候信你才怪！

王煊看到一道金色身影冲了过来，张开血盆大口就想撕咬他。

这是一头形似鳄鱼的怪物，有六米长，头上有一对犄角，通体呈淡金色。它强劲有力，掀起巨大的浪涛，而且它冲过来的速度太快了！

王煊退后一步，这怪物猛然间就跃上岸来了，身体带着淡金色光华，对他猛攻。

砰！

王煊试探了一下，一脚将这个怪物踢得滚了出去。

他试探出来了，这个怪物的实力比刚才的中年男子强一截，但依旧在宗师层次，无法对他构成威胁。

"你看，它很普通吧？根本不是宗师级的生物，比准宗师还要低两个境界。"王煊说着，冲了过去，按住怪物的头就是一顿捶。

怪物蒙了，这是什么人？比它的躯体小很多，却拥有巨力，比它更凶猛，一上来二话不说就砸它的脑袋！

"这只是变异的鳄鱼而已，离宗师还远，很弱！"眼看怪物不动了，王煊这样点评道。

第一134一章

蛟

清晨，密地中各种能量物质很浓郁，烟霞荡漾，林地中像是有光带缠绕。

赵清菡走到湖边，修长的身段被身后林地中色彩斑斓的光雾映衬着，异常美丽。

她盯着地上淡金色的生物看了又看。来密地前，她看过很多资料，有的是探险队员整理出来的，有的则是各大组织从各种文献中摘录出来编纂的药草异兽图谱。

"这是鳄蛟！"她瞥了一眼王煊，这样一个怪物居然被他降格为鳄鱼，王同学也太能扯了。

关键是，他居然用拳头对付这条鳄蛟，虽然它还没死，但大概活不成了。

"这是一种蛟？不可能！"王煊露出惊讶之色，这次他没蒙骗赵清菡，他确实觉得有些离谱。

他摸了摸淡金色生物的头，面露异色，这要是鳄蛟的话，全身都是宝。

赵清菡有些无语，看他摸那么大个的鳄蛟，居然很温柔，像在摸小狗般。

她忍不住开口："你想干什么？"

"我以前连肉都很少吃。"王煊从小到大吃穿用等都很普通，面对物质生活极其优渥的赵清菡，他很坦然，没什么不好意思的。

"回去后，我请你吃各种大餐。"赵清菡开口道，想到他那凌空一跃，她的脸色就格外柔和。

"这要是蛟，特别补身体。"王煊颇为期待，因为各类记载中对蛟肉的评价都很高。

他转头看向赵清菡，道："会做饭吗？"

"干吗？"赵清菡预感到了什么，但最终还是点了点头，道，"只是偶尔下厨，试试身手。"

"行，也不用急着回去了，烤肉吃！"王煊盯着地上的鳄蛟，绕着走了一圈。

赵清菡难得地有些不自然，道："我只煮过一些东西，烤肉……没做过，只能将就着吃。"

"烤熟就行。"王煊觉得这总比他在云雾高原吃的那些焦黑的肉强吧。

他没有忘记正事，最珍贵的还是湖中的五株养神莲，为了避免出现什么变故，他准备下水先把养神莲采摘到手。

"还有一条鳄蛟，你小心点儿。"赵清菡提醒。

湖中一道金色身影在游弋，虎视眈眈，不时露出森冷的目光盯着王煊。看到同伴的下场，它不敢上岸。

王煊解开防护服，从胸前与背后抽出两块十厘米厚的钢板。

赵清菡看得无语，这得多少斤？

这还不算完，很快，她发现王煊从手臂与大腿处卸下一些稍薄的钢板，防御得真严实啊！

同时她腹诽，难怪他硌人，他全身上下都是钢板！

拆解完毕，王煊带着短剑下水。不然那么一堆钢板在身上，肯定会让他直接沉入湖底。

"你……这样太危险了。"赵清菡确实担心，在水中战斗和在陆地上战斗完全是两码事。

"不要紧，这些蛟都还是幼体，和那个基因超体一样，都是纸老虎。"王煊说道。

他确实不惧，他练成了金身术，不怕那条鳄蛟的撕咬，又有短剑这种利器在手，除掉鳄蛟不是太难。

扑通一声，王煊下水。

那条鳄蛟眼神顿时无比阴冷，猛地蹿了过来。它像一杆粗大的金色标枪，贴着水面就过来了，快到极致，身体两侧大浪掀起。

水里，就是它的天下。它张嘴就咬，准备叼住这个人后，给他来个"死亡翻滚"。

王煊盯着它，又看了看手中巴掌长的剑刃，感觉就算把短剑刺进它嘴里也不痛不痒。

金身术让他拥有惊人的体质，他矫健无比，快速躲避。

鳄蛟带着腥味的大嘴中，锋利的牙齿有三十多厘米长，闪烁着寒光，与他擦肩而过。

王煊砰的一掌拍击在鳄蛟身体一侧，将六七米长的鳄蛟打翻，震得湖面水花迸溅，白茫茫一片。

岸边，赵清菡脸色发白，为他担心。在水中与这种怪物厮杀，实在太危险了，她根本不赞成他下水。

王煊向下潜，短剑无情地刺进鳄蛟的腹部。

鳄蛟吃痛，在水下一个摆尾，转身就逃，它感觉到了死亡在临近。

这种怪物都有一定的灵性。

它没有死磕，在身负重伤的情况下冲向湖心，向五株养神莲而去。

原本它有足够的时间等到结出莲蓬，吃莲子进补。

它没有想到，自己在水中居然不敌这个人。现在，它毫不犹豫地想提前吞掉莲花。

王煊一直在防备着它，抓着它的尾巴跟进湖心，现在跃起，踏在它的背上，毫不客气地挥动短剑。

鳄蛟眼睛都红了，这个人跟狗皮膏药似的黏在它身上，让它的背部多出很多伤口。

虽然临近了养神莲，但它觉得自己可能会死在这里。

它已经沉入湖底，可是这个人依旧黏在它的背上死不松手，短剑不断没入它的血肉中。

鳄蛟发狂，在水下翻腾，湖面上浪涛不时冲起，它摆尾时，将两株养神莲都给抽断了。

王煊脸色变了，怕灵药有损，便放开鳄蛟，冲出水面，快速去采摘莲花。

鳄蛟真的很不甘心，以前它在湖中猎杀探险者轻而易举，现在则很绝望。

它红着眼睛看了王煊一眼，沉入水底，快速游向远方。

王煊迅速动手，没等两朵发光的莲花落入湖中，便顺利地接住，很快五株灵药都到手了。

他游回岸边放下莲花后，再次入湖挖了几段莲藕，不知道这莲藕有没有药效。

他浑身湿漉漉地上岸。赵清菡快速走来，看他有没有受伤。她刚才看水下翻腾得厉害，无比紧张与担心。

"灵药配蛟肉，应该算是大补物吧。"王煊满脸都是喜悦之色，他觉得自己的实力肯定可以提升一截。

赵清菡面露异色，她家里的叔伯不惜重金滋补，吃的都是各种罕见与珍稀的食材，美其名曰人到中年要养生。

王煊哪里会想那么多？他道："赵同学，一块收拾下，这些都是大补物，保证美容养颜。"

赵清菡："……"

远处传来奇异的吼声，带着一种说不出的情绪，是那条鳄蛟。它离开湖泊，进入不远处的大河中。

王煊脸色微滞，而后变得无比严肃，仔细聆听。

赵清菡也转身看向不远处的大河，微微皱眉道："这条鳄蛟的叫声高低起伏，该不会在呼唤同类吧？"

"确实有情况，我刚才听到大河的下游有一声低沉如雷鸣的回应。"王煊的脸色变了，因为他听到了第二声雷霆般的低吼声。

赵清菡没有达到宗师境界，听不到下游的沉闷声音，但是她很敏锐，立刻做出正确判断，道："该不会有一条更厉害的大蛟吧？"

按照古代的那些记载，鳄蛟不是普通的怪物。

"走！"两人同时说道。这地方不能待了，他们必须赶紧离去。

他们收拾好五株灵药，随后，王煊实在没忍住，又取了一大块蛟肉，念念不忘要"大补"。

探险队成员都有特制的收集袋，可存放灵药等奇物，不用担心药香溢出而惹来怪物。

赵清菡看他到这个时候了还不忘取蛟肉，忍不住翻白眼，催促道："走了！"

"走！"王煊和她快速冲进林地中，一路狂奔而去。

王煊连钢板都没顾得上装回去，没时间了。

嗷！

不远处那条大河中，炸雷般的吼声传来，惊天动地，浪涛冲起上百米高！

果然有大蛟，吼声震得群山中都有雷霆般的回响。

一道粗大的金光从下游快速游来，接近湖泊那里。

"真有大家伙！"王煊惊叹。他相信了赵清菡的话，这是蛟类的一种，成长起来可以踏足超凡！

那条大蛟应该超越普通生命体了，最起码也是迷雾层次的生灵，绝对不是现在的他所能对抗的。

浪涛击天，一条三十几米长的大蛟从河水中冲出，满身戾气，不知道杀戮过多少生灵。

它的吼声，震得这片区域所有飞禽走兽恐惧无比。

王煊拉着赵清菡在山林中狂奔，已经跑出去了一两千米。可是，赵清菡很明显跟不上他的步伐了，完全被他拉着跑，几次险些撞在大树上。

嗷！

后方，一条庞然大物出现在一座山头上，森然俯视四方，它一甩尾巴，将崖壁都抽得崩裂了，地动山摇。

王煊透过林木，回头望了一眼，看到了远处那座山顶上的怪物，顿时头皮发麻。超凡的大蛟在寻找他！

"小赵，你这样不行，太慢了，我背着你走！"他低声道。

赵清菡大口喘息，累得不行了，她瞥了王煊一眼，这是又给她降级了？

王煊抄起她的双腿，把她背起来就狂奔。现在顾不上其他了，逃命最重要，那条蛟太恐怖了，绝对能毁灭所有探险队！

赵清菡伏在王煊背上，有些犹豫，最后还是在他耳边纠正道："以后不要喊我小赵，尤其不要当着吴茵她们的面喊，因为，在我们圈子里，这是……轻慢，甚至是骂人的话。"

"原来如此。小钟是典型吧？"王煊第一时间做出联想，但很快他就觉得自己失误了！

第 135 章
金身再蜕变

这不是表明他早就知道其中的"典故"吗？

果然，赵清菡趴在他后背上的身体微僵。

她没有想到，王同学知道内情！

"你肯定不是！"王煊赶紧补救。

但是，他发现越描越黑。这种话题最好不要多说，越解释问题越多。他开始发力狂奔，现在确实没时间想其他问题了。

那条大蛟在山头俯视过后，似乎发现了蛛丝马迹，竟追了过来。

"通灵的怪物果然恐怖，它有所觉察！"王煊的脸色变了。

后方，一些古树炸开，那条大蛟追击时尽显力量，相当惊人，荆棘灌木全部被碾碎，拦路的大树也瞬间崩断。

王煊明白了，早先的两条鳄蛟真的只是幼体而已，被他无意间说中了。

"我这是金口玉言吗？"说的话频频应验，他觉得自己不能乱说话了。

其实他知道，这并不是什么巧合，主要是因为怪物太多了，无人区深处栖居着各类超凡物种。

"它逼近了！"赵清菡伏在王煊背上，喊道。远方山峰上的可怕兽影太具有压迫感了。

大蛟沿途将一只三层楼高的山龟轻易击倒。那种山龟防御力惊人，连大宗师都对它无可奈何，结果它在大蛟面前瞬间四分五裂。

王煊冷汗都冒出来了，真没想到，他都是宗师了，在密地中还只相当于某些超凡物种的幼崽。

这要是被发现并被追上，大蛟一尾巴扫过来，他与赵清菡毫无悬念要变成一团肉酱。

他一边逃命一边思忖，自己如果将金身术练到第九层、第十层，能不能掉头回去，反将大蛟拍成肉酱？

唯一庆幸的是，大蛟虽然追了过来，但并没有明确把握到他们的踪迹，不时偏离路线，又不时纠正。

王煊从一片高地跃下去，刚跑出几百米远，那片高地的崖壁就炸开了，大蛟在那里露出骇人的躯体。

许多石块砸落在附近的山林中，惊得各种猛兽慌乱逃窜。

还好，这次极为接近王煊他们后，大蛟又偏离了路线。

"会不会是蛟肉？"

"蛟肉！"

两人同时想到这个问题，尽管有特殊的收集袋隔绝气味，但保不准大蛟还是有些许感应。

王煊嗖嗖追上一只猫科动物，它两米多长，速度快而敏捷，他冲过去把它按住，快速将蛟肉绑在它的身上，接着转头就跑。

赵清菡刚才还只是觉得王煊跑得快，却没什么直观的概念，现在发现他能追上虎豹般的猫科动物，立刻意识到他有多迅猛。

这次，王煊一声不吭，竭尽全力逃亡，将速度提升到了极限，不时将一些荆棘灌木撞碎。

强大如他，把金身术练到了第六层巅峰，现在也满身汗水，消耗巨大，他真的是在拼命狂奔。

此时，他的心跳如擂鼓似的，声音很大。

赵清菡趴在他的背上，可以清晰地感受到那种有力的跳动，这个年轻的肉身中有种惊人的蓬勃的力量。

王煊汗如雨下，他不敢停下，也不敢回头，不久前他真正感受到了死亡的威胁，现在只能不顾一切地逃。

有时候，王煊会直接跳下矮崖，巨大的冲击力让赵清菡觉得天翻地覆般，而她的这位同学却什么事都没有，双足踏碎地面，稍微踉跄一下后，稳住身形接着跑。

她搂住王煊的脖子，不敢松开，怕被甩飞。感受到耳畔呼呼的风声，她发现王煊越跑越快，像不会力竭。

有数次，王煊直接从陡峭的高坡上滚落了下去。

王煊翻山越岭，自身还没什么问题呢，却让主修精神功法的赵清菡有些晕车的感觉。

半刻钟后，王煊稍微放缓脚步，他很长时间没有听到大蛟的吼声了，甩掉了吗？

又跑出一段距离后，他才越来越慢，直到最后驻足，大口喘气，道："这次应该摆脱了吧？"

赵清菡赶紧从他身上下来，为他减轻负担。

一路逃命，王煊被湖水浸湿的衣服曾被风吹干过，可是后来又被汗水打湿了。

这一次，他几乎耗尽体能，实在有些疲惫。

不过，他马上又来了精神，终于可以服食灵药了，他颇为期待，遗憾的是，蛟肉没拿到手。

赵清菡低头，发现她的衣服也被王煊的汗水打湿了，觉得很尴尬。她只能佯装没发现，若无其事地整理了一下。

不久后，有洁癖的王煊找了处清泉，穿着衣服进去，将自己冲洗了一遍。

"你不去洗？"王煊回来后问道。

赵清菡瞪了他一眼，不久后，她也穿着湿漉漉的衣服从清泉那里回来了。

"分赃大会，不，分宝的时刻到了！"王煊顾不上调侃赵清菡，在这样的险地，提升实力最要紧。

赵清菡抱着双膝坐下，强自淡定。

王煊满脸笑容，一只手向嘴里塞流光溢彩的莲花瓣，一只手递给赵清菡一株养神莲，心里充满了收获的喜悦。

开心之下，他差点儿就给赵清菡升级，但"大赵"两个字到了嘴边，他又赶紧咽回去了。

平日喊老陈、老青也就罢了，老张也勉强可以，毕竟张仙人暂时没希望出来，可他一高兴这么喊赵清菡，估计会出事。

王煊憋回去那两个字后，道："赶紧趁采摘下来时间不长服食掉，不然药性会流失一部分。"

赵清菡拢了拢湿漉漉的秀发，雪白细腻的漂亮脸颊上带着微笑，道："你先吃，如果对你很有用的话，你都服食下去。在这样危险的无人区，先提升你的实力最要紧。"

"我是吃独食的人吗？赶紧！"王煊把养神莲向她手中塞去。

赵清菡摇头，发丝上有晶莹剔透的水滴滑落，雪白的颈项以及脸上也带着露珠般的水迹，犹若出水芙蓉。

她比眼前光芒点点的养神莲更生动。

"你的实力提升了，我也会更安全。不要推来推去，小王同学，痛快一些！"赵清菡认真地说道。

她不是娇弱的性子，做任何决定都很果断。

不过，当她双手推拒，稍微起身时，她略微失去了平日的从容与冷静，意识到自身浑身湿透。她快速坐好，整理衣服，不说话了。

王煊笑了笑，没再多言，他大口服食养神莲，然后闭上眼睛，默默体会。

很快，养神莲的药性活跃了起来，他的精神领域震动，自主浮现，并开始扩张。

不愧是灵药，这养神莲的功效超乎他的预料！

原本他只是形成了一部分精神领域，不够完整，现在精神力不断提升，药性激活了他自身的灵性能量，在释放他自己的心灵力量！

王煊盘坐着，默默运转《元炉锻神》这篇数百字的经文。这是他在新月自秦鸿那里窥探到的。

最终，王煊的精神领域彻底形成，他的心灵力量越发强大，提前为超凡领域的燃灯境界打下了坚实的基础。

他接着服食第二株养神莲，结果吃了半朵花就停了下来，因为他感觉效果不大，精神领域很稳固，无明显变化了。

他放下这朵花，发现赵清菡正一脸异样地看着他，似乎有些吃惊，也有些恍悟。

"怎么了？"王煊问她，不知道哪里出了问题。

"你的脸……掉皮了！"赵清菡说道。

王煊一惊，在脸上摸了一把，他立刻知道，在他关注精神领域时，他的身体也在缓慢蜕变。

他的金身术由第六层巅峰正缓缓向第七层过渡，他长时间练金身术，所有血肉细胞都记住了这门体术，现在得到灵性物质的滋养，金身术也随身体破关了。

"你怎么会脱皮？"赵清菡发现，王煊不仅脸上掉皮，连脖子上与手上也开始掉皮了。

王煊意识到，他的一些秘密泄露了，这姑娘非常敏锐，肯定有了各种相对准确的猜测。

"密地的太阳这么大，晒的。"他淡定地回应，同时缓慢摆开金身术的架势，舒展身体，感受实力的大幅度提升。

赵清菡瞪着他，没有开口，心想，你骗谁呢！

最后，她不淡定了，看着王煊那张脱皮后的脸——也太光滑了吧！她忍不住想摸一把，这种功法太适合她了！

第 136 章
大宗师

赵清菡的眼睛异常亮，简直像在发光，她非常羡慕王煊。

王煊的脸上掉下一层皮后，肌肤光滑如玉，细腻无瑕，看起来有种蓬勃的新生气息。

赵清菡没客气，动手去检验，捏着王煊的脸皮向外拉了拉，想看一看他到底是什么状态。

王煊侧头看向她。赵女神怎么了，居然对他动手动脚，摸他的脸？

现在的她浑身湿漉漉的，发丝还在滴水呢，有种清新出尘的美，只是眼中的光灿烂过头了。

这看起来不像调戏他的样子，再说，赵清菡也不是那种性格，大多时候都很冷静。

"你练的什么体术？"赵清菡快速松开手，不像平日那么冷静从容了。她双目清亮，想立刻就学王煊的体术。

王煊像在告知赵清菡一个天大的秘密，神秘兮兮地小声道："双修功！"

他张嘴就来，脸上带着笑，面庞都在发光。

赵清菡发呆，而后直接捶了他一拳，在那里翻白眼。

"你问这个干什么？"王煊没有停下来，继续舒展身体练金身术，体会自身的强大力量。

他觉得自己现在有着用不完的力量，能一举拿下一个宗师层次的怪物。

赵清菡道："你脱皮后，皮肤变得这么细腻，这比各种美容养颜的偏方强多了，我觉得你这种体术值得我用心去学。"

王煊无语，这姑娘一脸严肃之色，不知道的还以为她要说什么生死攸关的大事呢，闹了半天她只是为了美容！

以前她也说过类似的话，她说自己练旧术是为了保持好身材，然后采气与内养很快就成功了，使秦诚受到了严重的打击。

"你这想法不对。你苦修体术，只是为了练出好身材，肤白貌美？"

赵清菡认真地点头道："是啊，这很重要，能够给我动力，让我坚持下去。将旧术练到高深境界，还能延寿，这样能更长久地保持青春。"

"你不想达到超凡吗？"王煊问她。

"想啊，但两者并不矛盾，我向前走，两个目标都在接近中。"赵清菡郑重地说道。

王煊还能说什么？赵清菡有清晰的目标，既要貌美，又要超凡，两个目标并行，意志在前一个目标的激励下很坚定。

万一成功了，估计她能吹很多年，当年是为了保持好身材，她才踏上修行路的。

王煊没瞒着，告诉她这是金身术。

赵清菡的表情立时不对了，看着他眼神异样，道："练到长刀都砍不动，子弹都打不穿，浑身坚硬如铁？我不练了！"

王煊开始还没琢磨过味来，看了一眼她湿漉漉的身体，这才恍然明白，她这是怕把自身练成坚硬的铁块？

算了，他也不去解释了，反正一般人不适合，金身术太耗费精力与时间，一般情况下是练不成的。

"我回去后，得仔细筛选一些体术，确定以后的大方向。"赵清菡说道。

现阶段她旧术在练，新术也在学。但现在她发现自己的同学竟这么厉害，将旧术练到了极其神秘的层次，让她开始对旧术无比期待。

"你赶紧服食养神莲，两朵就差不多了，之后药效就会锐减。"王煊告诉赵清菡。

他将自己没吃完的半朵莲花也吃掉了，不然也是浪费——这东西失去根茎后，不立刻带回飞船进行处理的话，每时每刻都在流失灵性物质。

对他而言，这半朵莲花只是稍微有些效果，药效没有最初那么明显了。

王煊到了一个临界点，他的金身术向第七层过渡，实力直接提升到了宗师巅峰。

要知道，他的实力刚达到宗师级没多久，现在又开始大幅度地变强，跨过宗师中期，站在了巅峰，相当惊人。

他估摸着，近期自己很可能突破进入大宗师领域！

他只能感叹，密地具有浓郁的神话色彩，不虚此行。

毫无疑问，养神莲是超凡生物大蛟为自己的子嗣精心准备的灵药，相当不凡。

王煊觉得，以他现在的实力，就算遇上真正的大宗师都不怵！

他处在一种特殊的状态中，身体各方面都强得离谱，在某些方面比大宗师还厉害。

以他的体质而论，怎么看他现在都算是大宗师！

但是，修行者到了大宗师境界后，会有一些奇异的变化，很快会出现一些特质，而这些特质没有在王煊身上出现。

一般的修行者达到大宗师境界后，一些接近超凡的能力会相继涌现，比如张口吐出一道能量光束，斩灭对手。

还有的人能从自身体内凝聚出火焰，打出去一道璀璨真火，直接重创对手，甚至可将对手烧成灰烬。

更有人可以做到五脏轰鸣，雷光迸发，轰击对手。

陈永杰曾展现过雷霆之术，威力强大，可击溃新术领域的各种秘法。

王煊也能五脏共振，但只有雷音传出以及淡淡的光芒流转，并不能直接打出去一道光束击杀对手。

所以，他认为自己还不是大宗师。

但他不失望，这说明了什么？说明他的底子太深厚了！

他现在还处在积累阶段，等他能展现出那种属于大宗师的特质时，一定会更加惊人。

再说，以他现在的实力，根本不惧大宗师！

他很期待，自己真正踏足大宗师领域后会有怎样的变化。

"算了，大蛟，估计我到了大宗师境界时，也不想找你麻烦，咱们最好短期内不相见吧。"

显然，他对那条超凡生物有想法。

王煊瞥了一眼赵清菡，发现她服食了养神莲，正闭着双目静坐在原地，额头莹莹发光。

他意识到，赵清菡练了不一般的精神法门，养神莲对她多半有很大的益处。

他走到一边，对着崖壁拍出一掌，检验自己的力量，然后转身就跑。这片崖壁崩裂，上面的断崖跟着轰隆隆地塌陷下来。

普通的宗师层次生物，估计他一出手就能将其拍成肉饼！

不久后，王煊走了回来，发现赵清菡有些异样地看了他几眼，然后脸色不自然，又看向了别处。

起初，他不知道这是什么状况。随后他看到赵清菡额头前有一缕光雾闪过，顿时意识到了什么。

那光雾有些像精神领域，但显然她离初步形成精神领域还有一段距离，与他早先相比都有所不如。

赵清菡精神力有些特殊，在新星时还曾以精神力对他催眠。赵家与原住民通过婚，赵清菡动用精神力时，双瞳会变成紫色的。

"她该不会在形成精神领域前，也有一些相应的能力吧？"王煊猜测。

果然，赵清菡又两次看向他，脸色不自然，直到最后她额头前那一缕光雾彻底敛去，双瞳不再是紫色的，她才恢复正常。

王煊无语，赵女神好奇心很重，刚才是在窥视他？

后面，她就恢复平静了，没有再动用那种激增的精神能量。

王煊不动声色，决定还是不拆穿她了。在最开始获得强大的精神感知能力时，谁没有好奇心？

他们再次上路，希望与那些人会合。

"有状况，这片区域居然有石屋！"王煊在密林看到一片建筑，这些建筑以石块堆砌而成，明显是居所。

他仔细看了看，那片区域像是一个小村子，但是那里静悄悄的，一点儿声音都没有。

"密地有与人类相近的原住民？"王煊问道。

赵清菡摇头，她也神色凝重，表示各家的探险队从来没有发现过密地的原住民。他们居然发现了成片的建筑物，这就有点儿诡异了。

只是那里安静得有些可怕，死气沉沉。

最终，他们没有接近那些建筑，转身就走了。那地方有些怪，在这样危险的新世界，太强的好奇心可能会致命。

"当时有大蛟追杀，我们慌乱逃命，多半跑错了方向。"赵清菡判断。

既然以前的探险队从来没有发现过房屋，那就说明这个方向没有人来过，于是他们重新寻找归路。

密地广袤无垠，奇物很多，王煊他们一边走一边寻觅。到现在他仅采摘到养神莲而已，就有了这种突破。

如果有机会获得天命浆、地仙草等，他必然会踏足超凡，实力提升到惊人的地步，到时候再去找大蛟"聊天"肯定没问题了。

现实很残酷，他们确实发现了几处有奇物的地点，但附近疑似有超凡生物出没。

这是王煊以圆满的精神领域感知到的，如果不了解情况，贸然闯过去，可能会惨死。

赵清菡确信这里是密地的外围区域，他们并未越界。

"有战斗，场面很激烈，那片山林都在不断炸开，最起码是大宗师层次的怪物在厮杀！"

王煊盯着前方，那里响声如雷，光芒四射，远远望去，崖壁都塌裂了，成片的大树倒下。

"飞马？"

"真的是神话再现，一群天马吗？"

两人都惊呆了，只见一群雪白的马通体没有一根杂毛，全都长有雪白而宽大的羽翼，凌空飞过被光雾缭绕的群山。

地面上还有一些马，通体闪烁金光，皮毛像金色绸缎般，它们在山林中奔行，速度极快，竟直接越过悬崖峭壁，追赶着天空中的那群白马。

等那群马离去，王煊与赵清菡才接近那里，林地被马蹄踏毁了，许多大树破碎，不成样子。

"有一匹受了重伤的马！"

"天马吗？"

两人快速走了过去。

林地中，一匹白马通体如玉石，相当神骏，只不过头部流血，躺在地上低鸣。它的眼中居然有伤感之情，遥望着那群飞马离去的方向，久久不愿移开目光。

"这匹马似乎还算是马驹，没有长成呢。它虽然没有羽翼，不会飞，但是很厉害。"赵清菡露出惊讶之色。

新星的许多人热衷于赌马，改良出许多奇异的马种，赵清菡的一位叔叔便养了几匹天价异种马。

显然，她叔叔的所谓天价马与眼前的白马比起来，差得太远了。

王煊咋舌，他也看出来了，这匹受伤的白马尽管不算矮小，但确实比离开的那群马要稚嫩一些。

可从这片战场来看，刚才的战斗是大宗师级的！

他有点儿怀疑人生，一群马都是大宗师层次的怪物？

可以想象，马群中较为厉害的个体多半是超凡生物！

"一群大宗师级的飞马，甚至有超凡的头马！我们这还是在外围区域吗？情况不对！"王煊叹道。

他向地面上的马驹走去，它只是头部负了伤，刚才可能有些晕眩，没能起来。

现在看到王煊接近，它瞪圆了眼睛，开始挣扎。

"别怕，我对你没有恶意，跟我走吧。我这里还有株灵药呢，可以给你吃。"王煊蹲下来，尝试安抚这匹白马。

赵清菡也颇为期待，大宗师级的灵马如果被收服并运到新星去，估计会让赌马的某些人疯狂。

而在这密地中，如果有一匹大宗师层次的马当坐骑，也会方便很多。

砰！

这匹马性子太烈了，还躺在地上呢，就给王煊来了一蹄子。

就在赵清菡以为王煊会耐心地安抚，准备收服这匹有灵性的白马时，他突然一巴掌拍了过去。

砰砰砰——

接下来，王煊以巴掌和这匹马驹"交流"，最终硬生生将这匹有灵性的马打得低下头，暂时屈服了。

显然，这匹马求生欲十足，并不想死，在确定自己真的打不过王煊后，便不再反抗了。

半日后，王煊与赵清菡成功骑上这匹神骏的马在山岭中穿行，寻找那些熟人。

大宗师级的灵马脚力实在有些惊人，他们骑着灵马翻山越岭，踏过很多地带，着实速度快又省力。

当然，王煊一直在防备并教育它，因为它数次想逃跑，还袭击过王煊，但都被他压制了。

王煊揪着马鬃，像黏在了它的背上，它每次闹腾，都会遭到重击。

当然，王煊相当满意，不仅自己有大宗师层次的战力，连坐骑都能力敌月光圣苦修士。

赵清菡坐在后面，抓着王煊身体两侧的衣服，但这匹马在高低不平的密地中腾跃时颠簸得厉害，她又不得不赶紧搂住王煊的腰。

下午，他们找到归途，来到原来的地方，但那些人已经不在了，只留下不少打斗的痕迹。

赵清菡预感到，他们快要接近那些熟人了。她在王煊的耳畔低语道："我会帮你保住秘密。"

在太阳落山前，他们发现了一些熟人。

透过密林，王煊看到了钟诚与周云，两人满身是伤，跟在他们身边的人只有十几个了。

同时，王煊再次看到了那群飞马，宽大的雪白羽翼展开，一群马跨过群山，在晚霞中显得格外神圣。

地面上，一群金色的马越过山崖，追了过去。

"这是……天马？！"钟诚震惊地说道。

"这种马能驯服吗？如果能在新星驯养一些就好了。"周云惊叹。这要是得到一匹，去新星赌马，谁家的跑得过？

探险队中一位幸存的老手泼冷水，道："想都不用想。曾经有宗师想要去驯服一匹，结果被一蹄子踢死了。"

"有点儿像老王。"钟诚感叹。

王煊听到这种话，真想立刻教训钟诚一顿！

周云点头道："我也听说了，旧土的那个脚功很厉害。"

王煊骑坐的这匹马驹没有叫，只是很伤感地盯着远去的那群马，慢慢走出山林。

"小王，赵姐！"钟诚震惊了，被怪物掳走的两人居然还能活着回来？

周云也惊呆了，道："天马？小王可以啊，卖给我！"

"咴儿咴儿！"

突然，远去的那群飞马中，有几匹马回头遥望这边，发出长鸣。

"该不会要找我的麻烦吧？"王煊头皮发麻，赶紧捂住了自己的嘴巴，他怕金口一开，说的话又一次成真！

第 137 章
黑暗密地

"这种飞马性情温和，一般情况下不会伤人。"探险队中的老手说道。不过，在看到王煊骑坐的马驹后，他闭嘴了。

呼——

大风刮起，一连三匹飞马落下，山林中各种叶片漫天飞舞。

其中两匹成年的飞马眼神森冷，盯上了王煊，马蹄子在地上刨出一个大坑，将一些岩石都踏碎了。

在过来与钟诚等人相见前，赵清菡就已经下马了，现在只有王煊骑在白马驹上，他不淡定了。

这两匹成年马起码是大宗师层次的生物，而且，远处一群马都落在了山峰上，向这边观望。

这意味着什么？他要面对一群"马大宗师"！

他即便实力很强大，也不可能只身一人对付一大群怪物，这里有六七十个"马大宗师"，可能还有"马超凡"，这架没法儿打。

所以，王煊很干脆地跳下马，目光柔和，一副依依不舍的样子，摸了摸小马驹的头，道："去和你父母团聚吧。"

出乎意料的是，白马驹没有走，眼中的伤感与不舍居然化成了倔强，看了看两匹成年马，而后后退了几步。

接着，它看向另外一匹飞马，那也是一匹马驹，和它差不多大，宽大的羽翼

156

上有些血迹，染红了部分白羽。

两匹马驹彼此敌视，鼻子中喷出白色光芒，险些当场冲到一起。

最后，那匹有白色羽翼的小飞马退后了几步，趾高气扬地偏着头，似乎在示意王煊身边的小马驹和它们一起走。

离群的小马驹喷吐白色光芒，果断昂着头，对另外那匹小飞马不予理睬，最后看向两匹成年马，不断向后退，这是拒绝回去。

赵清菡没有任何犹豫，将最后那株养神莲塞在小马驹嘴里。

小马驹略微犹豫，最终咀嚼灵药，吃了下去。

两匹高头大马看了看赵清菡，又瞪了一眼王煊，其中一匹居然全身发光，璀璨夺目，散发出的气息直接让钟诚、周云身体发软，扑通倒地。

其他探险队员也是如此，全都承受不住那种气息。

这一刻，王煊惊呆了，它居然是"马超凡"！

他佯装不支，向后退去，靠在小马驹身上。赵清菡则是扶着小马驹，保持站立的姿势。

最终，两大一小三匹马一块飞走了，与大部队会合，可以看到那匹小飞马被保护在中心。

王煊渐渐明白了，两匹小马这是在争夺王储之位？没有翅膀的小马很倔强，败了后离群独往。

他的心一下子火热了起来，养上一段时间，将来它可能是"马超凡"，毕竟它敢去争未来的王位！

"恭送'马超凡'与各位'马大宗师'。"王煊开口道。

周围，刚从地上爬起来的人都感到有些莫名其妙，这是什么称呼？

那群飞马总算离去了，没再回头，众人长出一口气。

探险队中那位老手神色凝重，道："以前我在密地较深处看到过这群飞马，它们怎么迁徙出来了？"

众人心头顿时一沉，那些老头子带着高手闯进密地深处去了，现在不知道什么状况。从密地种种不正常的迹象来看，密地深处可能发生了什么变故。

"你们怎么在这里？其他人呢？"赵清菡问道。

"被打散了。今天我们发现了一株奇药，想去采摘，结果冲出来无数的怪物，我们根本挡不住，只能逃。知道是什么怪物吗？"周云说到这里，一脸悲愤之色，道，"一群螳螂！"

被一群虫子追杀了数千米，他似乎觉得很丢脸。

钟诚补充道："那不是普通的螳螂，我感觉更像某种兽类。它们全都有四米长，满身都是黑色的兽毛，两只前肢像大刀片似的雪亮。一般的人根本挡不住，我们的队伍被那群螳螂兽当场斩灭了二三十人。"

据他们介绍，连一位宗师层次的基因超体都被一只特殊的银螳螂斩灭了，他们直接崩溃，一窝蜂地跑了。

"你姐不见了，都没有想着去营救？"赵清菡看向钟诚。

钟诚一听，顿时无比委屈，道："当时，我姐喊着分散逃，可以多活下来一些人。然后，我就和她分开了。结果，那些高手全都追着她跑了。你看我身边……连一个准宗师都没有。"

周云也郁闷地道："我和吴茵也分开跑，结果宗师级的基因超体看都没看我一眼，就和吴茵一路跑了！"

他这里也是连个准宗师都没有。

赵清菡无语，她总不能说他们人格魅力太差吧。

"我们都活下来了，他们肯定没事。那种螳螂兽守着那株奇物，似乎不愿远离。"钟诚说道。

他确实不开心，连那个专门负责保护他的强者最后都跟着他姐跑了，人与人之间的差距怎么会这么大？

"面对死亡，有些人趋吉避凶，算是种本能吧。"赵清菡安慰他。她何尝没有经历过这种事？她被怪物抓到空中，连家里跟来的高手都在后退，不敢冲上半空救她。

"你们发现了什么奇物？"王煊问道。

"一棵黑金枣树。你知道吗，四米高的枣树上结了上百颗黑金枣，从来没有见过这么高产的灵药！"周云说到这里都要哭出来了。

当时他们所有人都激动无比地冲到近前，马上就要摘到快要成熟的黑金枣了，那意味着每个人都能分到灵药。

结果，一群螳螂兽冲出来，差点儿将他们全部劈杀。

"一百多颗灵枣触手可及！算了，不去想这件事了，唉！"周云看向王煊，凑到近前套近乎，"小王，把这匹白马卖给我，价格好商量。"

王煊笑道："你确定？我告诉你，这可是一匹大宗师层次的灵马，一不小心就会将人踹死。"

"它为什么跟着你们？"周云不信。

王煊道："它负伤了，我们在路上救了它，结果它死活不走了，非得跟着我们。"

事实上，白马吃完赵清菡手中的养神莲后，没有想象中的和他们那么亲热，已经开始向山林中迈步，这绝对是想离开他们。

"你看，我和这匹灵马关系特别好。"王煊快步追了上去，夹住马脖子一顿狠勒，不让它走。在外人看来，这一人一马似乎很亲近。

"赵姐，你们是怎么活下来的？"钟诚问道。事实上，所有人都想知道。

"那个怪物贴着山林飞行时，被一只疑似超凡的金色猛禽袭击。我和小王坠落进山林的河中，侥幸活了下来。"赵清菡一副感慨万分的样子，将劫后余生的疲倦之色展现得淋漓尽致。

"大难不死，必有后福！"一群人都信了，众人根本不认为这两人靠自己能战胜那种怪物，不然两人也不会被掳走。

此时，太阳落山了，山林中较为幽暗。众人随便吃了一些东西，准备就在这里休息。

钟诚开始唉声叹气，这个时候，他有些害怕了，担心他姐出事。

他们是下午分开的，现在天彻底黑了，还没有他姐的消息，那些人一个都没有出现。看着越来越黑的山林，他心中没底了。

"这真是一匹大宗师级的灵马？"钟诚问道，有些扭捏，也有些激动，最后拉住王煊的手，道，"你能不能骑着这匹马去找一找那些人？我真有点儿害怕了。你要是能帮这忙，回到新星后我必有厚报！"

钟诚的眼圈居然红了，最后竟带了哭腔。关键时刻，钟诚还是很在意他姐姐的。

"王兄弟，这到底是不是大宗师级的马？如果真是的话，你就帮帮忙，都是从新星来的人……"周云居然也这样说道，显得颇有人情味儿。

"我去看看！"王煊点头。如果有能力救人，他也不愿意冷漠地坐视不理。

"你……小心。"赵清菡看王煊很果断地做了决定，叮嘱他谨慎一些，确保自身安全。

"'马大宗师'，拜托了。"钟诚对着白马驹絮絮叨叨，差点儿被踹一脚。

夜空下，王煊骑着不情不愿的白马，向钟诚所说的方位赶去。

在十几千米外，他真的遇到了一个满身是伤的人，这个人眼看活不成了，正坐在树下无力地看着月亮。

"你怎么会这样？其他人呢？"王煊跳下马来，一眼看到他残破衣服上的血手印，这是人的手印，不是怪物的。

"秦家……指使月光圣苦修士在杀人……"这个人艰难地开口。

"为什么？"王煊快速问道。

"下午，我们遇到秦家的人，他们蒙骗我们回去，与其合力采摘黑金枣。他们早就知道那个地方，很了解螳螂兽，在我们身上做了手脚。我们中许多人成为诱饵，被那些怪物追杀……秦家的人转头去采药，刚才还让月光圣苦修士追杀我们中还活着的人。"

王煊立刻骑上"马大宗师"，快速向前冲去。秦家的领头人这是疯了，丧尽天良地逼迫人送命，最后还要灭口。

王煊叹息，密地中竟这么黑暗，连正规的探险队都这么凶狠，动辄要灭掉另外一支探险队。

过去，并没有这样的消息传回新星，看来事情都做得很隐蔽。

远远地，王煊就看到一个发光的中年男子在那里轰击一位准宗师，接着又将周围的螳螂兽打得四分五裂。

然而，事情的发展出乎王煊的预料。发光的中年男子明显是一位月光圣苦修士，是大宗师，他向一个脸色苍白的年轻男子逼去。

"你要干什么，造反吗？"那个年轻男子色厉内荏，脸上没有血色。

那个中年男子声音冰冷："可笑！你以为自己狠辣、阴险，是个做大事的人？你将那些人当作饵，让他们去送死，最后又逼我们去灭口。可是，你也不想一想，这是什么地方？这里不是新星了，你还当我们是刀、是狗？没错，我们确实没放过那些人，但你又算什么东西？我凭什么将灵药给你？你不明白，这是密地，是一个新世界，有另外一套你根本不懂的黑暗规则！"

中年男子向前走去，一脚踢出，那个年轻男子当场凄厉惨叫，眼看要活不成了。

"我哥在附近……不会放过你！"他说着最后的狠话，然后就咽气了。

"你是让我去杀你哥吗？"中年男子冷笑。

单骑闯敌营

同样的人，在新星与在密地的表现完全不一样。

躺在血泊中的秦家年轻人，在新星时彬彬有礼，无论是出席宴会还是私下与朋友聚餐，都温和谦逊，待人接物无不合宜。到了这里后，他的心中像是养出了一个恶魔。

还有那中年男子，来到密地后一改沉默与木然，变得冷酷无情，将秦家的年轻人踢死。

失去规则的约束，挣断内心的道德枷锁后，密地的每个人都不同了。

"谁？"不得不说，月光圣苦修士超体有些不凡，即便白马驹四蹄落地很轻，也还是被他感应到了。

他纵身一跃便是十几米远，先行离开现场，站在不远处朝这边望来。

他的体外像附着洁白的月光，有种出尘之感，但溅落在脸上和衣服上的血破坏了那种气韵。

"其他人呢？"王煊的声音很冷，他刚才听到，那些人似乎被他们全部消灭了！

"在其他地带还有圣苦修士超体，我可以给你指方向。我杀的人不多，都在这里。"中年男子边说边退。

这个中年男子十分谨慎，看到王煊不过二十出头，从常理判断，连宗师都不是，可他还是没有出手的意思。

不等王煊说什么，他又快速开口："这片山林地势复杂，如果没有我的指引，你找上一两个小时都不见得能发现他们。我与你不是敌人，你看，我亲手杀了秦家的人。"

"那你带我去找他们。"王煊意识到哪里出了问题：自己骑坐在白马上过于镇定从容了，而这个人可能认出了马驹的来历。

"你还是想杀我啊。"中年男子后退，叹道，"其实，你不动手，我可能也活不下去。没有秦家提供的基因稳定剂，我的肉身大概率会崩溃。我所求不过是在密地无人区当个野人，熬过去就努力接近超凡，熬不住就无声无息地死去。"

"我可以不杀你，快点儿带路！"王煊怕时间来不及了。

"我对你不信任，人的命运还是要掌握在自己手中为好。"中年男子摇头，走向乱石堆。

王煊不想等下去了，他直接跃起，向中年男子追去。

"停！"中年男子摆手，站在乱石堆后方的坡上驻足不动，道，"你看，坡下是一条大河，里面有各种怪物，我宁愿一跃而下，也不相信别人。"

王煊驻足，皱眉，他遇上了一个很有主见的月光圣苦修士。

坡下，大河很宽，不时出现恐怖的黑影，也有银色的鳞甲在水中发光，很是神秘与可怕。

中年男子道："看到你，我仿佛看到了以前的我。第一次来密地时，我为了救人，差点儿将自己的命搭进去。可是，在这密地中，若心不够硬，会死得很快。"

王煊看向他，道："你数年前就来过密地？各家的探险队不是经常覆灭吗？"

中年男子点头道："是经常覆灭，但各家对外公布的自身状况不一定为真。那些人比你想象的更可怕，我恐惧了，所以想逃。向你透露个秘密，秦家在这片地带有个据点！"

王煊眼神变了，这个新世界看来远比他想象的复杂。

"你想救的人中一部分人逃进了一片地势复杂的区域，那里有湖泊，有沼泽，有石林，毗邻超凡怪物的巢穴，他们想死中求活。"中年男子指向一个方向，道，"如果我不指出来，你沿原路走下去，多半会错过。"

他看向王煊，道："现在咱们就此别过，以后再遇到时，说不定我们需要一起应付秦家的人。"

"把你手中的黑金枣分我一半。"王煊向前逼去。

中年男子摇头道："我不能给你，黑金枣对你效果不会很大，却能救我的命。秦家为什么非要采摘黑金枣？因为，这是一种非常重要的基因药剂的药引子。"

中年男子突然出手，将一块千斤重的岩石拔起，狠狠地砸了过来。

王煊脸色冷漠，一脚踢碎岩石。

中年男子见状，轻叹道："果然到了大宗师层次，而你还这么年轻。到底是哪家的实验室有了突破，改造出来你这样的怪物？"

他怕被唬住，所以忍不住出手。现在他证实了，这的确是一个可以与他对抗的人。

然后，他竟然无比果决地转过身体，纵身一跃，冲向坡下的大河。扑通一声，浪花一卷，他就消失不见了。

王煊皱眉，这个人还真是够狠的，一点儿都不犹豫，死中求生！

王煊没有耽搁时间，骑上白马驹疾驰而去。这种特殊的灵马可以在高低不平的山地上稳健地奔跑，快如狂风，沿途带起大片的乱叶飞舞。

在途中，王煊看到了一些死去的人，有些人是他见过的熟悉面孔，曾与他一起坐飞船来到密地，也曾与他一起挥刀砍杀蚯龙。

他们死状凄惨，眼中写满绝望与惊恐。

他们确实不甘心，死之前满心凄凉，充满无力感。他们没有死在怪物手上，却被同为人类的探险者疯狂追杀，至死都在追问为什么。

这些人大部分是新手，第一次来到密地，虽然有心理准备，但从来没有想到同类会对他们下死手。

王煊看到，一对年轻的男女是相拥在一起死去的。

他们应该是一对情侣，脸上的表情有悲伤，似乎也有解脱。

随后，王煊又看到一位年老的探险队员，他的鬓角都花白了，浑浊且暗淡的眼睛睁得很大。

此时，王煊的心中有一团火焰在跳动，有一股杀意在弥漫，他感觉自己的身体都在轻微地发颤，怒火仿佛要冲出胸腔。

他忍无可忍，沿途所见，令人发指！

"人渣啊，没有一点儿人性！"

他无比愤怒，从未想过有些人可以这么残忍，比那些凶兽更可怕。

双方并没有仇恨，但是他们竟对同类下这样的死手！

王煊胸膛中发出了若有若无的雷鸣声，他决定毫不保留，不放过一个凶徒，不管是月光圣苦修士还是秦家身份显赫的人，都不轻饶。

白马驹似乎感受到了他的杀意，居然老实了不少，非常配合地一路疾驰，进入这片地势复杂的区域。

王煊已经看到了前方有人，他们很明显是凶手，手上拎着刀，居然连一些已经倒在血泊中的人都不放过。

这一刻，王煊身体发颤得更厉害了，这群人简直是魔鬼！

"止步！"有人发现了这一人一骑，大喝道，并手持合金刀挡住去路。

白马驹向前冲，没有停下来的意思，王煊则抽出了长刀，在月光下像一道闪电划过。

"杀！"

王煊还未喊杀，对面的几人就先行大喝了起来，抢着要对他动手。

唰！唰！唰！唰！

雪亮的刀光在林地中闪动，同样在出刀，王煊的速度比他们快多了，四刀划过，姿势各不相同的四人僵在原地，而后全都倒了下去。

白马驹半人立而起，将两人的长刀踢断，从他们的胸膛上一冲而过，大宗师层次的力量尽显无疑。

一人一骑，双重大宗师的力量，这些人怎么挡得住？

"什么人？"远处有人听到动静，向这边张望，虽然距离很远，但仍能看到白马驮着一个年轻人。

"真稀奇，居然可以在密地纵马而行！这是什么层次的马？给我拦下来，不要伤到那匹马！"

开口说话的是一个十六七岁的少年，他并没有看到王煊一个照面便劈斩数人的情景，所以很有底气。

而在他的附近有些尸体，他却毫不在意。

王煊眼神很冷，连半大的少年都过来了，秦家真的在这边建好了立足的基地吗？

在少年的身边有七八人，其中一人是准宗师，其他人也都不弱，他们听从少年的吩咐，围了过来。

"小心，虽然没有翅膀，但它有点儿像飞马。放那一人一马过来，不要拦阻！"在这群人的后方，有人喊道。

王煊一眼望去，那里是一片开阔地，有二三十人，其中竟有两名月光圣苦修士，那两人锁定这边后，周身出现白光。

少年倒是很听话，转身就跑，但他再快，又怎么可能快得过"马大宗师"？

轰！

白马得到王煊示意，发力狂奔，直接冲了过去，蹬裂地面，沿途将三人踢飞。

三人眼看活不成了。

噗！

王煊追上去，一刀斩了下去，少年一头栽倒在地上。

王煊毫不留情，下定决心要拔除这个据点！

他认为秦家这处据点的人没有一个是无辜的，双手都沾满了血，连那少年都站在尸体前笑，可想其心性。

"你敢！"前方传来一个中年男子愤怒而绝望的喊声，似乎无比心痛。

王煊连眼睛都没有眨一下，事情发生在别人身上，他们就冷血地笑，轮到自己就受不了了吗？

他冷漠地看向前方，一拨马头，沿原路往回冲。

中年男子以为他想逃，大声命令道："给我拦住他，今天绝不能将他放走，我要亲手将他送到实验室去！"

王煊嘴角挂着冷笑，他怎么可能会逃？他掉头回来，是想将刚才与少年站在一起的几人也都解决掉。

他不会放走一个刽子手！

嗖嗖嗖！

后方，一群人齐动，都一言不发，手持合金刀分散开来，准备抄小路去堵王煊，一看就是经验丰富的老手。

其中一名月光圣苦修士也追了过来，一跃就是十几米远。

噗！噗！

王煊掉头冲回来后，长刀所向，这些人根本挡不住，就连那名准宗师也被劈死了。

"这么年轻就有这样的实力，他身上有问题。将他拿下，看一看究竟是哪家实验室有了突破，放出了这个怪物！"有人喝道。

"杀！"王煊大喝，根本就没有逃走的意思，主动掉头冲了回来。

这次，他盯上了一位宗师级的基因超体，直接从白马身上跃起，刀光极其璀璨，像一道闪电从天而降，照亮整片林地。

噗！

这位宗师级超体无论怎么躲避，都无法避开那恐怖的刀光，当场毙命。

这一刻，所有人都惊呆了，一刀劈死宗师，这是怎样的一个怪物？！

不用谁吩咐，另外一名月光圣苦修士也冲了过来，带着白茫茫的光焰，在黑夜中显得格外神异。

两名月光圣苦修士像是两团光，从不同的方位冲来，击向王煊！

"来吧，你们一个都走不了！"王煊持刀而立，不惧两位大宗师层次的强者！

第 139 章
拯救

两名月光圣苦修士，在黑夜中像两颗流星划过森林，撞击向同一个地点，他们要斩灭这个年轻人。

他们不相信，这个世上有二十出头的人可以力敌两位大宗师！

王煊没有大意，全身紧绷，体表浮现淡淡的金光，将金身术提升到极致，想要掂量一下所谓的大宗师到底有多强。

在他的手中，那柄长刀光芒璀璨，正轻微地颤动着，快要承受不住他催动的秘力了。

王煊觉得，这柄合金刀用不了一两次就得炸开。咔的一声，他将刀挥了出去，劈向一位大宗师，刀光仿佛与天上的星月连在一起。

"啊！"

那名月光圣苦修士吼声如雷，震得许多人踉跄后退，面色发白，气血翻腾，几乎仰天栽倒在地上。他挥动拳头，居然一拳将王煊挥来的合金长刀打崩了，碎裂的刀片四处飞溅，一些人顿时惨叫起来。

另外一名大宗师也到了，带着绚烂的白光，凌空一脚踢向王煊的后心，凌厉而狠辣。

然而，他没有等到王煊的应变，而等来了另外一位强者的出击。"马大宗师"对着他尥蹶子，双蹄同时踢来。

咚的一声，他与"马大宗师"对轰在一起。然后，他面部抽搐，倒飞出去，脚沾地时有点儿跛。

他的脚掌实在太疼了。

"马大宗师"的蹄子能踢碎合金刀，能踏穿钢板，自然厉害得离谱。

这位月光圣苦修士发现，白马驹盯上他了，蹄子在地上刨坑，只要他敢动，它就准备给他来几蹄子。

另一边，王煊赤手空拳迎了上去。

砰的一声，原地像响起炸雷声，两人拳印碰撞，周围的草木与岩石都被一股秘力掀飞，飞沙走石，景象骇人。

王煊虽然还只是宗师，但是足以力敌月光圣苦修士。

这位大宗师的手被震伤了，鲜血从他的手指缝间淌落，让他难以置信。

不远处，秦家那个中年男子面露惊讶之色，快速吩咐人包围王煊，准备围攻他。

突然，从月光圣苦修士的嘴里喷出一片刺目的白光。修行者步入大宗师层次后，会有一些接近超凡的特质，能动用一些近乎神通的手段。

王煊侧身避开，那片白光将前方一排古树齐刷刷斩断，相当惊人。

大树倒下，声势浩大，将其他老树都砸得枝杈折断，乱叶纷飞。

王煊冷漠地看着那个月光圣苦修士，掂量出了对方的实力。他的确可以力敌对方，但是他没有必要与对方耗下去。

两人再次交手！

对方可以动用特殊手段，张嘴喷出剑气般的光芒，这是王煊唯一需要小心的地方。

无声无息，王煊的额头上浮现光雾——这是他圆满级的精神领域——向月光圣苦修士直接冲击了过去。

当初在新月时，王煊就研究过怎么对付这种基因超体。

这种超体的肉身虽然晋升到了大宗师领域，但是精神力明显不足，这是他们的脆弱之处。

他们遇上其他大宗师也就罢了，一旦遭遇陈永杰、王煊这样的人，其短板与不足将会彻底暴露。

"啊——"

月光圣苦修士惨叫，手捂着头，痛不欲生。

关键是，他的精神意识模糊了。

王煊凌空一跃，就要一脚踏去，但最后关头他改变手法了。落下来时，他以手掌按在对方的头上，对方眼看活不成了。

哪怕是秦家养在这里的失去规则约束的一群亡命之徒，现在也都汗毛倒竖，被镇住了。

那可是一位大宗师，就这样被一个二十出头的年轻人按死了？

这个场面，对他们来说无比惊悚！

旁边，正在与"马大宗师"对峙的月光圣苦修士简直不敢相信自己的眼睛，他的同伴居然这么快就被人解决了。

唰！

他化成一道白光，转身就逃。

他不觉得丢人，那怪物一上来就按死了大宗师，谁不害怕？遇上这种怪物，谁也扛不住。

逞一时血气之勇，冲上去拼命，那不是勇猛，而是愚蠢。所以，他连秦家那个中年人都不理，直接跑了。

王煊已发誓要消灭这群没有人性的刽子手，自然不会放走一个人，即便是大宗师也逃不了。

他追了过去，精神领域爆发，像瀑布倾泻，照亮黑暗的山林。

这名月光圣苦修士终于明白同伴经历了什么，他也承受不住，脆弱的精神意识被冲溃后，他不由自主地凄厉惨叫。

同时，他的身体失去平衡，踉跄着，险些跌倒在地上。

王煊追了上去，一巴掌拍落，这个人不可能再活了。

"'马大宗师'，那边的七个归你，这边的十四个由我负责，千万不要放走一个！"王煊冷冷地道。

今天，他不可能放走一个人，真有漏网之鱼把消息报告给秦家的话，他就只能躲在密地，再也回不了新星了。

至于秦家那个中年人，早被王煊第一时间冲过去踏断了双腿，王煊要留活口问话。

在追赶中，王煊从地上捡起一把刀，连着斩灭了七八人。

随后，他将刀捏成一块又一块并投掷出去，将其余的人击中。

只能说他的速度太快了，这些人最远的跑出去一百多米，最近的才刚迈出几步，就被斩灭。

不然的话，真让他们分散逃进森林中，王煊很难将他们一一找出来。

"马大宗师"真的通灵了，王煊以精神领域共振并与它说话，它居然明白了大部分意思。

七个人被它踏死，第八个人被王煊救了下来。

除了秦家的中年人，也就活下来这一个凶徒。

王煊分开审问两人。

秦家的这个中年男子一开始颇阴沉冷酷，可目睹王煊连着击毙两名月光圣苦修士并斩灭一群高手后，他直接吓得身体哆嗦起来，面无血色，问什么说什么。

秦家在这边确实有个据点，并且存在很多年了。

这里有一群高手，都是历次探险留下来的精英。这些人不被允许回新星，全被养在这个据点里。

"眼神闪烁，还有什么瞒着我？"王煊盯着这个中年男子，动用精神领域，中年男子差点儿崩溃，瞬间全说了出来。

这个据点也是一个实验室！

早年培养月光圣苦修士是通过基因编辑，并解析古代真正圣苦修士的血肉加以利用，后期都是以超物质滋养身体，逐步培养起来的。

超物质，是新术领域的人在神秘之地发现的，受到各大科研所青睐。

但来到密地后，超物质被X物质侵蚀！

这几年，秦家一直在密地中培养以X物质为本源的新型月光圣苦修士，觉得这可能才是正途。

不仅如此，更高层次的烈阳圣苦修士的培养也在密地中进行。

"其实，这边的实验室没什么精密仪器，那些仪器运来就会被各种神秘能量侵蚀，这个据点主要是为那些实验体提供天然存在的X物质的。"

王煊听到这里后，想直接闯过去毁了那个据点。

但很快，他得知了一个重要的消息。

秦家那位发疯的老头子没进入密地深处，而是躲在据点中。并且，他带来的一群高手也都蛰伏在那里。

王煊听到后，眼神冷幽幽的，这阴险的老家伙居然躲在后方！

一群年轻人跟在后面，指望一群老头子开道，想捡便宜，没想到真实情况是这样的。

"吴茵、郑睿、钟晴那些人是被你们抓到据点去了，还是都被杀了？"王煊逼问道。

"被我们驱赶进前方的大峡谷中了。"秦家的中年男子说道。

秦家这些人确实狠辣，不将人命当一回事儿，一旦确信不会有漏网之鱼，他们就什么都敢干。

最近他们观测到，有受伤的超凡生物从密地深处逃出来，进入了这个大峡谷深处。

神秘的超凡生物在大峡谷落脚时，与栖居在那里的一条快长出独角的古蛇发生激战，战斗持续了大半日，后来就没有动静了。

如果那两个超凡生物同归于尽，就再好不过。

秦家人觊觎超凡生物的尸体，但他们不敢进去探察，所以不久前将幸存的那批探险队员故意逼进大峡谷中。

"你还真够歹毒的！"王煊一巴掌拍了下去。

别看眼前这个中年人现在直打哆嗦，在他得势时，他相当毒辣，各种损招都是他出的。

早先没有撕破脸皮时，他欺骗一群年轻人，说双方合作去采摘黑金枣。结果他让人暗中将螳螂兽幼崽的血洒在吴茵、钟晴带着的部分探险队员的身上，引得螳螂兽追杀他们。

后来撕破脸皮后，他又将幸存者赶进大峡谷中去探路。

"在路上，我遇到秦家的一个年轻人带着一个月光圣苦修士，那个年轻人说他哥在附近，我怎么没看到？"

"就是我。"中年人表情苦涩。

"那就没有漏网之鱼了。"王煊一巴掌将他拍死了。

另外一名凶徒的口供与秦家中年男子的差不多，唯一的区别就是，他们原本想生擒吴茵与钟晴，结果她们自己先主动逃进大峡谷了。

然后，这群凶徒顺势将其他人也都赶了进去。

不一会儿，王煊也送另外一名凶徒上了路。

王煊并没有处理战场，到了深夜，各种野兽都会闻着血腥味过来，什么都剩不下。

事实上，现在有些猛兽就露出了踪迹，绿油油的眼睛盯着这边。

大峡谷向里延伸数十千米，相当幽深，这片地带是峡谷唯一的出口区域。

如果峡谷内有超凡生物闹出动静，在这里有足够的时间安全撤离。

王煊叹息，决定去大峡谷外围找找看，太深入的话，他也不敢进去。

因为他清楚地知道自己现在与超凡生物间的巨大差距，他要是敢跟超凡生物叫板，绝对没有活路。

"我只敢向里走一段路，不是我不尽心，实在是我有心无力。"他估摸着，超凡生物的一个扑击，就能让他惨死。

他走过石林，路过湖泊，发现前方有大面积的沼泽地。

到了这里后，"马大宗师"有些不安，鼻子中不断喷出白光。

再前行数十千米后，王煊真的发现了活着的探险队员，他们躲在沼泽地的泥坑里，只露出一张泥脸。

如果不是精神领域惊人，在夜色中王煊还真会忽略他们。

"出来吧，秦家那些人都走了。"王煊开口道。

"你……"郑睿吓得险些叫出声来，看到是王煊后，更是震惊得差点儿吃了一嘴泥。

他可是亲眼看到王煊去救赵清菡，被怪物掳走了，现在王煊居然出现在他的面前！

"赶紧出来，万一秦家的人去而复返，你就逃不掉了！"王煊催促道。

"我出不去，再不来人的话，我就要彻底沉下去憋死了。"郑睿努力扬起头说道。

王煊找来树杈递给他，将他拽了出来，他满身是泥，实在是够狼狈的。

不远处，新术领域的宗师杨霖也被发现了，同样躲在泥水中。

王煊沿着这片沼泽地走下去，一连发现六个泥人。

第七个人居然是钟晴，她非常狼狈，秀发已经变成泥发，脖子以下都在泥水中，再过段时间头都要沉下去了。

在她身边有几条水蛇游来游去，她天生怕蛇，吓得脸色苍白，嘴唇都在哆嗦。

王煊用树枝去拉她，很艰难才成功，因为这姑娘不断哆嗦着，都没力气了，被拉上来后手臂与腿都是软的。

王煊嫌弃她一身泥水，不想背着她，直接把她扔在了"马大宗师"的背上。

结果"马大宗师"直接尥蹶子，将趴在它背上的钟晴甩飞，钟晴啪嗒一声再次掉进泥水中。

钟晴差点儿被摔哭，她长这么大还是第一次被人嫌弃，这也就罢了，连马都嫌弃她吗？

王煊把她捞了出来，忍着淤泥的气味，捏住鼻子想背她，结果刚沾身，就没忍住将她抛了下去。

"你身上有什么东西？扎人！"王煊说道。他练成了金身术，自然伤不到，只是装作受伤而已。

平日伶牙俐齿的钟晴此刻羞愤万分，什么话都说不出来了。

她终于想起是什么状况了，默默转过身，从衣服里拆出带着尖刺的钢板，胸前与背后各拆出来一块。

王煊无语，这姑娘比他都狠！

他也就塞几块厚实的钢板，钟晴则塞带刺的钢板！

其他人见状，也都无语。

王煊琢磨，这可能与他有关，在旧土时，钟晴挨过他一拳，当时差点儿吓晕过去。

她这是充分开启自我保护机制？

这次，王煊又将她放在马背上，"马大宗师"虽然还是嫌弃她，鼻子不断喷白光，但总算没再将她掀飞。

接下来的气氛比较沉重，王煊在这片区域又找出几人，可是那几人都没有了呼吸。

"吴茵呢？"王煊问道。

"她应该逃到里面去了。"新术领域的宗师杨霖说道。

前方已经不是沼泽地，而是裂缝与坑洞区域，有很多岩洞。

不久后，王煊从地面的裂缝中救出一人，是跟在吴茵身边的一个女探险队员，她脸色苍白，像受到了极大的惊吓。

"吴茵呢？"王煊问她。

这个女子哭了起来，道："吴茵姐……被怪物吃了！"

"你说什么？！"王煊盯着她。

"不可能！"钟晴恢复一些精神后，听到这个消息也难以接受。

"她被一个散发着黑光的怪物抓着飞走了，当时半空就洒落下很多血，我……一动也不敢动。"女子哭泣。

地面上确实有血，这个女探险队员的衣服上也有一些。

"吴茵居然……"王煊叹气，一下子变得无比沉默。

他在这片区域找了很久，一无所获。

一行人都没有说话，今天死了太多的人，他们心情沉重。

"吴姐……有没有留下什么话？"钟晴问道。她虽然与吴茵一直明争暗斗，但是得知吴茵大概率死去了，心中还是很难受。

"我们两个分散躲在不同的地面裂缝中。吴姐说，如果秦家的人发现了我们，她会先自杀。没想到，她被怪物……"女探险队员说到这里又哽咽了。

而后她像是想起了什么，道："吴姐在她藏身的裂缝中刻过字，应该写了类似遗言的东西。"

王煊进入那个裂缝，确实发现了一些刻字，钟晴凑了过来，点头道："是吴姐的字。"

吴茵留下的这些话，有六句都与她的家人有关，她思念他们，怕自己再也见不到他们了。

最后一句，她写了又画掉了，但最后又补上了，只有简单的一句："将我找到的那篇经文送给旧土的小王，王霄。"

看到这最后一句话，王煊的心像被人用力抓了一把。她最后提到了他，而她却彻底离开了。

第 140 章
不超凡皆尘埃

吴茵的遗言中，最后一句话居然和他有关。

这一刻，王煊无比沉默，心里空落落的。

他在旧土时化名王霄，是继陈永杰之后，旧术领域唯一的宗师，天赋极高。

吴茵特意为他找了一篇经文，在预感自己可能会死去时，居然还提及这件事，让家人将经文送给他。

"你们先出大峡谷，我再去找找看。"王煊与"马大宗师"一起向前方走去。

这次，他又深入了十几千米，直到被前方一片黑幽幽的深渊拦住去路。

没办法前进了，这是峡谷的最深处，云雾翻涌。而且，断崖上有各种惊人的战斗痕迹。

地面上有破碎的银色鳞片以及黑色的兽毛，依旧散发着骇人的戾气。

崖壁坍塌了数百米，到处都是四五十厘米宽的黑色裂痕，这里绝对发生过超凡之战！

王煊轻语道："吴茵……"

她被怪物抓走这么长时间了，怎么可能活着？

没有看到她留下的最后一句话还好，可王煊亲眼看到了她的遗言，不禁心里发堵，在这里站了很久，注视着深渊久久未动。

直到最后，他才缓缓转身离去。

白马驹无声，对这里极为忌惮。

"我还是太弱了。"夜色中，王煊低语。

说到底还是实力的问题，他真的很想下深渊，哪怕只是带回吴茵的尸骨。可他现在做不到，他很不甘心。

钟晴、郑睿、杨霖等人都没有离开，还在原地等着。

今天的经历，他们一辈子都难以忘记。

身边熟悉的人被同类追杀，一个一个地倒在血泊中，而他们自己也九死一生，如同在地狱中走了一遭。

"清菡……还活着吗？"郑睿打破沉默。

他亲眼看到赵清菡被怪物抓到半空，关键时刻，他退缩了，没敢冲过去，现在他情绪很低落。

同时他也在思索，如果重新经历一遍，他敢冲上去吗？

"活着。"王煊见其他人也望来，便大致讲了一下可以说出来的经历。

几人都对来找他们的王煊发自内心地感激。

"谢谢小马哥吧。没有它的话，我不敢来。"王煊摇头，推掉了应得的功劳。

一群人震惊了，这竟然是一匹大宗师级的马驹？所有人眼神都变了。

王煊道："它负伤倒在林中，清菡给它止血，处理了伤口，然后它就不走了，可能是为了报恩吧。"

"马大宗师"鼻子中喷白光，扭头看向王煊，那意思像在说："我现在走行不行？！"

王煊没搭理它。

一行人走出大峡谷，来到秦家堵路的地方，血腥味刺鼻。

那些尸首不见了，林中各处，一双双绿油油的眼睛望来。

"有怪物过来了！"有人低呼。

黑暗中，一个白毛怪物逼来，它有着猫科动物的面孔、猿类的强健身体，直立行走。

"虎面猿，力大无穷，是宗师层次的怪物。"探险队中一位幸存的老手惊呼，心一下子沉了下去。

然而，那怪物刚逼近，感应到"马大宗师"的存在后，扭头就跑。

砰！

不过，它还是挨了一蹄子。"马大宗师"脾气不太好，追过去，前蹄扬起，给了它一下。

虎面猿惨叫，头也不回地逃走了。

暗中的目光全都消失了，一刹那，各种奔跑声传来，随后整片森林都安静了。

众人这才真正相信，"小马哥"的实力确实在大宗师层次！

"你们几个伤号都上马。"王煊发现，有三人负了伤，行走不便，有些跟不上了。

三人闻言，露出无比感激之色。

要知道，郑睿和稍微恢复了一些力气的钟晴两位财阀子弟都在走路。

不久后，王煊发现钟晴有些掉队，忍不住问道："你什么情况，双腿怎么软绵绵的，也想和他们一起挤上马背吗？"

钟晴其实没负伤，主要是被那些水蛇吓的，现在还没有完全缓过来。

听到王煊的话后，她直磨牙：这个王煊故意的吧，说的什么话，太不中听了！

王煊根本没有想那么多，说完就又出神了，今天他的心绪起起伏伏。

那时看到熟悉的探险队员被人追杀，他被激得气血翻腾，竟一口气消灭了二十多人。

他仔细回想，若重来一遍，他还是会忍不住出手。

他同情弱小，心中有柔软之处。但看到有人丧尽天良要残杀无辜的人，他的心又会非常冷硬，出手毫不留情。

"咱们得加快速度了。"王煊开口。他怕走到深更半夜，也无法与赵清菡、周云等人会合。

然后，他一把拎起钟晴，将她放到马脖子上。

钟晴差点儿惊叫出声。

再怎么说，她也是很有名的美女。结果在沼泽地时，王煊无比嫌弃她，宁愿让马驮她都不背她，现在又拎起她把她放到马脖子上。

她都不知道说什么好了，毕竟，这个人救了她。

一行人有惊无险，终于在午夜前赶了回来，与赵清菡、周云等人会合。

"姐，你怎么像脏猴似的？"钟诚刚开口，就被他姐训了一顿。

即便已是深夜，这里也很热闹，众人劫后余生，倍感欣喜。

也有人在哭泣，因为有关系很好的朋友死了。

周云叹息，无比惆怅。吴家、周家关系不错，现在吴茵死了，他回去后不好向吴家交代。

他略带感伤地向王煊表达谢意，虽然人没有找回来，但是王煊这样去救援，动辄有生命危险。

"王兄弟，这次的人情我记下了，回到新星后，有事尽管找我！"周云郑重地说道。

钟诚被他姐训了一顿后，也走来很正式地向王煊表示感谢，叹道："王家的人都不简单！回新星后，我送你一部绝传的真经，另外有什么需要，你尽管和我说！"

至于被救的人，在路上就已经一而再，再而三地对王煊表示了感谢。

当然，"马大宗师"更是被人当成保平安的神兽，深更半夜都有人为它割来几捆鲜嫩的青草。

王煊低语，将秦家据点的事告诉了赵清菡。

"回到新星后，估计几家会一起去秦家讨说法。"赵清菡说道。但是，很快她又蹙眉——不见得只有秦家有据点。

细思的话，密地的局势很复杂，而这种事过去一定也发生过，但并没有在新星闹出大的风波。

深夜，所有人都被惊醒，有泰山压顶般的压迫感。

天空大面积地黑暗下来，满天星斗不见了，只有红月横空。

而且是两轮红月，挂在黑暗的低空中。

呼！

大风呼啸，乱叶飞舞，许多枝杈都被狂风吹断，寒意刺骨。

那两轮红月快速移动，而后远去，进入密地深处。

很长时间，众人都没有说话，满身都是冷汗。

"怎么会有两轮红月？！"有人颤声道。

"一个恐怖的怪物贴着低空飞了过去，遮蔽了星月。"王煊沉声道。

他再次感觉到了自身的渺小，难怪陈永杰说，在古代，大宗师都不算真正的修行者，皆被归为"业余"。

这不是没有道理的！

不到超凡层次，就不算真正上路！

刚才那是一头形似熊的怪物，肋部有一对漆黑的羽翼，轻轻一扇动，地面便狂风大作，参天古树剧烈摇动，落叶漫天飞舞。

它像是匆匆赶路，经过这里的。

不只是王煊，有半数人大致看到了怪物的轮廓，此时都生出阵阵无力感。那种怪物估计需要用战舰才能对抗！

不管怎么说，这个庞然大物路过后，整片山林都安静了，再无各种怪物凄厉的嚎叫声，所有人平静下来后都睡了个好觉。

一大清早，众人就听到了雷鸣声，远处的山林在不断炸开，竟有激烈的大战爆发。

然后，雷鸣声消失了，两道身影突破声障，横空而过，踩着古树，踏过树冠，像是两只大鸟在逃。

在他们的身后，白雾翻腾，树木等全部爆碎，当场炸开。

有个生物追杀那两人，仔细看，竟是形似老鼠的怪物，不过比老鼠要大得多。

它的皮毛为纯黑色，身躯有两米多长，胡须颤动，两只金豆般的眼睛烁烁放光。

除了个头大，它和老鼠几乎一模一样。

让人惊异的是，它只以后腿着地，直立奔跑，踩着树冠追杀那两人。

咚！

那两人一鼠落在一座山头上，再次展开激战，草木炸开，崖壁都被打得断落大半，竟是……超凡之战！

"老钟！"王煊低语，看向赵清菡。真被她猜中了，钟庸没走，一直躲在密地！

而且，看样子钟庸极其强大，续命后实力更厉害了，现在是超凡层次的人。

最让人吃惊的是，在他身边的另外一个老头子也是超凡者。居然还有一个人和钟庸一样，隐藏得这么深。

"老钟平时最怕死了，想不到这么厉害，敢和超凡怪物对战！"周云震惊，而后心里发毛，道，"我们快逃啊！"

万一战场转移过来，他们都得死。

事实上，一群人已经行动起来，发力狂奔，他们可不想成为超凡战场上的炮灰——那只大老鼠凶猛无比。

"钟庸，你坑我！"另外一个老头子怒吼。

"小宋，如果你觉得我坑你，就不要追着我跑，咱们各自逃命。"钟庸说道。

然后，钟庸又跑了，而九十多岁的"小宋"紧追着他一起跑，怕落单后被那只老鼠击灭。

"这是宋家的老头子？不是说两年前就死了吗？坟头都有了！他怎么在密地出现了，而且踏足超凡了？！"周云咕哝着。

然后，他看向钟诚，道："你们家老钟太坑人了，这次都是他搅出来的风波。我算看出来了，他不吃到地仙草不罢休。"

钟晴和钟诚皱眉，都没有理会周云！

"不过，老钟都踏足超凡了，居然还被一只耗子追杀，到底干了什么天怒人怨的事？"周云边逃边咂舌。

此时，王煊感触加深，强烈地想要变强，提升自己的实力。

只有实力更强，他才能去那个大峡谷的深渊下找吴茵，如果不能看吴茵最后一眼，他心中会过意不去。

他要成为超凡者！

嗖嗖嗖！

钟庸迈着钟家普遍存在的大长腿，居然朝他们这个方向跑来了。

周云叫了起来："老钟这不仅要熬死儿子，也要坑死曾孙啊，他好千秋万代，永镇钟家！"

第 141 章
在异域娶妻生子

宋家的老者像在草上飞，跟着钟庸一路跑过来了。

一群年轻人头大，这是要坑害他们吗？

那只直立着奔跑的大老鼠虽然只有两米长，但比重型坦克都恐怖，没什么能挡住它。

周云一边逃，一边悲叹道："一个姓宋，一个姓钟，这是要给我们'送终'啊！一对狠人组合，我们一个都跑不了！"

众人本就跑得筋疲力尽了，听他这么一说，心中更是没底。

离众人还有一段距离时，钟庸倏地止步，抖手抛过来两颗紫莹莹的蟠桃，明显是送给钟晴与钟诚的。

"糊涂！这是你们能来的地方吗？密地深处剧变，立刻联系飞船，返回新星！"钟庸低喝。

他转身朝超凡生物冲去，最后更是发出无比严厉的声音："发信号，不要耽搁，我也会跟着离开！"

钟庸将战斗引向远处，看得出，他十分焦急，送灵药只是顺手而为，最主要的是要警告后辈，想搭"顺风船"逃离密地。

他不可能利用这群年轻人阻击敌人，在他看来，他们实在太弱了，超凡生物一个俯冲，就能消灭他们全部。

最终，两个老头子与怪物纠缠着、厮杀着，渐渐消失。

所有人如坠冰窖，事情远超他们的想象。

钟庸那么强大，都在想着逃离，彻底放下了对地仙草的执念。而他们却一头扎了进来，早先还想着捡漏！

一群年轻人立刻清醒了过来，事实上，连续发生的惨剧也让他们心中有了退意。

这才三个夜晚而已，他们的队伍已经死去了将近百人，只剩下三十人左右。

赵清菡、郑睿、钟晴、周云几人走到一起，取出信号发送器。

现在没什么可犹豫的，他们决定立刻止损离开。

片刻后，他们的脸色变得无比难看。

几人各自带着的信号发送器皆失灵了。

密地中有各种能量物质，无时无刻不在侵蚀精密电子器件。但信号发送器不大，且被重重密封着，按照以往的经验，能坚持很久。

可这次只过去三夜而已，他们便无法与相邻的褐星基地取得联系了。

几人面色苍白，毫无疑问，事情的严重性远超想象！

他们很可能会被困在这里，最终全部死去。

密地深处到底有什么巨变，导致精密仪器更容易受损了？

"各种能量物质变得更浓郁了吗？"钟晴此时已经洗去了污泥，精致的面孔上缺少血色。

"不知道别的队伍怎样了。"赵清菡最担心的是，各家的队伍都遇上了这种问题，没有一人可以逃离。

郑睿道："如果所有人都无法发送信号，我想飞船基地的人会意识到有问题，主动来接人。"

"怕的是我们坚持不了那么多天。"钟晴苦涩地说道。

这才三天而已，他们就已经在死亡线上挣扎了，实在不敢想象接下来会发生什么。

轰！

远处的山崖断裂了，钟庸气喘吁吁地再次出现，骑坐在超凡生物的背上猛捶，凶猛无比。

可惜，那是一只老鼠，画面不是多么美观。

"发送信号了吗？"钟庸隔着一段距离询问道。

"所有信号发送器都受损了。"钟诚苦涩地答道。

钟庸叹道："我就知道，最糟糕的事情发生了，其他队伍也都遇上了类似的问题。"

钟庸一怒之下，更加猛烈地轰击超凡生物，打得那只老鼠吱吱叫个不停。

宋家的老头子配合攻击，刚猛霸道的拳头砸了出去，将超凡生物击得口鼻溢血，终于受了重创。

"太爷爷，那我们怎么办？"钟诚喊道。

"做最坏的打算吧，我们可能永远回不去了，想想福地！"宋家老头子喊道。

"你们离远点儿，自己保重吧。我管不了你们，这种超凡鼠共有两只。"钟庸看到远方出现很大的动静，也喊道。

两个老头子不得不又跑了，带着两只超凡鼠远去。

王煊不明所以，福地又是什么状况？

赵清菡、钟晴、郑睿等人多少知道一些，脸色瞬间就白了。

"福地也是一颗生命星球，各种能量物质浓郁，物产极为丰富。"赵清菡简单告知王煊有关福地的一些情况。

福地，要早于密地被发现，新星的人在那边开发了一段时间，所获甚多。

但五年前，福地发生巨变，能量物质暴涌，使得飞船无法接近，不然就会坠毁。

留在那颗星球上的探险队员再也回不来了，彻底失去消息。

王煊一惊，这样看的话，他有可能会永远留在这颗星球上？这怎么行，他的父母都在旧土。

而且，他与女剑仙有约，三年内要回去。

探险队员都骚动起来，彻底不安了。

谁没有亲朋，谁没有父母？如果有选择，没有人愿意流落在异域。

尤其是，这个世界太危险了，十天半个月一整支探险队就可能覆灭。

"我不想留在这里。"周云是真的害怕了，手都在发抖。

对于他这种财阀子弟来说，密地怪物横行，哪里有新星那灯红酒绿的花花世界待得舒服？

"想开点儿，在异域娶妻生子，踏足超凡，接近列仙，说不定有一天我们自己能飞回去。"钟诚很另类，过去他之所以在旧土找王煊请教捷径，就是因为他一直向往古代列仙的世界。

然而，他被钟晴一巴掌拍翻，并又一次受到了打击。

"连我都打不过，还列仙！"

钟晴修行时间比她弟弟短，却能轻易镇压她弟弟，这是钟诚心中永远的痛。

"姐，你得接受现实。想想福地的情况，你可能真的回不去了，需要在这边结婚生子，面对现实吧！"

钟诚嘴硬，又换来一顿收拾。

王煊继续了解情况，问道："新星的人对福地有深层次的了解吗？有没有推断过那里究竟是什么状况？"

"那里很神秘，有超凡生物，极其危险，大体与密地相近。"郑睿叹气，告知王煊自己了解到的情况。

新星的人对福地的开发同样只限于外围区域，从来没有深入过。

新星的人并不知道，福地能量物质最浓郁、被氤氲霞雾笼罩着的核心区域到底是什么状况。

王煊面露异色，道："福地与密地最深处会不会有城郭，有人类，有门派，有真正的修行者？"

钟晴摇头："这个不好说。各种探测器根本无法捕捉密地最深处的状况，稍微接近就会坠落。"

赵清菡开口道："有人做过研究，提出过各种假说，认为核心区域的确可能存在类人种群，是某种极为强大的灵长类生物。"

毕竟，外围区域都存在超凡物种。在那密地深处，肯定有更强大的超凡生灵。

而且，但凡超凡的怪物，不管其本体是什么，都有一定的灵性。

按照密地的规则来看，越强大的超凡生物越聪慧，有许多物种不见得比人类差。

所以，新星的相关研究人员认为，无论是福地还是密地，必有一个智慧极高的种群，其位于整颗超凡星球金字塔的顶端。

有人甚至认为，核心区域有璀璨的超凡文明、完善的社会制度。

"但他们为什么不出来？我们从来没看到过。"王煊发出疑问。

赵清菡道："他们或许出来过，但不屑对我们动手。或许这次巨变就是他们引发的，他们不想外人再来打扰。"

她补充道："各种猜测都有瑕疵，难以自圆其说，不然的话就不是猜测，而是真相了。"

周云唉声叹气，道："你们不会真的在为留下来做准备吧？这一刻，我想大哭一场，我想回新星，不想留在怪物横行的险地。"

钟诚安慰道："周哥，做好最坏的打算，争取在这里为人族开枝散叶，再占领一颗生命星球。"

"你走开，我不跟脑子不正常的人聊天。"这一刻，周云不想搭理他。

"所以，以后我是列仙中的一员，而你只是普通人。"钟诚反驳。

赵清菡道："也不是没有机会回去，如果褐星基地的人早点发现异常，赶快派遣飞船接我们，说不定我们还可以离开。"

她认为，近期情况或许还没那么严重，有些飞船还能接近这颗星球。

"祈祷吧，希望有奇迹发生。"周云叹道。

王煊道："不管怎么说，我们要做好各方面的准备，而现阶段采摘奇物、提升实力最要紧。"

钟晴伸手将钟庸抛过来的紫色蟠桃递给王煊，算是谢他的救命之恩。

王煊摇头拒绝，他几乎算是大宗师了，这么一颗桃子对他来说效果有限，而对钟家姐弟肯定有奇效。

再说，万一被钟庸知道，谁知道他会不会多想。

王煊有点儿想念陈永杰了，如果陈永杰能够出现在密地，他一定要让陈永杰拎着那柄黑剑，先解决掉两个超凡生物再说。

更重要的是，在超凡生物栖居地附近，多半有极其珍稀的奇物，有特殊的超凡药草。

事实上，陈永杰来了！

接到王煊的口信后，在有关部门的运作下，陈永杰改头换面，加入了新星某支探险队。

然而，他现在很惨，虽然已经是真正的超凡层次的人类强者，却正在百里大逃亡。

两个怪物顶着黑眼圈，直立着奔跑，一路追杀他。

"不就是挖了你们一根发光的竹笋吃吗？还剩三根呢，你们居然对我不依不饶！"

陈永杰很狼狈，负伤不轻，身上有爪印。

他暗叹可惜，没将黑剑带过来，主要是那东西太醒目，即便他改头换面，如果带着一柄足有一米五长的黑剑，辨识度也依旧太高，他怕引人怀疑。

……

钟诚开口道："既然有'马大宗师'在，我觉得去采摘灵药会方便很多。昨天，我们发现了好几处有奇物的地带。"

可惜的是，他们选择了黑金枣树，结果发生了惨案。

之后，一群人上路了。

无论能否离开，王煊都下定决心，要尽快冲进超凡领域。

不久后，他们靠近一个山谷，在外围仔细观察。

谷中有六棵灵树，树干与枝杈灰扑扑的，但叶子蓝莹莹的，一看就很不凡，每棵树上都结着四五颗蓝莹莹的果实。

昨天众人在谷外观察良久，没发现有什么怪物出没，但愣是没敢进去。

六棵果树结了这么多灵果，不可能没有怪物惦记。

情况这么反常，他们最后都没敢进去。

"不会有超凡生物吧？"王煊皱眉，万一"中大奖"，所有人都得死在这里。

他没敢妄动，趴在山头上，向山谷内张望。

不久后，后方传来骚动。

昨天王煊从大峡谷中救回来的那名曾看到吴茵被怪物抓走的女子惊呼出声。

探险队中有人用试剂盒对洒落在她衣服上的血液进行检测后，认为那不是人类的血液。

"这么说，吴茵姐当时没被抓伤，那是怪物流的血？"那名女子吃惊地道。

她仔细回想，那怪物散发黑光，将吴茵带到半空飞走，而后有血液洒落。

她确实没有看到是谁流的血，只是思维定式让她觉得，吴茵被重创了。

"这是一个好消息，最起码吴茵姐当时没有受伤。"钟晴说道。

王煊心头一震，这确实让人期待。

或许……那怪物伤势过重，吴茵未必没有活下来的机会。

同时，那名目击者距离吴茵不远，却没有被怪物杀死或者吃掉。这说明，当时怪物不怎么想杀戮，或者另有古怪。

王煊觉得，吴茵有活下来的一线可能。

只是，希望依旧不是很大。

王煊看了很长时间，确实没有在山谷中发现异常，山谷中绝对没有什么大型怪物。

他谨慎地试探，慢慢放出丝丝缕缕的精神能量，确信没有超凡生物。

而后，他全面动用精神领域仔细观察，终于得悉了那里的情况。

六棵果树上有十几条虫子，相当异常，它们蓝莹莹的，有的趴在叶子上熟睡，有的居然在啃噬那种蓝色果实。

虫子在吃灵果？王煊心疼。

事实上，他看到地上有一些果核，显然，原本灵果比现在还多，有些被虫子给吃了。

最让他吃惊的是，这种虫子居然散发着神秘因子的气息，而且气息相当浓郁。

内景地中每时每刻都有大量的神秘因子飘落，而在现实世界中则罕见。

只是密地有些特殊，各种能量物质都有，以X物质为主，神秘因子很稀薄。

王煊在密地见过不少怪物，但还是第一次感知到专门汲取神秘因子的怪物，确切地说是奇异的虫子。

他心头微动，那些虫子到底有什么古怪？

他确信那不是超凡生物，于是底气十足，准备过去看一看。

"我骑着'马大宗师'进去，如果情况不对，就立刻逃走。"他补充道，"你们暂时远离这片地带，别真的被我惊动出什么怪物来。"

"你进去的话，会不会太冒险了？直接让'马大宗师'进去算了。"钟诚建议道。

王煊道："你高估了'马大宗师'的品格，让它自己进去的话，估计最后它会咬着一堆果核给我们送出来。"

众人无语。

"马大宗师"则鼻子喷白光，冲王煊直瞪眼。

赵清蒻了解他的真实实力，但依旧暗中叮嘱他要小心，情况不对就赶紧逃走。

众人迅速离去，经历各种惨烈事件后，他们都很谨慎，一点儿都不敢莽撞。

王煊骑马进入山谷，很快他就下马了，让"马大宗师"也不要过于靠近，毕竟他不清楚虫子的底细。

万一是有剧毒的虫子，"马大宗师"可能会遭殃。

而他有金身术，根本无所畏惧。

"老马，在这里等着，我去给你摘果子吃。你不要跑，不然回头我追上你的话，给你吃烤马腿。"

"马大宗师"瞪着他，差点儿给他两蹄子。

王煊到了果树近前，听到嗡的一声轻颤。

接着，他感觉到后背有些疼，被重重地撞击了一下。

在嘛嘛声中，一道又一道蓝光冲了过来，像一道又一道蓝色闪电，速度非常快。

王煊倒吸一口凉气，如果不是练成了金身术，估计他会被这种虫子直接洞穿。

他一把抓住了一条虫子，用力一捏，砰的一声，虫子像蓝色果冻般碎掉。它内部柔软，外部像铁石般坚硬。

更惊人的是，随着这条虫子碎掉，无比浓郁的神秘因子逸散了出来。

王煊运转先秦方士的根法，也只是聚拢过来一部分神秘因子，大量神秘因子在刚才虫子爆开的一刹那冲向了远处。

他神色一动，自语道："这虫子……如果不嫌弃的话，估计远比这些灵果珍贵。"

他动用精神领域，击溃这些虫子脆弱的精神，噼噼啪啪，十几条虫子全部坠地。

王煊全部捡了起来，每条虫子都有六七厘米长，蓝莹莹如宝石般。

他看了又看，暂时收了起来。

估计就算宗师来了，也会被它们洞穿身体，甚至"马大宗师"凑到近前，也可能会遭殃。

这种虫子的层次不好界定，肉身杀伤力十足，但是短板也极其明显。

任何一个可以将精神能量外放的人，都可以除掉它们。

王煊采摘果实，果实完整的有十九颗，被虫子啃过的有八颗，他居然一下子采摘到这么多灵果。

他准备试试，看这灵果能否让他的实力更上一层楼。

树上有虫卵，他没有去动。

王煊骑上"马大宗师"，离开山谷。

当他来到外边，远远地看到赵清蔼等一群探险队员正在与十个陌生人对峙。

很快，王煊发现异常，那十人与新星的人穿着不同，无论是男还是女，衣服都带着金属光泽，样式新奇。

他们有的是黑发，有的是银发，但看得出都是年轻人，嘴里咿里哇啦，说的话根本听不懂。

而钟诚等人对他们喊话，他们听了也都皱眉，面面相觑，根本不明白什么意思。

王煊心头剧跳，不久前，大家还在谈论密地深处是否有类人生物，难道现在就遇到了？他们究竟是什么来历？

密地新人类

大家刚谈论到密地深处可能有类人的智慧种群，他们就出现了？

王煊走到近前。这群人穿着新奇，不像是古人，头部与脸部都有精致的护具。

那不是很笨重的头盔，而是有花纹和飞鸟图案的近乎装饰品的镂空护具，既透气，又充满美感。

王煊惊异，这工艺不简单，相当繁复，以现在的人的苛刻眼光来看，都觉得非常惊艳。

"叽哩……噢啦！"对面有人在喊话。

他说了一堆，只有最后的词最为清晰，让人觉得像是代表了什么。

赵清菡低声对王煊道："他们突然从山林中出现，看到我们后有强烈的敌意，但一直在迟疑，没有动手。"

这些人是从密地深处走出来的生灵吗？这些人初见他们就对他们有敌意，不是什么好消息。

王煊释放出精神领域向那边观察，第一时间感应到，这些人绝对都很强，没有弱者。当中的一些人虽然气息收敛，但绝对有大宗师层次的实力！

真要爆发冲突的话，他们这边多半会很惨。

王煊心一沉，不觉间摸向短剑，真要发生冲突的话，那就只能拼了。

对面一个男子有所察觉，向王煊看来，额头有光雾流动，足以证明其精神力极其旺盛。

王煊神色一动，这群人中既有大宗师，又有精神力异常的人，没有一个是好对付的。

他很担忧，如果双方发生冲突，他们这边有几人能活下来？

对面那些人看起来十分年轻，与他们这边的人差不多，有几人甚至更稚嫩一些，不足二十岁。

不过，王煊并没有觉得意外。

如果这群人是密地深处的生灵，有这样的实力很正常。

这是什么地方？一颗孕育各种奇物的超凡星球！

在一个以超凡为大方向的异域，出现什么层次的生灵都不算意外。

王煊跳下马，摸了摸白马驹的鬃毛，将它推向赵清菡。

他示意赵清菡，如果情况不对，就立刻骑上白马逃走。

赵清菡从他的那一瞥中看出了郑重，顿时心一沉：来者不善，很难对付！

连钟诚都没敢乱说话，而是表现出善意，说大家都是人类，或许有共同的祖先，说不定来自同一祖地。

对面一群男女都将目光转移到了王煊的身上。

王煊没有掩饰，释放精神领域，扫视对面的十人。

越仔细观察，他心中就越沉重，这些人各有特点，都是极其厉害的人。

有的人体内孕育着奇异的力量，像是火山内的岩浆在蛰伏，随时会猛烈地爆发。

有的人体表呈现金属光泽，那是类似金身术的护体功法。

……

对面也有人在惊异地盯着王煊。

同时，有几人一直在低声谈论新星这边的人。

王煊的精神领域发挥了应有的作用，根据他们的意识波动，他断断续续地听到了一些关键词。

不是听懂了语言，而是洞彻了思维。

"一群土人！"

对面的人居然这么瞧不起他们，这让王煊眼皮直跳。

疑似从密地深处走出来的生灵，似乎无比自负。

"骑着天马遗种的人精神力异常，似乎比我感知到的更强，该不会形成领域了吧？"其中一人神色严肃，对同伴发出警告。正是他一直在盯着王煊。

"不会吧，领域……那不是与超凡有关吗？"

"噤声，我担心他能捕捉到我们的思维。"

对面的十人都安静下来，全部盯着王煊，并且他们收敛了自身的精神力量，显然有秘法。

他们对修行与超凡的理解，远超新星的人。

十人互相打手势，最终看了一眼王煊，居然缓缓退后，没入山林中。

"这是来自哪颗星球的土人？太落后了！不仅防护服脆弱，连审美都那么落后，服饰太丑了。"

"噤声，那个人或许还能感应到。"

"真不对他们动手吗？"

"不急！"

……

十人消失了，像是从来没有出现过。

他们实力都极强，远比月光圣苦修士厉害！

王煊盯着他们离去的方向，长出一口气。居然遇到这样一群人，他刚才都想让赵清菡等人先逃了。

"可以理解，从小修行，持之以恒多年，必然很强。"王煊低语。

但是，他还是有些受不了，那些人太自负了，在实力上俯视他们也就罢了，居然还鄙夷他们的审美。

最过分的是，那十人居然认为他们是土人，来自未开化的星球。

不过，相对而言，新星这边的人确实很弱。

王煊是半路出家的，踏足旧术领域没几年。

其他人也都不是苦修者，比如，有的人居然是为了保持好身材才练旧术的！

一群探险者都不淡定了，居然见到了新人类，不久前的议论成真了。

这是新星的人第一次在密地中见到人形生物，这里果然有高智慧种群。

"可惜没法儿将消息带回去，这是突破性的发现。"郑睿感叹。

"我觉得他们似乎对我们有敌意，会不会出事？"钟晴开口道。

王煊发现，钟晴也有成为乌鸦嘴的趋势。

他直接告诉了大家一个事实："那十名年轻男女可能都在大宗师层次！"

一瞬间，在场的人心中变得不平静了，双方的差距这么大？

关键是，刚才那群人带着杀意，真要动手的话，后果不敢想象。

这几日，他们一直在生死线上徘徊，遇到宗师级怪物都难以抗衡。现在有十个实力惊人的人形怪物，谁挡得住？一旦对方出手，估计在场的人都要死。

赵清菡道："赶紧离开。如果能与钟老和宋老联系上就好了。若可以的话，尽快寻找到他们的踪迹。"

现在，钟庸与宋家老头子可能是他们仅有的保护符，毕竟，两人皆有超凡战力。

郑睿点头道："我们沿着钟庸前辈他们留下的战斗痕迹追过去。"

但这样做非常危险，万一遇到超凡鼠，他们会死得更惨。

众人商议后决定在一侧跟着，保持适度的距离。

在场的人都觉得，那十人既然对他们有敌意，早晚会出手。

一群人进入山林，快速奔跑。

这几日他们都在逃命，心弦始终紧绷着，简直一刻都不能宁静。

这一刻，所有人都无比怀念新星，怀念繁华的大都市、醇香的饮品、美味的佳肴、舒适而柔软的大床……

人在绝境中就会格外怀念过去的美好。

周云想得更多，灯红酒绿，灿烂红尘，他常带漂亮的姑娘开着小型飞船去天上兜风。

"我想我那三个女朋友了！"周云一边逃亡，一边叹气与回忆。

钟晴身材苗条，嗖嗖跑得很快，就在周云不远处，听到这种话后她直接表示鄙夷。

赵清菡迈开长腿，速度比许多人都快，跟在王煊的身边。

此时，"马大宗师"没有驮任何人，作为队伍中的"第一高手"，它承载着众人的希冀，随时准备迎击敌人。

他们翻山越岭，不知道逃了多远。

终于，一群人跑不动了。

他们喘着粗气，放缓脚步，最后许多人直接躺在了地上。

"吃灵果补充体力！"王煊开口道，他打开收集袋，分发蓝莹莹的果实。果实清香扑鼻，一看就非常可口。

许多人眼神变了，这可是灵药，非常珍稀，根本没有几人吃过，以新星币衡量的话绝对是天价。

王煊分发果实，许多人都不好意思拿。

因为，这是王煊与"马大宗师"采摘回来的。

王煊递给赵清菡一颗，自己也吃了一颗。果实相当甜脆，但对他来说，就那么一回事儿。

他的肉身太强大了，普通的灵药对他效果不大。

他早有预感，或许灵果远不如树上的虫子有价值。

王煊说道："可能不够每人一个，大家分分吧。如果那十人真追过来，我们大概率会全部遭殃。趁现在能服食灵果补充体力与提升实力，就赶紧吧。"

一群人沉默着服食灵果。

有人觉得过意不去，说多给"马大宗师"与王煊几颗灵果。

"小马哥说了，它不爱吃这种果子，一颗就够了。"王煊道。

"马大宗师"顿时朝他瞪眼，一副很不服气的样子。谁说它不爱吃，这灵果甜脆爽口，都给它，它也能吃光。

不过王煊觉得，它已经在大宗师层次了，吃了灵果也没什么太大的效果，还不如把灵果留给其他人。

一群人都在休息，静等药力发作。

王煊坐在赵清菡的身边，看着她。她闭着美目一动不动，那白皙的面孔上浮现淡蓝色的光晕。

他知道，这次赵清菡足以踏足准宗师领域。

她原本就差不多跨入这个领域的门槛了。

随后，王煊起身来到"马大宗师"近前，取出一条如蓝玛瑙般的虫子想要喂它。

"马大宗师"瞪圆了眼睛，怒不可遏，感觉王煊欺马太甚！

当王煊稍微撕开虫子表皮一角时，"马大宗师"当场眯起了眼睛，张嘴差点儿咬到王煊的手指，一口就将虫子给吞下去了。

而后，它摇头摆尾，在王煊身边磨蹭着，那意思是，还要吃！

"先等一等，万一有毒呢，看看会不会发作。"王煊将它硕大的头扒拉到一边，不想看到它在眼前晃悠。

"马大宗师"越来越通灵了，听到这种话语后，实在气得够呛，差点儿立起来用马蹄子在王煊身上"盖章"。

"没事儿，你这么大个儿，就算有毒也能撑过去。"王煊毫不在意地说道。

"马大宗师"很想和他决战，最终被他夹住马脖子，它这才愤愤不平地安静下来。

别人还以为王煊和这匹马正在沟通，关系越来越好了呢。

周云感叹道："小王真有本事，居然和一匹大宗师层次的灵马走得这么近，让人羡慕啊！"

"我以德服马。"王煊淡定地回应。

"马大宗师"鼻子冒白光，在那里鄙视着眼前这个人。

他们不敢久留，不久后准备再次上路。这是关乎生死的大问题。

众人开始一起狂奔逃命。

突然，王煊放缓了脚步，向后看了一眼。

随后，他来到赵清菡的身边，认真地看着她，将她带到了白马驹身前。

"'马大宗师'，看到了没有，一大把虫子。如果你能保护好这个姑娘，到时候这些虫子都给你吃。"

王煊说着，抓出一大把蓝莹莹的虫子，接着又指了指赵清菡，并将她扶上马背。

"王煊！"赵清菡脸色变了，脸上写满了担忧，她与王煊有默契，预感到将要发生什么了。

"我心里有数。"王煊低语，让"马大宗师"快走，然后他拔出了短剑。

王煊躲在树林的后方，静等大敌到来。

不久后，有人出现，并且在低声谈论着。

"这些土人真奇怪，究竟是从哪颗星球来的，为什么这么弱？"

"你说，他们会不会就是这颗星球上的原住民？当年的一批人未能离开，繁衍了一些未开化的后代，有可能吗？"

王煊以精神领域感知到这些后，无比吃惊：这些人的来历与他早先的猜测有偏差！

第 143 章

大战外星人

王煊早先的猜测错误，这不是密地的原住民。

他们竟然是外星人，来自未知的深空！

这群人对密地了解颇多，应该有非同一般的来头。

早先，新星的探险者一直在谈密地深处的种群，因此形成了思维定式。

王煊虽然十分吃惊，却也长出了一口气。

他的心情没那么沉重了，有种如释重负之感。

如果迫不得已与原住民发生冲突，即便他赢得了一时，后面多半也要以悲剧落幕。

这是一颗超凡星球，若密地深处有原住民，很难说会有什么层次的强者。

现在他放心了，感觉可以出击了！

既然这十人想对付他们，那他没有什么好手软的，动用一切手段反击就是了。

"不会被无数原住民追杀，也不会被深不可测的门派围剿，一切不过是外星人之间的碰撞。"王煊自语。他现在也的确算是外星人。

虽然心中不再沉重，但是他依旧无比郑重。

这些人虽然年轻，但都是大宗师层次的高手，必然很难对付。

王煊无声无息地在山林中穿行，到处寻觅着。

到现在为止，他只发现了三个人，而对方本应有十位高手才对，其他人没有来吗？

他寻找了一番，没有其他发现。

林地幽深，各种怪物都有。

王煊潜形匿迹，跟着三人，寻找下手的机会。

三人中，一名男子开口道："密地生存第一法则，人形生物见到即杀。不过，这些未开化的土人似乎没什么威胁。"

男子言语间，对新星的人相当不尊重。

三人中唯一的女子很谨慎，道："那个精神力异常的人有些问题，虽然已经确定他不是超凡者，但我们还是小心一点儿吧。"

王煊不可能听得懂他们的语言，一切都是他以精神领域捕捉到的大致思维。

"卓扬不让我们妄动，让我们沿路观察他们留下的痕迹，以确定这群人中是否真的没有其他高手，估计也是怕那个精神力超常的人难对付。"

三人低语。

那个名为卓扬的人与其他几人发现了超凡药草，要等一段时间才能跟过来。

"我觉得我们过于谨慎了，这群未开化的土人很弱，当时我们十人如果没有多想，一个冲锋就能迅速消灭他们。"

"不急，人齐了再动手！"

他们虽然十分自负，俯视新星的人，但在行动上很谨慎。

王煊更加严肃与认真了，敌人很强，竟还这么小心。

这群人早先看到他释放精神领域，便直接退走了。

现在三大高手言语间让人很不舒服，但没有擅自提前出手的意思。

王煊悄无声息地在密林中跟着，暗中观察，发现了他们的行动规律。

三人一会儿分散去寻觅新星探险者的痕迹，一会儿又聚在一起，时间间隔极为短暂，十分谨慎。

王煊决定动手了，如果另外七人也跟上来，那他便一点儿机会都没有了。

前方一个三米多高的银毛怪物被三人惊得逃掉，三人再次分散开。

这时，王煊接近了！

他全力爆发，快如闪电冲了过去，右手中的短剑冷冽无比，无声无息地挥落，划向落单的男子。

同时，为避免意外发生，王煊左手掌如刀，也时刻准备劈下去。

这个男子极其敏锐，远不是月光圣苦修士所能比拟的。在这种关头，他生出警兆，快速躲避，疾速侧移，并向前扑去，避开了足以致命的一剑。

但他的身上仍然被短剑划出一道可怕的口子。

王煊向前扑击，想要补上一剑，左手掌也劈了出去。

这外星人是一位真正的大宗师，经历过系统的修行与训练，身手好得离谱，应变神速。

在这种情况下，他居然又避开王煊刺向他后心的剑，向左侧横移躯体。

不过，他很难避开王煊的左手了。

王煊的左手掌重重地劈在他的头上，发出一声闷雷般的声响，且有光芒迅速迸发。

这个人头上戴着的镂空护具居然在关键时刻发出蒙蒙光辉，硬是挡住了王煊的左手掌。

什么状况？

王煊心惊，他很清楚自己一掌的力量有多强，就算是一块坚铁都能拍碎。

他全力爆发后，通体带着淡淡的金光，左手振动不止，这是金身术叠加的掌刀，攻击力极大。

砰的一声，王煊那一掌终究还是有效果的，那个男子头上的护具被劈得瘪了下去。

所有这些都发生在电光石火间，男子的身子飞了出去，有王煊这一掌的原因，也与男子自身主动前冲有关。

可以看到，男子的后脑被重创了。

然而，他这种真正的大宗师生命力极为顽强，并没有死去，而且迅速跃了起来。

不过，他的步伐终究有些踉跄。

王煊不得不叹，同这个人比起来，月光圣苦修士不值一提，眼前这个男子确实厉害得惊人。

王煊全身发出淡淡的金光，全力以赴，居然没能将此人除掉。

当然，这也与对方头上戴着的护具有关，那护具看着精致得像是装饰品，关键时刻却能发光，花纹与飞鸟图案上都有秘力流转。

王煊第一次见到这种东西。

他没有任何停顿，像一道淡淡的金光冲了过去，想要彻底解决此人。

远处，那名外星女子出现了，她轻叱着，像一道流光般疾速冲了过来，想要出手救援。

王煊一再失手，不想再出纰漏，绝不能等到另外两人都返回来，不然的话可能会有更多意外。

他在向前冲的过程中，动用精神领域，额头前光雾流转，猛烈地冲击对方的精神意识。

意外再次发生，对方头部的护具上，那只飞鸟像是活了，发出朦胧的光辉，居然阻挡了王煊的精神冲击。

王煊相当震惊，这精美的镂空护具还有这种效果？

这绝对算是宝物了，可对方人人都戴着，这对他来说可不是什么好消息。

难怪对方得悉他精神力超常，但确定他不是超凡者后就不在意了，原来对方有奇物护体，可以保护精神意识。

哧！

不过，最后时刻飞鸟身上的朦胧光辉又暗淡了。因为，之前王煊的左手掌劈落，那件护具被砸瘪了一部分，有些受损。

意外在交战双方之间接连发生。

这名男子痛苦得闷哼出声，头痛欲裂。

原本他张开了嘴，已经喷出一部分真火，想要焚烧敌人。结果，后面的火光散去，没能喷出来。

早先喷出来的火光溅落在地上，居然将一块青石烧得通红，快要熔化了。

王煊脸色微变，这种高手一个就很难对付，更不要说十个了！

他没有任何迟疑，一步迈出就到了对方眼前，手中短剑挥出。

噗！

这次没有变数，像是用青铜铸成的利刃划过，这个人当即丧命。

虽然时间很短暂，但战斗过程中不断出现变数，最后王煊终于消灭了此人。

对面冲过来的女子马上就要到了，她尖叫着，满脸杀气，姣好的面容都有些扭曲了，一副誓要杀掉王煊的样子。

并且，她居然动用精神能量，以特殊的秘法侵蚀过来。

王煊嘴角挂着冷笑，直接催动精神领域向前压去。

然而，刹那间，他便知道出了问题，这女人是在故意吸引他的注意力，而真正的危机在他背后。

在他的精神能量向前压向那个女子时，另外一人发动了。

此人潜形匿迹，本就距离王煊很近，现在他全力爆发，几乎凌空飞来，双手贴在了王煊的后背上。

王煊叹息，这三人真的很难对付，全都是身经百战的可怕对手，战斗经验十分丰富。

月光圣苦修士和他们比起来，简直是温室里的豆芽菜，根本不是一个级别的。

还好，王煊有底气。

尽管这一男一女配合默契，想要使诈对付他，但他无所畏惧。

因为，他练成了金身术，不怕偷袭，挨一下又能怎样？

王煊如同蝎子摆尾般，向后踢了一脚。

两人都击中了对方，反应各不相同。

王煊露出惊讶之色，他踢到对方的一条腿上，对方身体剧烈颤抖，但是对方的腿没有受创。

他第一时间意识到，对方跟他一样练有护体功法，身体坚硬如铁。

他不认为对方开启过内景地，其多半是借助各种奇物练成护体功法的。

偷袭王煊的男子实力极为强大，几乎快练成常人眼中的金刚不坏之身了，现在却脸色剧变。

王煊后背遭遇重击，整个人向前冲了出去，恐怖的双掌之力让他踉跄不已。

不过，他终究稳住了，没有受伤。

后方，那个男子却在惨叫，因为他的双手被刺伤了。他简直难以相信，自己最强大的一双手掌居然血流如注。

什么状况？王煊看到这一幕也很吃惊。而后，他像是想起了什么，感觉不可思议。

他从沼泽地中救出钟晴时，她曾羞愤地从身上掏出两块有刺的钢板，后来要走了她还要带上钢板。

最终，是王煊拎着那两块钢板上路的。

后来，王煊将钢板还给钟晴时，她似乎很纠结，有些不想再戴上了。

王煊看着她那副有些嫌弃的样子，相当果断，立刻将钢板装在了自己的后背上。

当时，钟晴气得不行，最后没好意思再要回钢板。

王煊压根儿就没指望这东西有什么用，而且相对他的身材来说，这么小的钢板，也就挡住了他的后心一部分而已。

他无论如何都没有想到，那钢板上的尖刺将练体有成的敌人的手掌都刺穿了。

这绝对不是一般意义上的特种合金！

王煊面露异色，未曾料到会有这么让人愕然的结果。今日短暂的交手过程中，各种意外频频发生。

"你……"这个男子愤怒地看向王煊，他没想到自己会遇上这么一个狠辣的对手，居然以稀有秘金炼成那种阴损的防护器具。

同时，他低头看着自己的手，一双手都在颤抖。

那名女子自然也冲到了近前，看到这一情景不禁张口结舌：同伴练的金刚术是一种顶级护体之法，居然这么惨？

这个男子最强大的就是肉身，最具攻击力的就是一双手，没想到会有这样一个结果。

"来，咱们对掌，硬碰硬，看一看谁掌力雄浑！"王煊说着，收起短剑，晃动双手向对方示意。

外星男子虽然听不懂，但能看明白，他的眼睛立刻红了，这是……赤裸裸的挑衅啊！

对方这是欺负他的手负伤了吗？但他根本不怕，纵然手被刺伤了，金刚术也是恐怖的。

他挥动双手轰了过去，恨不得立刻拍死王煊。

但他不是莽汉，嘴角带着冷笑，右脚悄无声息地抬起，向王煊的双腿间踢去，阴狠无比。

王煊自然防备着这个男子。不久前这个人与那女子配合，暗中袭击他，由此可见，这个人绝对不是什么刚直之人。

砰的一声，王煊的脚与对方的脚撞在一起，雷鸣般的撞击声响起，震耳欲聋，地面上飞沙走石。

同时，两人的双手也撞击在一起，顿时，空中发生大爆炸，气浪震断了周围的大树。

王煊还好，只是发出闷哼声而已。

外星男子原本不惧，但现在受不了了，双方对掌时，他的手背不停地渗血，又添了新的创伤。

他觉得剧痛无比，面部抽搐，果断向后退去，再次低头去看自己那一双手。

后方那名女子自然没有放过机会，瞬间袭了过来，右手持一柄弯刀劈向王煊。同时，她的五脏振动，迸发出一道雷光，劈向王煊。

第-144-章
钟晴宝物无数

弯刀以特种合金熔炼而成，像是死神的镰刀落下，冰寒刺骨，带着莫名的力场，使景物扭曲。

王煊即便练成了金身术，也不想用身体去试刀。他反应迅速，躲开了弯刀。

但弯刀擦着他的身体过去时，依旧撕扯着他的皮肤。

如果没有练成金身术，这种力度能直接将他的皮肤扯伤。

王煊心头沉重，刚接触三个人而已，对方没有一个是好对付的。

他们的故土多半是一颗超凡星球，其上的秘法惊人！

王煊的身体如淡金色的浮光，快速移动，避开了弯刀，却无论如何都快不过那道雷霆。

轰的一声，他的肩头被从女子五脏中飞出的一道雷光击中，那里顿时一片焦黑，还好他扛住了，只是半边身子略微发麻。

若非有金身术，他的肩胛骨都要被击断。

王煊站在远处盯着这个女子，这些外星大宗师真的非常厉害，他也必须尽快晋升到这个领域才行！

无论是口吐真火还是五脏共振出雷光，都属于大宗师这个领域的特质！

王煊突兀地催动精神领域，袭击对手。

女子头上精美的镂空护具不需要催动，自主复苏，上面的花纹与飞鸟图案都在发光，挡住了冲击。

王煊动心了，这真是宝物啊！

他越发确定，这些人的母星很不简单，超凡文明高度发达。

女子眼中寒光闪烁，心中有些忌惮，万一镂空的头盔防不住，她会出大问题。

两人交手，动用各种强大的手段。

王煊发现女子头上的镂空护具还能干扰他的感知，不然有些雷光他是可以避开的。

他心中一凛，自己终究不算是大宗师，此时的处境相当危险。

他的肩头、手臂、腿部一片漆黑，衣服都炸开了。换个人的话，恐怕直接就被雷霆击杀了。

旁边，那名男子简单包扎与处理了伤口后，又冲了过来，但是无论如何，他都不想偷袭王煊的后背了。

然而，让他气愤的是，王煊居然连前胸也不防御，主动向他的双手上撞。

这名男子立刻明白了，对方的前胸与后背都有刺！

所以，他放弃了对王煊前胸与后背的攻击。

事实上，王煊前胸真没钢板，只后背有一块，他这样完全是在唬人。

这名男子束手束脚，打得特别不畅快，最后他试探出对手的四肢没什么刺，于是他主攻王煊的头与四肢。

王煊很吃力，如果不是将男子折腾得双手受了伤，估计王煊的处境会更糟糕。

唯一让他庆幸的是，男子接近超凡的特质似乎都表现在肉身上，没有喷出真火或发出雷霆。

王煊接连多次挨雷劈，心里直发毛——这也太被动了。

在他用短剑将女子的弯刀削断后，他的右手臂连着被电光劈了三次，短剑都没能抓牢，坠落在地。

王煊深吸了一口气，双目深邃，身体突然轰鸣起来。他动用了五页金书上记载的体术！

他五脏发光，不断共振，秘力流转，全身活性大幅度提升，与那男子猛烈地对了一掌。

噗！

男子疾速后退，面孔抽搐，低头看向双手，手伤得更严重了。

他忍不住发出一声嚎叫，金刚术有成以来，他从来没有这么凄惨过。

王煊重创他后，再次敛去秘力，周身恢复平和。

王煊这是在积蓄力量，因为张仙人的体术连着动用三次后，三十秒内无法再运转。

他刚动用了一次，就立刻"冷却"那滚烫的身体，准备恢复正常后，给女子来一次完整的三连式。

又被雷光劈中两次后，王煊的身体终于变得冰凉，他再次动用五页金书上的体术。

他全身轰鸣，爆发出最强的力量，向女子攻去。若再解决不了对手，他自己就危险了。

王煊的血肉都在发光，秘力澎湃，他硬扛雷光的同时，与女子近身搏斗。

一刹那，女子便吃了大亏，手臂受伤。

更关键的是，在两人生死碰撞间，王煊将她头上的镂空护具打得瘪下去一块，而后更是将护具劈飞了。

女子脸色变了，全力让五脏共振，以闪电冲击，轰向王煊，而她则自身快速后退，想要与王煊拉开距离。

后方，男子见状，不顾伤势，再次冲了过来。

王煊冒着心脏被雷劈的危险，也要拿下对手。

他额头发光，催动精神领域，全力冲击。

"啊——"

女子这次遭受了重创，尖叫起来，她挡不住这种异常的精神能量，头疼欲裂。

这一刻，王煊的心脏部位被雷霆劈中，滚烫的身体发僵，几乎动弹不得。

男子凌厉地击来，一只手轰向王煊的后腰，一只手向他的头部劈去，相当狠辣。

王煊艰难地避开头部的一击，腰部被重击后，他顺势向前扑了过去。

他一把锁住那精神意识紊乱的女子，竭尽所能，双手用力一扭。

女子停止惨叫，脑袋耷拉向一旁。

这个时候，那个男子追到近前，脚掌落下，踏在王煊的后背上，恨不得将他立刻踏死。

可惜，男子失望了，王煊虽然感觉到剧痛，嘴角流血，但他金身术有成，挡住了致命一击，身体并未受重创。

王煊反手一掌扫去，在男子躲避时，他一跃而起，全力击向这个男子。

男子看到他面带冷酷之色，感觉身体冰冷，居然转身就逃。

王煊捡起地上的短剑，大步追了过去。

这种强敌只要放走，不久后肯定会成大患。

但很快，他便没法儿追杀这个男子了。

密地中多湖泊与大河，那男子向前奔跑，看到一条宽阔的河流，扑通一声就扎了进去。

王煊注视着前方，水中有银色鳞甲的怪物咬住男子的左腿，男子沉入水中，朝下游潜行而去。

王煊盯着看了一会儿，转身离去。

他回到战场，清点战利品。两个死去的外星人身上都带着一些瓶瓶罐罐，里面装着各色液体。

他打开瓶瓶罐罐，那些液体有的带着檀香味，有的略微刺鼻，他没敢尝试，都收了起来。

当然，最让他看重的是这两人头上神异的镂空护具。

可惜，两件宝物都被他砸瘪了一部分，他将宝物掰回原状，但估计宝物的功效还是受损了。

他将一件镂空护具戴在自己的头上，顿时觉得感知更敏锐了。

此外，两人身上的那种新奇的衣服带着金属光泽，既很柔软，又非常结实，普通的刀剑根本划不破。

王煊看了看自己身上被雷劈过的破烂衣衫，果断扒下来一套黑金色泽的新奇衣服。

说不定什么时候就有更激烈的战斗，他从头到脚武装了自己。

随后，他将女子的护具、战衣也都收了起来，准备拿去送人。

虽然胜了，但是王煊心头沉重：这三人真的很强，他险些出意外。

如果不是他先解决了一人，再加上那名练成金刚术的男子被刺伤了手掌，后果难料。

怎么会这么强？这次他真的全力以赴了，可最后还是有一人逃走了。

想到还会有八名强者联袂来报复，他忍不住一声叹息。

来自超凡星球的年轻人都这么强吗？他感觉到了前所未有的压力。

王煊蹙眉，自语道："或许，他们在自身的超凡星球上也算是比较厉害的年轻人。"

他觉得这种猜测有道理，毕竟敢来密地的人绝对不是一般人，应该是精英。

"这么说来，他们有可能是一个超凡组织的种子选手。

"如果那颗超凡星球上有门派，这十人或许是某一宗门的嫡系传人或弟子。这么说来，我已经相当厉害，一个人消灭了他们两个种子选手！"

王煊说着，露出自信又灿烂的笑容。

"再说，我还只是名义上的大宗师，并没有真正蜕变呢，我要尽快踏足那个领域。"

他站起身来。如果能更进一步，他的实力必然会大幅度提升。

随后，王煊开始思忖。

这些人自身的星球大环境不见得比密地差，他们来这里只是为了采摘奇物的吗？

他们是乘坐星际飞船而来的，还是另有特殊的交通工具？

这些人对密地很了解，将这里当成了什么地方？是自家的后院，还是荒废多年的药田，抑或另有所图？

另外，那颗超凡星球只来了这么一批人吗？

王煊摇了摇头，现阶段还是先应付危机吧。

他已经通过那三人得知，十人中似乎以一个名为卓扬的年轻人为首。

现在那七人正在打超凡药草的主意，短时间内估计过不来，他还有时间。

"那种奇物一般都会在超凡生物的巢穴附近，希望你们遇到超凡生物。"

突然，王煊听到了振翅的声音，看到几只像公牛那么大的毒蜂从山林上空飞过。

更远处，毒蜂密密麻麻的，像乌云般朝这个方向飞来。

"这是炸窝了吗？"

强如王煊也不敢跟这群铺天盖地的怪物死磕，转身就跑。

他翻山越岭，逃出去不知道多远，总算看不见那群黑压压的毒蜂了，那种怪物实在令人心里发毛。

他意外地看到了数名探险队员。显然，众探险队员也为了躲避毒蜂而改变了路线，有些人逃到了这片区域。

人群分散了。

如果那八人铁了心追过来，估计没有几人能活命。

"我改变方向，希望能将敌人引走。"王煊也只能这样了。

可惜，他没有在这片区域发现赵清菡，不然可以送给她戴在头上的护具以及特殊的战衣。

"嗯？"

不久后，王煊的精神领域感应到了两个熟悉的人，是钟家姐弟。

原本他是想直接离开的，但想到钟晴的钢板发挥奇效，几乎算是在一定程度上改变了战局，便觉得自己应该跟她打个招呼。

"那些人追来了！"钟诚看到一个穿着新奇衣物的人出现，顿时跳了起来。

他刚要逃，结果发现那是王煊，不禁惊呼起来："小王，你怎么穿上他们的衣服了？你除掉了他们？！"

钟诚无比激动，但又难以置信。

王煊淡定地摇头道："那些人比较倒霉，有两人被毒蜂淹没，当场就死了，我只是捡了便宜而已。"

"捡得好！"钟诚气喘吁吁，坐在了地上，显然一路逃亡累坏了。

钟晴也差不多，脸上满是汗水，不过她用奇异的眼神看着王煊，似乎有所怀疑。

"清菡呢？"王煊问道。

来密地之前，赵清菡说，只要她没出事，就会保证王煊的安全，让他跟在她的身边。

来到这里后，她确实是这么做的，即便晚上休息都让王煊在她近前。

所以，王煊也一直极力保护她，以免她出意外。

他此时有些担忧，不过想到"马大宗师"在她身边，应该可以保她周全。

钟诚道："毒蜂突然出现，我们全都慌不择路。清菡姐拉一个重伤的人上了马背，也喊我姐和我赶紧过去。可是，'马大宗师'慌了，载着她们先跑了。"

"毒蜂炸窝，山岭中的怪物也会逃走。相对来说，这片区域应该很安全，你们找个山洞躲起来。"王煊说到这里，将镂空护具和战衣递给了姐弟两人，道，"这些能防身。"

原本他是想把护具和战衣给赵清菡的，可是，"马大宗师"带着赵清菡逃走了，这些东西他带在身上也浪费，还不如送给熟人防身。

然后，他又将后背上的钢板取了出来，还给钟晴。

钟晴一向伶牙俐齿，但看到这件器物后，顿时无语了，脸也一下就红了，最后才气道："王煊！"

"什么情况，这不是我姐的吗？"钟诚的眼睛顿时直了，露出震惊的神色，"姐，你居然把这件防护器具给他穿？"

钟晴越发羞愤，斥责道："闭嘴！"

"这可是你背在身后的那块啊！"说到这里，钟诚瞪向了王煊，道，"另一块该不会也被你穿上了吧？"

他眼睛直勾勾地盯着王煊的胸，愤懑地道："你把我姐怎样了？！"

王煊看着他，这家伙也太浮想联翩了吧！

钟晴砰的一声将她弟弟拍翻，不想再听他胡言乱语。

钟诚委屈地叹气道："养大的姐姐，泼出去的水，现在就开始帮着外人打我了！"

钟晴即便善辩，现在也尴尬得很，不想搭理她弟弟。

"这到底是什么材质的？足有马匹那么大的毒蜂，尾针像长矛般刺在我的后背上，居然反被这块钢板伤到了。"

钟晴瞪着王煊，感觉他不像是故意调侃自己，才说道："掺入了一些太阳金。"

王煊顿时惊呆了！

在进入密地前，他在褐星的基地中曾亲眼看到各大组织给各种奇物标出的价。

五十克太阳金，可以兑换五亿新星币！这绝对是天价。

后来他了解到，列仙的武器中疑似都会掺入一些太阳金。

"小钟，你可以啊，有太阳金就是任性！"王煊确实大为震撼。

列仙用的材料，被钟晴炼进带刺的钢板中，太奢侈了！

"你喊我什么?！"钟晴瞪圆了美眸，王煊居然当着她的面脱口喊了出来，背后肯定常这么称呼她。

旁边，钟诚先急了："你们说什么，太阳金？姐，你仗着能进太爷爷的书房，将他当成至宝的材料给挥霍了，炼成了这么个东西?！"

王煊一听就明白了，钟庸在收集太阳金，准备给自己炼神兵利器！

同时他也听得清楚，钟晴可以自由出入钟庸老头子的书房！

他看着钟晴，仿佛看到了先秦金色竹简、五色玉书……他眼睛都冒光了。

钟晴辩解道："我是为救太爷爷而来的，进密地需要保命，当然要用到一些好东西。以后我会熔化钢板，将其中的太阳金还给他的。"

然后她又盯着王煊，质问道："你刚才喊我什么？"

"大钟！"王煊毫不迟疑地回应道。

在他看来，钟晴简直就是一座移动的藏经阁，值得与其打好关系。

第145章
狩猎

钟诚听到"大钟"两个字，彻底愣住了，真新鲜，从来没有人这么称呼过他姐！

至于钟晴，她清秀的面孔上没什么表情，似乎很平静，但其纤长的手指缠在一起，出卖了她的内心。

"这个可以戴在头上的镂空护具有超凡属性，可以送你们钟家去研究。我觉得，如果将其逆向解析出来，可能会引发某种变革。而我只需要一些特殊的经文，我希望……"王煊开口道。

王煊这么跳脱，突然转移话题，让钟诚讶然，有些不适应。他还以为王煊与他姐之间有些复杂的关系，结果王煊居然平静地谈起了合作。

"对了，这种防护器具还有吗？我是指保护手臂、小腿等部位的器具，是否也有这个样式的？"王煊指了指他还回去的钢板。

"我是认真的，没有其他意思。"王煊解释。

最终，钟晴真的从手臂上拆下来两块满是尖刺的细长钢板！

钟诚的眼睛顿时看直了：这个败家女真豪啊！

"我再送你们一些瓶瓶罐罐，换你这两块钢板一用。"王煊将战利品取出一部分，告诉他们这些是从外星人身上摸到的，需要小心验证与尝试，才能知道究竟有什么用。

王煊将两块细长钢板固定在自己的手臂上。他总觉得那个跳河的男子不会死，毕竟修成了金刚术，水里的怪物大概咬不死那男子。

那个跳河的男子如果归队后详细向那些人告知他的情况，那么再次相遇，希望还能有"钢板惊喜"。

"你们自己小心。"王煊转身离去。

钟诚自语道："这家伙越来越自信了，他一个人要去干什么？"

然后，他又小声道："姐，他刚才是恭维你的，你是故作镇定不出声吗？"

钟晴听到后，真想直接砸钟诚，道："我都快被他气死了！"

突然，钟晴漂亮的大眼眯了起来，她举起王煊还回来的那块钢板，对着阳光仔细观察。

她看到了血迹！

尽管钢板被处理过，但迎着太阳还是能发现蛛丝马迹，上面有几乎微不可见的血丝，而被毒蜂刺不会有血。

"姐，你在看什么？"钟诚问道。

"钢板上有什么气味儿？"钟晴示意他闻一闻。

"还能有什么味儿，男人的味道。姐，你不会吧，真看上了小王？我还想给你介绍老王呢，二十出头的宗师将来必踏足超凡！啊……住手！"

砰！砰！砰！

王煊选择朝新星探险队员逃离的反方向而去，并且留下了明显的足迹。最重要的是，他将除掉的那两名男女先后扔在路上，两者相隔数百米远。

他这是挑衅，明着告诉那些人他走了怎样的路，来吧！

王煊在林中兜兜转转，绕了一大圈，然后去找那群人。

如果那群人已经上路，那么就在跟着他绕圈。如果那群人还没有上路，那么他就去插一脚，看一看那里究竟有什么超凡药草，见机行事。

那群人不难找，因为三大高手追踪过来时，留下了太多的痕迹。大宗师一步迈出，最少有十几米远，且奔跑速度快，将地面都踩踏得裂开了。

王煊翻山越岭，一个小时后，越过一片沼泽地，发现了那群人的踪迹。

这群人真的是胆大包天，想采摘的奇物就在超凡巢穴附近，这是想招惹一个超凡级的怪物吗？

附近草木丰茂，林木密集，唯有怪物栖居之地寸草不生，寂静无声。

那里有一个洞穴，洞壁上长着一片火红的藤蔓，那片藤蔓是那里仅有的生机，藤蔓上结着几串红得发紫的果实，隔得很远都能闻到淡淡的清香。

王煊露出异样的神色，这怪物太能忍了吧，守着超凡药草自己不吃，要留着烂掉吗？还是说，这种果实它年年都吃，已经吃腻了？

然后，他就看到了那个似蛇非蛇的超凡怪物。

它有四米粗，但它的身长与其粗细不成比例，大概有十五米，满身都是蒲扇大的青色鳞片。

整体看，它既像蛇，也像青色大蚕。

它看起来笨拙，但行动如风，出去没多久，就从附近的山林中叼回来两头熊科动物，每头都有三米多长。

它将那么大的两头长毛熊叼在嘴里，却像咬着两只小老鼠。

两头熊还没死，被扔在洞口后，从里面直接冲出来两个稍小的超凡幼崽，它们的腰身足有两米，身体长度有七八米。

两个幼崽各自吞了一头长毛熊。从进食方面来看，这种怪物确实像蛇，它们是将食物整体吞咽下去的。

享用完食物后，两个幼崽很谨慎，各自在火红的藤蔓上找到一串紫红色的果实。它们很克制，没有一口全吞下去，而是各自用舌头只卷下来一颗果实。

王煊明白了，超凡药草不是被大蛇吃腻了，而是留给幼崽的。

这种怪物自幼吃超凡药草，长大后想不强大都不行。

那群人想打这处超凡巢穴中的药草的主意？简直疯了！

王煊不认为这种超凡怪物好惹，弄不好那群人就会被全灭。

王煊慢慢接近那群人，想看一看他们到底想怎么做。

他躲在暗中，仔细观察。

很快，他了解到一个惊人的事实：这群人不仅想采摘超凡奇药，居然还想捕猎那超凡怪物！

这实在太疯狂了！

即便他们是顶级的大宗师，即便他们联起手来，也不可能是那怪物的对手。

王煊不敢靠近，也没有恣意动用精神领域，怕被觉察，只是远远地探出丝丝缕缕的精神，捕捉到一些关键词。

过了很长时间，他才了解到部分情况。

这些人的意见也不统一，已经换了数套方案，所以迟迟没动手。

最后，他们想将怪物引到一个特殊的地方，如果成功，他们不仅能得到超凡药草，还能猎杀超凡怪物。

从他们的谈论中，王煊得悉这种怪物名为蚕蛇，这名字与其形象确实相符。

不久后，王煊离去，在附近仔细寻觅那个特殊的地方。

那是一片迷雾弥漫的地方，刚接近，王煊就汗毛倒竖。

此时太阳明明很大，高挂在天空中，这片区域却很特殊，被大雾覆盖，十分神秘。

不仅如此，王煊绕着这片特殊的区域而行，发现了一个更让他震惊的事实——连同蚕蛇在内，共有八个超凡怪物围绕着迷雾区域筑巢，分布在四周！

这群人在玩火吗？敢在超凡怪物的集中区搞事情，弄不好就会万劫不复。

难怪他们迟迟不动手，反复探察地势，这是在做周全的准备，同时也在研究最佳逃生路线。

王煊也上心了，他的足迹遍布这片区域，找好了各种意外发生时相对应的逃生路径。

没错，他也准备参与！

不过，他不是针对那条怪蛇，而是准备在这群人得手时截和。

王煊回到蚕蛇所在的山地时，发现了熟人。那个跳河的男子果然没死，活着回来了。不过，他浑身是伤，显然在大河中遭遇了极其恐怖的怪物，险死还生，终于与这些人会合了。

一群人非常激动，有人握着弯刀，有人以手指天，在说狠话。

王煊只以精神领域稍微捕捉了一些关键词，就立刻明白，他们要报仇。

他们依旧高傲，蔑称新星的人为土人，还未开化。

他们后悔了，早先担心王煊精神力异常，是半超凡化的高手，所以先退走了，想在深夜去袭击。

"这些土人都要死！"

他们的言语意思汇成这样一句话。

他们慢慢平静下来，准备采得奇药后，就去追击王煊。

"不要攻击他的前胸与后背，他身上有用稀世秘金炼制的刺猬甲胄！"那个逃回来的男子提醒，"可以攻击那个'土人'的四肢与头部。"

而后，他们再次开始布置，准备捕猎超凡生物。

"真要猎杀那条成年蚕蛇吗？它相当恐怖啊！"

"它不死的话，我们即便采摘到奇药，也会被它千里大追杀，只能先干掉它。"

……

王煊明白了他们会怎样对付蚕蛇。

他们带着的那些瓶瓶罐罐都是有讲究的，其中有引诱超凡怪物的药剂，尤其是诱导蛇类的药水，更有能让怪物短暂发疯的药剂。

王煊心中警醒，这群人对各种怪物的习性都有研究且这么熟悉，看来他们那颗星球的超凡文明果然很成熟。而且，这群人对密地也不算很陌生，像是有前人的经验与叮嘱等。

最起码，这群人都知道那片迷雾区，言语间多次提到，长辈们叮嘱过他们，那里极其恐怖。

"可惜啊，没人走得通，那可能是一条秘路啊！"有人感叹。

王煊自然听不懂他们的语言，即便通过精神领域捕捉思维，也不知道部分名词的意思。

但是，经过仔细揣摩，结合前后的思维，他还是震惊地得知了一则消息，那些人可能在谈旧术秘路的事！

而且，他听到的有关那片迷雾区的关键词中有"逝"的意思，一时间他难以理解全部含义。

那些人终于布置完了，从迷雾区开始，到蚕蛇栖居的地方，这一路上，很多个重要地点都被洒上了药剂。

他们即将"驱蛇"前往那片恐怖的地方，借助"逝"的力量杀死超凡怪物！

王煊比他们还紧张，毕竟，他不仅要防着超凡怪物，还要准备截和，要注意的方面更多。一个弄不好，他可能是死得最快的。

咚！

远处传来惊人的动静，那些人发动了！

数十斤的巨石砸到了蛇窟附近，并且不远处有些猛兽被驱赶着跑过，有一些被擒来的怪物惨叫着，被那些人放了出去。

蚕蛇很凶残，它的领地不容人打扰，此时它嗖地一下冲了出去，没入山林中。

"成了，它中招了，我们带来的药剂果然有用！"

"快，去采摘超凡奇药！"

有人动了，那是一个女子，她像一缕薄烟般，快而轻灵，从山林中冲向超凡巢穴。

到了超凡巢穴近前后，她快速采摘下来两大串芬芳扑鼻的紫红色果实。

火红的藤蔓上还有几大串果实，但是，洞穴中的两个超凡幼崽冲了出来，要截杀她。

"糟了，它们已经不算是幼崽，都有大宗师层次的力量！"女子惊呼。她没敢去采摘其他果实，转身就逃。

山林中有两人负责接应采摘果实的女子，他们听到传音后，望了一眼成年蚕蛇远去的方向，确信它发疯了，要没入迷雾区了，于是一起冲向超凡巢穴。

两人迎向未成年的蚕蛇，出手凌厉，不仅想阻止它们追击女子，还想除掉它们，以便采摘剩余的几串超凡果实。

女子头也不回地就跑，她的任务完成了，带回这两串奇药也算不虚此行。

这时，王煊动了，从注定会成为死敌的人手中截和，他一点儿心理负担都没有，反而很激动。

他从山林中来，自后方无声无息地逼近，一剑向女子斩去。

"那狗贼居然跟来了！"双手被刺伤，最后更是被逼得跳河的男子，这时直接大叫了出来，眼睛都红了。尤其是他看到王煊头上戴着镂空的护具，身上穿着黑金色泽的新奇衣物，更愤怒了。

事实上，另外几人看到这一幕后，也都怒发冲冠，那个"土人"居然敢主动来这里招惹他们一群人，找死吗?！

王煊突然袭击，第一招发出，相当成功。他在后方虽然没能将那女子直接斩灭，但是劈中了她的左肩头。

短剑很锋利，虽然只是稍微擦中，但是女子的肩胛骨受伤了，剧痛让这名女子难以忍受。她左臂颤抖，手中的一串超凡果实顿时坠落向地面。

王煊顺势一抄，直接抢走了，第一串超凡果实到手，截和成功！

女子惊怒不已，这种关头还有人来袭击，居然让她丢失了一半的奇药，她怎么能容忍？

她疯狂拼命，掌刀如虹，向王煊劈去。

"不要打他的前胸与后背！"那个跳河逃生的男子在远处大声提醒。

第146章

超凡之战

这个"土人"居然截和，抢她的超凡奇药！女子怒不可遏，恨不得一掌打死王煊。

她洁白的手掌散发着淡淡的白光，原本想击向对手的心脏，但听到远方男子的提醒后，她顺势改变了攻击轨迹。

王煊十分配合，假意护着那串果实，用手臂去抵挡。

女子头戴镂空护具，身穿金属质感的衣裙，容貌秀丽，但现在满脸杀意。她五脏共振，催动特殊的能量，使之蔓延向手掌。

她动用了撒手铜，想要直接重创王煊用来抵挡的手臂。

修行者到了大宗师层次，都会产生奇异的变化。女子的五脏之光可产生巨大的力量，能加强身体的某些部位。

轰！

空中发生了大爆炸，女子的那只手触及了王煊的手臂。

女子眼神冷酷，敢抢她的奇物，那就让他吃不了兜着走！

然而，下一刻她的脸色变了，完全不是那么一回事。

手掌有剧痛传来，让她还算漂亮的五官都扭曲了，她低头看去，简直不敢相信自己的眼睛。

她的最强一击并没有重创那个"土人"的手臂，反而让自身受到重创，刺痛让她难以忍受。

在吃痛的同时，她就已经倒退。

王煊无声无息地冲着女子的腹部踢出一脚。

身为大宗师，女子反应超快，右腿摆动，与王煊硬碰了一记，借此之势往后撤。

她的身体还在半空，冷厉的目光就投向山林，剧痛以及愤怒让她的身躯都在轻颤。

密林中，那个男子张口结舌，不知所措，他用惨痛代价换回来的情报，居然严重失误了？

"这个狗贼！"男子只能大骂，眼下他真没法儿详细解释。

超凡巢穴外，王煊顺势向前扑击，想要解决掉这个女人。既然双方注定是仇敌，那么现在他能干掉一个是一个。

洞穴中的打斗停止，另外两人冲了出来，攻向王煊。

女子也止住身形，满脸冷酷之色，以无比仇恨的目光锁定王煊。

即便手掌被刺伤，她也想和同伴一起除掉这个人，这个人实在太可恨了！如果不能解决掉这个截和者，她夜不能寐。

她低声传音，道："全力以赴，除掉这个'土人'！"

王煊身体发光，动用了五页金书上记载的体术。

对方有无尽的杀意，他何尝不想干掉他们？两方是不死不休的局面，最好趁现在找机会下手。

在王煊的身体发出淡金色光晕、五脏共鸣时，女子迅速阻击，洞穴方向的一人也率先杀到了，手中弯刀狠狠地劈来。

王煊霎时转身，背对女子，手持短剑向追来的人而去，这种选择非常出人意料。

他现在动用了张仙人的体术，秘力沸腾，血肉活性与体质提升了一大截，速度快得惊人，力量更为猛烈，将那弯刀直接削断了。

同时，他进一步扑击，短剑画出一道可怕的轨迹，噗的一声将这名男子刺伤了。

短剑异常锋锐，再加上王煊的力量与速度都在暴增，攻击力惊人。而且他突然改变攻击目标，转身回击，也有些出人意料。

后方，当女子将手掌拍向王煊的头部时，发现他向前跃起，头避开了，将后背留给了她。

在即将触及王煊的后背时，女子又想到了那个跳河逃生的男子的话——这个"土人"的后背有问题。

所以，临到终了，女子有些犹豫，速度放缓了。她实在被那种带刺的钢板扎怕了，于是稍微改变位置，击在了对方的肩头。

很明显，最后的迟疑，让女子的力道减弱了不少。

事实上，王煊将后背暴露给女子，本就有这方面的考虑，他感觉她会束手束脚。

当然，在瞬息万变的战斗中，各种情况都有可能发生，他也有可能判断错误。但他有金身术护体，即便结结实实地被对方打一掌，也不至于伤到根本。

显然，王煊预判成功，借着对方拍击而来的力量，顺势俯冲，击中了前方的男子。

这名男子胸口剧痛，被短剑重创了。对方突兀的一次袭击，就让他险些出了意外。

所有这些都发生在电光石火间，男子的两位同伴，一个在他身后，一个在敌人的身后。

此刻，王煊更为凌厉的攻击到了，他周身血液沸腾，手中短剑轻鸣，斩向对方。

人在危险时刻，自然会做出本能反应，这个男子也是如此，他让五脏轰鸣，想调动自己最强的力量。

噗！

因为他的胸腔在共振，所以那道不算很深的伤口又加深了。

男子那近乎超凡的手段直接被迫终止，他闷哼一声，心脏剧痛无比，眼前发黑。他差点儿摔倒在地上。

眼看对手的剑光到了眼前，男子快速躲避，横移身体。他虽逃过了被斩首的命运，但失去了一条左臂。

王煊叹息，虽然他做出了各种判断，但还是没能除掉对手。后方，女子脸色铁青，劈向他的头部，而对面还有一名男子杀到了。

王煊不想与这些人纠缠，万一被他们堵住，那他真的会走投无路。况且远方的山林中还有几人，随时会过来。

王煊在间不容发之际避开夹击，突围了出去。

"我去斩了他！"远方的山头上有人低吼，眼神冷厉。看到王煊拿走了他们的超凡奇药，还重创了他们的同伴，他们简直无法忍受。

"早该出手斩了他！"其他人也在低吼。

这是名副其实的新仇旧恨，原本他们是以俯视的心态面对他们眼中的"土人"的，结果却接连受挫。

"不要妄动，万一超凡生物没死，会出大问题。按原本的节奏来。"他们中的一个男子咬牙切齿地开口道，"不久后他必会殒命，先让他多活一会儿！"

"忍住！"另一人也这样说道。

突然，迷雾区的外围，传来几乎要刺破人耳膜的尖锐叫声。

那条本已经疯狂的超凡蚕蛇，不知道因为什么，恢复了几分清醒，并没有冲进绝地中。

它掉头就跑，沿着原路往回逃。

"糟了，我们撤！"站在远方山头上的几人的脸色全都变了，最坏的局面出现了。

"他们三人！"有人看着超凡洞穴的方向。

"顾不上了！"

这几人隔得很远，一旦有事，就可以迅速逃离。他们各有分工。

女子冒着最大的风险采药，最终所得的奇药也将是最多的。接应她的那两人，按照计划是不该进入超凡巢穴去采摘奇药的。

如果没有意外出现，这两人大概率也可以活下来。但他们冒进了，想要获得更多的奇药，违背了原本的计划。

"没事，我们能活下来，早就规划好了逃生路线，走！"

两男一女虽然心头沉重，但并没有慌乱，朝山林疾速冲去。他们在那条路上早已提前撒下各种药剂，大概率可以阻止蚕蛇追击。

随后，他们猛然回头，发现王煊又出现了，在跟着他们逃！

"这个狗贼！"女子脱口就骂了出来，看到这个"土人"，她的心态立即不稳了。

事实上，失去一条手臂的男子比女子还要情绪激动，当时眼睛就红了。

三人恨不得掉头回去，先灭了王煊。

王煊不理三人，追着他们跑。在他看来，这就是最佳的逃生路线，他早就观察好了，英雄所见略同。

不过，王煊没有立刻超过三人，而是紧紧跟随着，等到了前方宽阔明朗的地带再超过去也不晚。

这时，他开始吃果实，大口地吞咽，满嘴都是紫红色的汁水，果实馥郁芬芳，口感极佳。

他才不会把果实留着，趁现在吃到嘴里最保险，谁知道会有什么意外发生。

王煊口鼻间都有淡淡的红光荡漾，他大口吞食超凡奇药，绝对不能让到手的鸭子飞了。

那三人回头看了一眼，见王煊在大口吃果实，顿时一惊。但是他们只匆匆一瞥，就转过身去接着跑，没有说什么。

王煊惊异，这三人心态真够可以的，相当镇静，居然连句诅咒都没有，依旧沉稳地埋头逃命。

王煊将最后一块果肉吃下去，相当满足，心中洋溢着收获的喜悦，无论发生什么，最起码珍稀奇药先下肚了。

然而，三人接下来的话让他的心态差点儿崩溃！

"他已经吃光了，果然是未开化的土人，竟直接服食，不出三天保准变成妖魔！"

"血葡萄应该先给禽兽吃，让它们'过滤'一遍，然后人再吃灵肉。土人就是土人，什么都不懂！"

三人低语。

王煊顿时震惊了：你们不早说？

他怒发冲冠，即便内心强大，也受不了这种刺激。

人类居然不能直接吃这种超凡奇药？王煊恨不得立刻斩了他们三个。难怪三人看到他吃奇药后，什么都没有说，掉过头去接着跑。

这三个奸诈之人！王煊在心中诅咒。

他猛烈地咳嗽，想要将果实吐出来。

"吐出来也晚了，果实入口即化，药效都被吸收了。"

"你们说，他会变成哪种妖魔？"

三人幸灾乐祸，语气中充满了报复的快感。

后方，尖锐的叫声响起，超凡怪物在逼近，追过来了。

王煊顾不上懊恼，现在什么想法都得抛开。他发力狂奔，借着强大的金身术保持旺盛的体力，猛然超过了三人。

"他怎么还能提速？"

"大概快变成妖魔了！"

王煊听到后，很想让他们永久地闭嘴。太扎心了，他无法预料自身会产生怎样的变化。

轰隆！

大浪滔天，前方的林地中有个很大的湖泊，现在水面被分开，一个怪物从中冲了出来。

王煊倏地止步，身上瞬间起了一层鸡皮疙瘩。蚕蛇怎么跑到前方的湖中去了？

后方越来越近的尖锐叫声让王煊头皮发麻，他立刻明白过来，原来一共有两条蚕蛇。

另外三人顿时愣住了，心态彻底崩了。他们明明在超凡巢穴那里观察了很久，还仔细探察了附近的环境，确信只有一条蚕蛇在喂养幼崽。结果现在却发现了第二条成年的蚕蛇，这是必死的局面！

一人苦涩地开口道："按照记载，只有母蚕蛇照料幼崽，公蚕蛇会离开，想不到它就栖居在这片区域。"

王煊也吃不消了，计划再好，也不敌各种变数。

他可能会变成妖魔，而在此之前，他又被两个超凡怪物给堵住了，几乎没什么生路。

两条蚕蛇一前一后，将他们夹在林地当中，冰冷的眸子残忍而无情，阵阵腥臭味传来。

两个超凡怪物直立着，低头俯视他们，粗壮的身躯太有压迫感了。

这时，那个断臂的男子受不了了，想要突围。然而，他才刚动，蛇影一闪，蚕蛇一口就将他咬死了！

剩下的一男一女还有王煊大气都不敢出，实力差距太大了，这种超凡怪物比大宗师层次的人强了一大截。

庞大的蛇头低下，一口将另外一名外星男子叼在了嘴里。他不断地挣扎，结果超凡怪物锋锐的牙齿刺中了他，他顿时安静了，不敢再乱动。

那名女子脸色雪白，僵在了原地。

王煊的脸色也很难看，但他想到了不久前看到的画面——蚕蛇衔着两头长毛熊给幼崽吃，当时并未将之杀死。

蚕蛇有吃活食的习惯？

想到这些，王煊站在原地不动了。

果然，另一条蚕蛇低下头来，一口将王煊和女子同时吞进嘴里，但没有用獠牙刺他们。

女子在恐惧中面无血色，当看到王煊紧挨着她，也在蛇口中时，她又双目怒睁。

王煊面无表情，一动不动，没有搭理她。

女子深吸了一口气，也表现得如同木头一般，没有声息了。

很快，两条蚕蛇衔着他们回到了巢穴中。两个幼崽快速冲了出来，低声尖叫，爬来爬去。

三人被扔在地上。

两个幼崽很能吃，现在又饿了，张开血盆大口就冲了过来。

那一男一女险些发出尖叫，觉得这种死法太惨了。王煊则一言不发，配合一个幼崽，主动投进它的嘴里。

第147章
与佛陀试比高

蛇嘴里湿漉漉的，王煊投身进来，身子都在打滑。

一切都是为了最终能活下来！

没办法，既然打不过，那就选择主动加入。

总比被超凡大蛇咬死好，现在他主动进入幼蛇嘴里，或许还有一线生机。

但是，蛇嘴里真臭，王煊被熏得简直想呕吐。对于一个有洁癖的人来说，这好比将他千刀万剐。

他强忍着，又在外面多吸了几口空气。

那名女子无比苦涩，到头来竟是这种死法？

蚕蛇的另一个幼崽爬了过来，张开血盆大口，最终这名女子竟然效仿王煊，也跳进蛇嘴中。

"你疯了，那土人似乎练成了类似金刚术的秘法，你呢？"仅存的那名男子叫道。他很激动，之后甚至对着蚕蛇比画，指向王煊那里。

噗！

一条成年的蚕蛇一口将男子吞了下去。

大宗师层次的修行者，在超凡生物的面前根本不值一提。

王煊最后看了一眼外面的世界，心中滋味难明，他从来没有想过自己会有这样的一天，竟需要"以身饲蛇"。

王煊没有挣扎，宛若一根木头，一动不动，任自身被吞入蛇腹。

温热的蛇腹中到处都是黏液，能腐蚀人身。

王煊闭上眼睛，用精神领域感知。他不知道自己究竟能闭气多久，在这个黏液密布、腐蚀力惊人的恐怖环境中，他的身体发出淡淡的金光，保护自己不被消化。

古有释迦被孔雀吞入腹中，最后破腹而出，于菩提树下悟道成佛。

王煊想到这样的典故，开导自己，没什么大不了的，这不丢人！

连佛陀都被吞过，他经历这样一遭怎么了？

这也算是……惺惺相惜，相互映照，共见今时古景。

王煊内心强大，虽然被吞了，但他毫不沮丧，不断宽慰自己。

"那时，释迦还没成道呢，真是被孔雀吞下去的吗？不见得，有可能只是一只个头大一些的怪鸟。"

"我是被什么东西吞的？类比佛陀，他那是孔雀，吞我的就是祖龙！"

在王煊不断坚定信念时，他突然受到了攻击。一条成年的蚕蛇动用精神力量，对幼崽的腹部进行探查，一顿扫荡。

王煊顿时寂静如石，任幼蛇的胃猛烈地收缩，不断消化他，他丝毫不敢动弹。同时，他将精神领域散去，不敢对抗，怕惊动大蛇。

至于他头上的镂空护具，早就不知道掉落到什么地方去了。

超凡怪物的精神力量很强，但似乎……也就那么一回事儿？王煊感觉头疼欲裂，但是这无法对他造成致命的威胁。

隐约间，王煊听到另一个幼崽的腹中传出动静，似乎是那名女子在折腾。

他顿时警醒，赶紧也跟着翻滚、挣扎，然后又恢复了安静。

片刻后，大蛇的扫荡停止了，看来它们对某些活食是不放心的，竟这样处理了一番。

王煊无比安静，朦胧的光晕笼罩着他，眼下金身术是他最大的倚仗，他只希望大蛇赶紧离去。

不久后，巢穴震动，那条公蛇远去了。

然而，母蛇未动，趴在洞穴外晒太阳，若有若无的戾气震慑着整个地盘。

一刻钟，两刻钟……

王煊足足等了两个小时，感觉身体有些不适。他终究只是一个巅峰层次的宗师，能闭气这么久殊为不易。

母蛇怎么还不动？王煊有些焦急了。

他如果以另一种形态出世，到时候他死都不瞑目！

第三个小时，王煊想与幼蛇同归于尽了，先除掉幼蛇再说。

这时，两条幼蛇动了，它们爬来爬去，大叫着呼唤母蛇，仿佛在表达饥饿之意。

王煊都快决定鱼死网破了，终于等到了这一刻，他感受到地面的震动，母蛇远去了。

他探出一缕精神领域，确信外面没有威胁了。

王煊抽出短剑，没有立刻切割蛇腹，而是先用精神领域猛烈进攻幼蛇的精神意识，得把它冲击得昏厥过去才行。不然的话，一旦这个幼崽嚎叫，很容易将母蛇立刻引回来。

他全力以赴，突然冲击，幼崽虽然肉身强大，但精神力量很一般，刹那间就崩溃了，昏迷过去。

王煊挥剑，从蛇腹中出来，第一时间呼吸新鲜的空气，他险些憋死在蛇腹中。

接着，他对着另一个有所觉察并向这边望来的幼崽全力冲击，用精神领域将它压制得昏厥，也一动不动了。

王煊大口呼吸，不禁感叹活着真好。

"密土历，元年元月元日，王煊剖祖龙腹而出，于人间证道，欲与佛陀试比高！"

今日王煊险死还生，但他很乐观，给了这次事件一段光明灿烂的结束语。

说完，他深吸一口气，一路狂奔而去。

他满身都是黏糊糊的东西，那些东西不断掉落在地上。

王煊知道，蚕蛇的捕猎速度极快，要不了多长时间它就会回来。为了活下去，他得在最短的时间内远离这片区域。

"天呐！那狗贼还活着。你们看，他从超凡巢穴中逃出来了，活力十足，一步能迈出十几米远！"

远方，一座山头上，那个曾被王煊逼得跳河的男子惊叫，呼唤同伴。

一群人逃走后，等到风波平息下来，抱着万一的念头回来寻找同伴，希冀有人能逃过一劫。结果，他们观察了半个小时后，竟看到王煊跑出来了。

"他居然还活着，这是逆天了吗？我亲眼看到大蛇刚刚离开，大蛇怎么可能容忍他活到现在？"

几人不敢相信，都很吃惊。

"你们看，他身上到处都是黏液，还穿着我们的战衣，但是战衣破破烂烂，被腐蚀得不成样子了。"

几人震撼不已，都猜测到了王煊是怎么活下来的。

"这个土人太狠了，他躲进幼蛇肚子里去了，利用金刚不坏身躲过一劫。趁着大蛇离开，他逃出来了！"

几人相视，一打手势，准备动手。

"你逃得过蛇口，却逃不过我们之手！"有人冷声说道。

王煊拔足狂奔，他有些嫌弃自己，实在太臭了，而且满身黏糊糊的，自己闻了都想吐。

他知道，这是致命的，他一路上留下了太多黏液与气味。

如果蚕蛇真的要追击他，沿着这种气味一路而来，保准能找到他。

"得洗掉气味。"王煊自语道。

还好，密地山林中多河流湖泊，他很快就看到一个水潭，扑通一声就跳了进去，开始冲洗自己的身体。

"土人在洗除痕迹，他担心被母蛇追击。我们不要急着动手，万一不幸撞上母蛇，等于替他挡灾。"

远方，几人站在山峰上眺望，没有追下去，决定守在这片区域的外围。

很快，王煊就冲出了水潭，大体上洗干净了身体，不过他总觉得还有气味。

"没办法了，除非剥掉一层皮。"他拍打着咬在自己身上的十几条怪鱼，洗个澡而已，水潭中就有各种生物攻击他，即便咬不动，也要挂在他身上。

突然，刺耳的尖叫声传来，母蛇闹出的动静惊天动地，震碎了大片的森林。

看到两个幼崽都昏厥过去，它暴怒了。与此同时，那条公蛇听到母蛇的尖叫后，也被激怒了。

公蛇的实力更恐怖，它几乎贴着山林横空而过，好像在飞，一路追击了过来。

王煊提心吊胆，汗毛倒竖，他能逃得掉吗？

他始终觉得自己身上还有味道。同时，他觉察到自己身上有不对劲的地方，好像有点儿发烧，皮肤滚烫。

仔细去看，他吃惊地发现自己体表出现了一块又一块红色的痕迹，同时自己的视力似乎提高了一截。

什么状况？刹那间，王煊想到了那串血葡萄，他该不会真要变成妖魔吧？

远处，爆炸声传来，那条公蛇太恐怖了，比母蛇要厉害很多。它贴着山林而过，落在一座矮山上，将山壁都震塌了。

公蛇正在用其超凡的感知扫荡附近的山林。

母蛇尖叫不止，戾气冲天，惊得各种飞禽走兽纷纷逃亡，整片山岭都大乱了。它似乎在以尖锐的叫声告知公蛇，两个幼崽出事了。

王煊浑身冰冷，他认为如果没有意外的话，他多半会殒命，因为他的速度根本不可能有那两个超凡生物快。

只要它们沿着气味追来，肯定能寻到他的踪迹。

他觉得今天的日子太灰暗了，一步一劫难，刚逃出生天，又要落入地狱中。

两个超凡怪物的死亡追击，他大概率是躲不开的。

果然，在山林的大爆炸声中，成片的大树倒下。那条公蛇敏锐无比，从山头跃下，朝这个方向追击过来了。

"大吴，我还没有去找你的尸骨。"王煊叹息，他今天真要殒命在这里吗？

"清菡，希望你能活着回到新星！"王煊竭尽所能地在逃。

"老钟，你的书房我终究没找到机会进去看一看，金色竹简、五色玉书，可惜了！"

……

王煊发狠，朝那片特殊的山地跑去，他没什么选择了，现在只能向死而生，最后一搏。

那片迷雾地带在这片区域的中心，共有八个超凡怪物围绕着它筑巢。

"我曾许诺三年内回到旧土，怎么可能殒命在这里！"王煊低语。

沿途的景物飞快地倒退，他一头冲向绝地。

后方，那两个超凡怪物已经出现，王煊都能看到它们庞大的身影了，它们果然循着气味追到了附近。

"让我看看这绝地中有什么，只要我不死，回头出来就找机会和你们清算！"

王煊迈开大步，接近这片无声的奇异之地。在这个地方的边缘区域，便已万籁俱寂，连虫鸣都没有。

他回头，看到了公蛇的庞大身躯贴着地面在飞，它的目光无情而残忍，已经锁定了他。

轰！

庞大的蛇身落地，震得地面崩裂，打破了此地的宁静。

接着，母蛇也赶到了，它人立而起，俯视着王煊。

"我不会死，人间还在等我来点亮！"王煊说罢，毅然迈开脚步，进入了迷雾中。

第 148 章
成为"妖魔"

王煊闯入了迷雾中!

一切都不同了,雾霭像是生与死的分割线。

外面,骄阳似火,山林壮阔,湖泊众多,怪物横行,充满生命的气息。而生死分割线内,却是一轮明月高挂,夜色深沉,死寂无声。

王煊怀疑自己到了一个新世界,难道一脚迈出后,出了什么意外,他来到了未知的异域?

他像是失聪了,连自己的脚步声都听不到了,这是一个没有声音的世界。同时,他感觉到了严重的不适,身体十分难受。

他感到强烈的不安,这里的气氛极其异常。

王煊一转身,直接就愣住了:身后的迷雾呢?怎么不见了?

他真的来到了全新的世界?

王煊有些不信邪,低头看向地面,地面寸草不生,留下了他淡淡的脚印。他沿着原路往回走,直到没入黑暗中,来到脚印的尽头。

他以为能穿过阻隔,重新看到艳阳高照。然而,他却有种窒息感,无法呼吸。最为可怕的是,他的精神意识也变得模糊,似乎要崩解了。

王煊快速倒退,大口呼吸,他觉得不可思议,看着夜色出神。

沿着原路回不去了,他此时立身于一个陌生的世界中。最为可怕的是,他全身不少部位都开始剧痛,吃血葡萄的后遗症显现出来了。

他真的要变成妖魔了吗？

王煊的眼皮都在发痒，而后疼痛，两行淡淡的红色液体沿着眼角流下。

无论是运转先秦方士的根法还是施展五页金书上的体术，他都不能阻止这种变化。

这个没有声音的新世界似乎加速了王煊妖魔化的趋势，他体表的一些红斑开始鼓胀，好像有什么东西要冒出来。

王煊浑身都痛，冷汗直冒，刺痛让他难以忍受。

这时，新世界深处像有什么东西在呼唤、吸引着他，或者说勾动了妖魔的本能。因为，当向里走去时，他身上的疼痛似乎缓解了一些。

王煊向前迈步，一刹那，满头红色长发疯长，他脚下的鞋噗的一声被刺穿了，锋锐的脚指甲生长了出来。

随着他继续向前走，他肩头剧痛，鼓胀了起来，随后两颗很小的头颅钻了出来！

在这个过程中，虽然痛感得到了缓解，但是那种恐怖的变化让他震撼不已。

他是一个有血有肉的人，生活在现代社会中，根本不想成为妖魔。

王煊也算是见识过大场面的人，曾与女剑仙相处，还曾与红衣女妖仙隔着大幕对峙，但那都不如现在的这种感受冲击他的心灵。

这才片刻间，他的身体就变异了，太猛烈了，一个人的生命形态怎么能转化得这么快？

王煊快速后退，迷雾区深处有能让人类迅速向妖魔转化的物质吗？

早先，他听那几名外星强者提及这里可能有秘路时，心中还很期待，但现在的真实经历让他的心都凉了。

王煊身上的妖魔特征变得更明显了，他疾速倒退，来到边缘区域。

"无法逆转了吗？"他伸出双手，发现指甲不知道什么时候已经变长，呈弯钩状，十分锋锐。

不仅他的肉身在颤抖，连他的精神都在共鸣，似乎也渴望进入新世界深处。

王煊强忍着冲动，沿着黑暗的边缘区域绕行，不想被那种可怕的冲动驱使，因为他觉得那是妖魔的本能，而不是他的本心。

"啊！"

不过五个呼吸间，王煊就痛苦地大叫了起来。形成精神领域的人意志怎么可能弱？只是他实在太痛苦了。

他身上的红斑都撕裂了，全身上下都是如此，并且他能体会到，不仅是血肉，骨头也在变化。

王煊走上旧术路后，经历过不少磨难，但这次太特殊了，不是敌人给他造成的苦难，而是来自身体内部的痛苦。

猛然间，他觉得自己的整条脊椎骨都变得滚烫起来，而后他的脊背似乎裂开了，他回头向后看去。

一瞬间，王煊的心沉到了谷底，后背上是什么？通红的骨刺，六十多厘米长，从脊椎上向外探出，直指明月。

正常人类肯定不会长这种东西，他要成为妖魔了！

接着，他的衣服被刺穿了，他的躯体上、手臂外侧、大腿外侧，都长出了三十多厘米长的通红的羽毛！

"我要变成什么怪物？"他绝不接受这样的变化。

王煊不断舒展身体，演练根法，施展张仙人的体术，希望压制妖魔化的趋势。

"这不是实体，是能量？！"他触摸背后的骨刺，又摸向身上的红色羽毛。

他还有机会阻止这种越来越剧烈的变化吗？

随着王煊的身体出现异常，他内心那种接近陌生世界深处的渴望越发强烈，像是昆虫的趋光性，他快控制不住这种本能了。

王煊发力狂奔，绕着黑暗边缘跑，结果他发现所谓的异域并不大，跑上一圈也不过数千米。这与他在外界绕着迷雾区奔行一圈的长度差不多。

他的肩头长出两个能量化的头颅，拳头大小，形态还不是很清晰，不知道最终会成为什么生物的脑袋。

接着，他头部剧痛，竟长出了一对犄角！

"死就死吧！"

最终，王煊决定向这片奇异之地的中心区域进发。

即便他控制住本能，待在边缘区域，也依旧在妖魔化，他阻止不了这种趋势。既然如此，他直接进去算了，有个痛快的结果总比钝刀割肉要好受。

此地的中心区域有几座矮山，山上光秃秃的。这里依旧无声，是一片死寂的世界。

随着王煊接近中心区域，他觉得自己越来越像妖魔了，他的身上开始出现鳞片，身后长出一条能量化的蛇尾。

翻过矮山，王煊有些出神。

整片绝地寸草不生，没有生机，唯有这里与众不同。

一片小湖蓝莹莹的，释放出浓郁的奇异能量，湖里有几株荷花，看起来生机勃勃，碧叶上有晶莹的露珠滚动。

天上，一轮明月高挂，皎洁的月光洒落下来，让整片小湖都如同笼罩着一层薄烟。

居然是荷塘月色的安谧场景，与王煊想象的恐怖之地完全不一样，这里太祥和了，有出尘缥缈之感。

并且，这里有声音了。

轰！

王煊的身体发出轰鸣声，红色长发疯长，一下子长到脚底，全身鳞片锵锵作响，想从能量化向真实的形态转变。他身上的羽毛也是如此，越来越真实。

在他的肩头，两颗头颅倏地睁开眼睛，随后缓缓转头看着他，冰冷的目光很恐怖。

王煊汗毛倒竖，肩上的两颗头颅依旧是人类模样，但是很陌生，一个像是古人，头发上插着竹簪，另一个长发披散，像是妖魔化形成的俊美男子，很不真实。

王煊心头悸动，多了两颗莫名的头颅，还这么冷厉地盯着他，实在让他不适。

王煊低头，看到了自己月下的影子。一瞬间，他头皮发麻，那影子比他自己真实感受到的样子还要恐怖百倍！

影子在动，居然有数百只手，像是一群厉鬼对着天空探爪，要将月亮抓下来。

王煊背后的影子极大，有上百颗巨大的头，它们在晃动，其中有兽头，有鸟头，有长着犄角的恶魔头……

王煊发现他自己低着头没动，他的影子居然在疯狂地舞动，各种妖魔形象都浮现了出来。

他认为这绝对不是吃下血葡萄能达到的效果，而是和这片凶地有关。

这是什么秘路？妖魔的秘路吧！

王煊觉得这个地方对人类来说太不友好了，根本不是什么善地，这是要助人向妖魔转化！

"我不想成为妖魔，我不能倒在这里！"王煊嘶吼，愕然发现自己的声音很恐怖，像是大妖魔发出的。

他发现自己控制不住自己了，他的本体明明没有动，但是他身后那恐怖的身影像是群魔乱舞，推着他前行。

他的双脚在地上划出深深的足印，他想钉在地上不动，但是他被影子推着，肉身横着移动，不断接近那片蓝色的湖泊。

在他的背后，兽吼声、禽鸣声此起彼伏，像是有一群大妖在挣扎、在咆哮。他只是一具肉身而已，可是背后出现了上百道影子。

"这是什么见鬼的变化？！"王煊惊悚不已，很不理解。

他在接近蓝色的小湖，当抵达岸边时，景物突然大变样了！

轰！

浪涛击天。

他看到了什么？一片汪洋，惊涛拍岸。岸边有一座又一座高台，每一座高台下都是密密麻麻的生灵。

"我要成为金翅大鹏！"其中一座高台下，有一个人形生灵在嘶吼。他周围有人，也有怪物，都跟着大喊，情绪高昂。

在那座高台上，有一团金光沉沉浮浮，里面有一只鹏鸟闭着眸子，寂静无声。

另一座高台下，也有一批狂热的生灵，他们在那里呐喊、大叫，挥舞着手臂。

"我要成为千臂真神！"他们高呼着，参拜了下去。

在这座高台上，有神圣光辉覆盖，当中盘坐着一个身影模糊的男子，他拥有上千条手臂。

到了湖边后，王煊觉得自己都要被撕碎了。在他的身后，那些影子不断舞动，拉着他想要前往不同的高台下。

这里有数百座高台，每座高台上都有一个传说中的强大物种，散发着迷蒙的光辉，台下则有大量的朝圣者。

"这不是真实的，我所见的都是虚假的，我不要这些！"王煊大吼。

"你们如果想成为妖魔，就自己去！翅膀、犄角、尾巴、恶魔翼、十头千臂，都给我滚！不要纠缠我的身体！"

王煊嗓音嘶哑，艰难地挣扎，他不想被掳走，更不想变成那群怪物的样子。

在他抗争时，汪洋拍击着天上的明月。

他看到大海深处有一叶扁舟，扁舟泛着金光点点，随着大浪不时被抛向天际，偶尔仿佛触及了天上的那轮明月。

那是……将羽化神竹挖空后制作出来的船。

王煊见过这种东西，在大兴安岭的地下实验室中，女方士的肉身就躺在竹船中，数千年来始终生机勃勃。

现在，他又见到了这种奇异的竹船！不过，这艘船要大得多。

羽化神竹的本体直径足有三米，它在汪洋中起伏，始终没有被浪涛击沉。

第149章
羽化摆渡人

在这个地方竟能看到羽化神竹！

王煊虽然处在身体被撕裂般的剧痛中，但依旧产生了不少联想。他猜测这种神竹在超凡领域极其重要，不然的话，他何以接连见到两只竹船？另外，先秦时期，最神秘与强大的经文也是刻写在这种竹子上的。

痛！

王煊顾不上多想了，他的肉身仿佛要被撕裂了，而他身后的妖魔鬼怪非要拉着他前往那些高台下。

"谁能告诉我，这是什么鬼地方？"王煊大声呼喊。

岸边，数百座高台下，生灵密密麻麻，呼喝声此起彼伏，但没有一个生灵回头，更没有生灵回应王煊。

王煊不禁皱眉，心中既痛苦又无奈，这地方"人"声鼎沸，就没有一个热心肠的吗？

同时，他也在想，他所经历的这一切到底是真实的，还是虚幻的？

最终，王煊迈步，朝那座有金翅大鹏的高台走去，他想问个明白，这里到底是什么情况。

在王煊的身后，一群妖魔拉扯着他，但最终很多大妖都放开了他，并逐渐地消失了。

唯有一只猛禽高亢长鸣，王煊低头，通过地上的影子发现它像是……一只大

243

鹏鸟！

"兄台，请问……"王煊想向人请教，然而，那些人仿佛没有看到他，将他无视了。

王煊忍不住，找了个瘦弱的男子，轻拍了一下他的肩膀，准备询问。结果，无声无息地，这个瘦弱的男子瞬间化成光雨，消散不见了。

王煊赶忙倒退，不小心撞到一个女子，谁知她也变成流光，瞬间消失了。

王煊倒吸一口凉气，这些都是什么人？摸不得、碰不得。这些应该不是真实的生命体吧？

那个瘦弱的男子，还有这个女子，消失时始终保持着那种高昂的情绪，并无痛苦之色。

这时，宏大的高台上，那团金光中的金翅大鹏倏地睁开了眸子，顿时整片天地似乎都凝固了，并且所有声音都消失了。

它看了一眼王煊，又闭上了眸子，随后一个若有若无的声音传来："你要选择金翅大鹏的路吗？"

接着，王煊感觉到双手发烫，能量自行喷薄、延展，居然化成了一对金色的羽翼。同时，他身上的红色羽毛、蛇尾、犄角等也都在消散，而后有能量涌动，形成金色的羽毛。

他这是在向金翅大鹏转化？还好现在只是以能量的形式预演。

"不要！"王煊猛烈地摇头。

金翅大鹏虽然在神话中是顶尖的物种，实力强大得离谱，但王煊终究不想化成妖魔，他只想做人。

王煊不断倒退，他的身后传来禽鸣声，地上的那只大鸟的影子在长鸣，在挣扎，非常不甘。

王煊化鹏的趋势停止了，再次回到浑身是伤的状态。

他一言不发，看着前方。那座高台下有许多生灵在化形，向鹏鸟转变，但是，大多数生灵都在砰砰声中炸开了。

那么多生灵，只有少数几个冲向高天，化成金色的鸟类，拍着翅膀，最终远去了。

他们化成的金色鸟类是超凡生物，拥有鹏族的血脉，但还不算是真正的金翅大鹏，只是定了未来的方向。当成为顶尖强者时，他们差不多就是金翅大鹏了。

数百上千的生灵中，只有五个生灵成功，其中有一个是人类。

在那些神话传说中，有些妖魔是人类化成的？不仅凶禽猛兽可化成妖魔，连人类都能选择这样的道路。

无论是成功的还是失败的，那些人都穿着古代的服饰，证明这是很多年前的景象。

王煊做出了这种判断。同时，他想到了那几名年轻人的话，有关这个地方的关键词中有"逝"这个字。

"逝去的一切吗？"王煊自语道。

很多年前的旧事在这里浮现，依旧具备某种超凡力量。他认为，刚才如果点头同意化鹏，他真的会成为妖魔。

这时，在王煊的背后，那只凶禽发出最后一声长鸣，居然消散了，地上已经没有它的影子。

接着，他身后群魔乱舞，早先消退的那些影子又出现了，而且开始撕扯他，让他的身体再次剧痛。

王煊心头一动，迈步走向第二座高台。

果然，如他猜测的那样，群魔消散，只剩下一个妖魔的影子在他后方不断地嘶吼。

高台上，那个庞大的千臂真神在朦胧的光团中发出声音："你选择成为千臂真神这条路吗？"

一刹那，王煊的身体两侧长出密密麻麻的手臂，它们全部舞动着，让王煊自己看着都眼花。

"不选！"他大声说道，快速倒退。

王煊看到高台下，那些生物全都在化形，生出很多双手臂，到最后只有七个生灵成功。

其中只有一个老苦修士是真正的人类，他生出十八条手臂，身上带着光雾，渐渐远去。

"苦修门的三头六臂、千手神通等，难道有这样的来历？"王煊惊疑不定。

高台下，失败者全部化成光雨，就此殒命。

即便这些都是古代的旧事，王煊也看得心惊肉跳。太惨烈了，上千名不知道什么层次的强者都殒命了。

这一次，他身后的千手妖魔咆哮过后，留在地上的影子彻底消失了！

直至此时，王煊心中才有了底。接下来，他走向一座又一座高台，不断拒绝，背后的妖魔影子越来越少。

"你可愿走我族的道路？凡世间顶尖强族都可化为人形，随你心愿！"

一座宏大的高台上，紫色光团中的大妖魔开口，多说了一些话，它似乎看出了王煊很在乎人身。

"不愿！"王煊依旧拒绝。很快，他身后又少了一道妖魔影子。

直到一座高台上出现一个人，他仙风道骨，周身缭绕白雾，出尘而缥缈，怎么看都像是一个得道真仙。

"你可愿走人……魔路？"那个男子问道，带着温和的笑容，特意看了王煊几眼。

人魔？这依旧不是人族！

就在这个时候，王煊感应到了自身的变化，他外表未变，但是内里开始轰鸣。

他倒吸一口凉气，人魔族也就是外表像人，内里构造与人完全不同。当然，这只是能量在演化，血肉未变。

至此，王煊根本不考虑了，一路拒绝，不管是否为人形，反正这些都是妖魔。甚至，后来还出现了个人仙族。

王煊走过数百座高台，见识了许多神话传说中的种群，但他一一拒绝了他们的邀请。到了最后，他身后已经没有妖魔的影子了。

王煊看向自身，虽然满是伤痕，但他恢复人身了。

"这是妖魔的秘路！"王煊低语，他拒绝了这条秘路。

这时，他闻到了药香，这是血葡萄的药性被排出来了？

真是出人意料的变化！

数百座高台还在，但台下那些密密麻麻的生灵都不见了，整片岸边都安静了。

汪洋也平静了，与此同时，以羽化神竹制作而成的船来到了岸边。

"上船！"突然，有人开口。

王煊大吃一惊，太突兀了，他霍地抬头。

金色竹船上居然出现了一个人，他身穿蓑衣，手持以羽化神竹制成的钓竿，背对着岸边，坐在船头。他不是真的发出了声音，而是以精神传递其意。

"为什么要我上船？"王煊问道。

"你不是拒绝了各种顶尖的真体之路吗？"男子诧异地道。

王煊立刻明白，男子所说的真体是指金翅大鹏、人仙等各种生灵的本体。

"不走顶尖的真体之路，身为异类，那就只能走化人的道路了。还不上船？"身穿蓑衣的男子依旧没有转过身来。

王煊觉得自己被那几个外星人坑了，现在他可以确定，这里的确是妖魔的秘路。他小声道："本身为人，还要上船吗？"

王煊心中没底，万一这个男子是个大妖魔，将他一口吞了怎么办？他今天所经历的这一切，实在匪夷所思。

男子依旧没有回头，道："人族、异类都可以走妖魔的真体路，自然也可以走化人的路。尽管你是人，但应该……还是可以走的吧。"

王煊怎么听都觉得这个男子似乎也不是那么确定。他一咬牙，决定登船。各种妖魔鬼怪他都见过了，还有什么在意的？

结果，王煊刚一靠近竹船，那个男子顿时表示有些嫌弃，道："我摆渡这么多年，遇到的人或妖不是如兰似麝，就是带着仙道清香，就算是刚成为真正修行者的最弱的生灵也不至于这么臭啊！"

听到这里，王煊真想捶这个男子一顿！

不过，王煊闻了闻，从蛇腹中逃出来后，他身上的味道确实没有洗干净。但这个男子也太直接了，耿直得让人受不了。

"不对，你还不是修行者，只是个凡人。你是怎么进来的？居然没死。"男子再次开口道。当然，他每次开口其实都是以精神表达其意。

王煊立刻意识到，男子说的刚成为修行者，是指刚踏入超凡层次，在古代这只是……起步阶段！

"咦，有趣。你体内有很浓郁的内景地中的神秘因子，原来如此。"男子开口，而后催促王煊上船。

"你家教祖居然对你这个凡人这样照顾，数次接引你进内景地。"男子先是感叹，而后默默感应了一番，猛地回头，道，"你该不会得到了内景异宝吧？"

"什么是内景异宝？"王煊问道。

"教祖级强者意外殒命，死前炼化一角内景地，融于真实世界的宝物中，形成异宝。"男子道。

王煊神色一动，道："缩小版的内景地？"

"你也可以这样理解。"男子点头，这个时候，他已经转过身来。

然而，王煊没有看到他人，那只是蓑衣，里面空荡荡的，只有淡淡的雾气缭绕。

"很意外？"蓑衣中的雾气荡漾，然后凝聚出一副模糊的男子面孔。

他叹道："漫长的岁月过去了，哪里还能有活着的人与妖？一切都不过是为了守约。用你的话解释，就是超凡力量在主导，在摆渡，在守着这里。我只是残余的超凡之力。"

他与王煊简单地交流，渐渐熟悉了现代用语。

"这样的话，我可以带你去交易，我想有人会对内景异宝非常感兴趣。"说到这里，微弱的光亮起，竹船动了。

"同谁做交易？"王煊皱眉问道。这个摆渡人太神秘了。

"马上就到。"竹船如同一道流光横渡一望无垠的水面，最终来到了汪洋大海深处。

男子不经意间瞥了一眼王煊身上的短剑，道："这把匕首似乎也有些来头，要不要同我交易？"

男子虽然表现得漫不经心，但王煊有种本能的直觉，这柄短剑应该比他说的珍贵得多。

"暂时不想。"王煊拒绝了。

男子点了点头，道："按照很久以前留下的约定，我带你来到这里，你可以和他们交易。"

"人在哪里？"王煊没有看到一个人。

"耐心等待。"男子抖手间，将以羽化神竹制成的钓竿摇动起来，而后猛力一甩，鱼线带着鱼钩飞向月夜下的天空。

王煊无语，这位准备在空中钓鱼？然后他发现，那鱼线、鱼钩真的没有落下来，不知道挂在了什么地方。

半刻钟后，半空亮了起来，出现朦胧的光晕。

王煊震惊了，他看到了什么？大幕当中疑似有列仙！

这个摆渡人怎么抛的竿，怎么钓到大幕后方去了？他是什么层次的怪物？应该是羽化级了吧！

"有人对你很感兴趣，要和你交易。"男子说道。

王煊有一肚子的疑问想请教，但是现在都憋回去了，他就怕和那些在古代留下大坑的生灵打交道。结果现在摆渡人似乎给他联系上了列仙，而且列仙要来和他交易！

第150章
与列仙交易

天穹深邃，明月洒落下朦胧如薄烟的柔和光辉，壮阔的水面轻微起伏，震碎月影，荡漾出点点碎金。

"我身上没有内景异宝。"王煊开口道，他不想与很有可能是列仙的生灵照面。

即便隔着大幕，他也很忌惮，毕竟那种生灵深不可测。

经历过红衣女妖仙事件后，王煊都不敢轻易进古代那些人遗存的内景地了。

"无妨，见面就是缘。这只船闲置了很多年，难得再有人登船，来这里随便聊聊也行，说不定就有与他们合作的机会。"

摆渡人倒很好说话，接着，他又看了一眼王煊的短剑，道："再说，你身上也有不错的器物。"

此处没有风浪，竹船停得很稳。摆渡人手持钓竿坐在船头，看着虚空。

大幕接近了，并且自半空缓缓下沉，渐渐与水平面持平，笼罩着蒙蒙的雾气。

羽化竹船与大幕间以钓线相连，钓线上有淡淡的光华闪烁。

"有人想和你家教祖合作，愿意送出一部羽化级经文。"摆渡人转过身来开口，蓑衣中没有人，漆黑一片，只有雾霭弥漫。

一上来就是这样的大手笔，让王煊不得不叹。

如果不知道真相，他会很动心，可他在新月上看到了月坑深处内景地中那位一教之主的结局，现在听到这种交易只觉得惊悚。

他顿时警醒：这些生灵十分可怕，上来就想狩猎！

"我家教祖闭关了，估计短时间内出不来。"王煊低调而又认真地回应道。在这个地方，他可不敢乱来，表情严肃又真诚。

摆渡人点头，道："嗯，有人听说你毅然舍弃各种顶尖的真体路，时隔很多年，成为又一个登船人，觉得你不错，想教导你。"

"有什么条件吗？"王煊谨慎地问道。

古代羽化级强者传授秘法，这个消息若传出去的话，估计很多修行者都会疯狂。

"进入大幕后的世界学习三年，将来你要为他办成三件事。"身穿蓑衣的摆渡人说道。

"教祖在，不远行。不知道他老人家闭关后，能否成功踏出那一步，我不敢远离。"王煊郑重地说道。

摆渡人笑了，没有说什么。

王煊心有不解，问道："我等红尘中人也能进入大幕后的世界？"

"你的精神意识可以暂时进去，肉身很难。"摆渡人道。

王煊听到这种回应后，心头悸动，真要进去的话，再出来的还是他吗？

他觉得这样太被动了，开口道："我身为一个底层修行者，估计没什么东西能被前贤看上。要不问问各位前辈，在现世中是否有什么未了的心愿，看看我能否帮忙。"

大幕后方的人听到摆渡人的转述后，陷入了沉默。那些深不可测的生灵似乎想到了一些旧事，在追忆与缅怀。

大幕前方有雾霭，一直没有散开，王煊看不清那些生灵的真容。

"有人问你，你家教祖能除掉地仙层次的黑狱鸟吗？"摆渡人道。

王煊一阵头大，让王教祖去对付黑狱鸟，开什么玩笑！他摇头婉拒，这真没法儿答应。

摆渡人道："那可惜了，难得有人请你家教祖去除掉这种羽化级以下的生灵，算是比较容易完成的任务了。"

王煊有些无语，除掉一位地仙都是难度系数较低的任务？不过，想一想这些人的来历，也可以理解。

"那位前辈如此强大，当年怎么不自己去除掉仇敌？"王煊问道。

摆渡人道："那位地仙同他隔了好几个时代，在后世灭了他的道场，所以他不忿。"

王煊不禁出神，羽化登仙后，连自家后路都被人抄了，也是够凄惨的。同时他心中警醒，进入大幕后太不自由了，对现世彻底失去了影响力。

王煊开口道："各位前辈如果有仇敌，就不要找我家教祖了。今时不同往日，天地环境大变，羽化登仙已成过往，地仙层次的生物都已成为传说。"

一切都由摆渡人为双方转述。

大幕后方，那些人沉默不语，很多地方确实已是如此。

王煊又道："各位前辈，如果有什么后人需要照顾，尽管告诉我。"

摆渡人摇头，道："他们都拒绝了，怕你家教祖觊觎他们的遗宝，去灭了他们的后人。"

王煊听到后一阵无语，这群人的想法还真是……够黑暗的！

不过他也能理解，达到这个高度的人，必然经历过各种大风大浪与人间险恶，不然也活不到登仙。

难怪这些人自现世消散后，还要留下陷阱害后人，就没有一个省油的灯！王煊腹诽。

接着，他又开口道："各位前辈，有没有什么怀念的长辈或思念的红颜？我可以帮忙去找他们的旧坟，替你们扫墓祭奠。"

连摆渡人都无语了，这个登船者有点儿另类，是准备承包上坟、寻人等各种红尘琐事吗？

"没办法，我现在还只是个凡人。"王煊无奈地回应。

"他们说了，死去一切成空。他们羽化登仙，就算是斩断了红尘缘，纵有念想，也只在心中祭奠。"摆渡人说道，然后补充，"我觉得，他们是怕你去偷掘坟墓。"

王煊感叹："这群前辈到底经历了怎样可怕的时代，为什么将人心想得这么坏！"

摆渡人无言以对。片刻后，他才露出异样的神色，道："有人问，你所在的星球步入星际时代了吗？可以走进深空吗？"

王煊点头，给予肯定的回应。

摆渡人道："这是一个简单的任务，有人出重金请你去对付一个凡人，她会提供那个人的星空坐标。"

"跨越星空？太遥远了，这任务我不接！"王煊拒绝了，谁知道要跑到什么地方去。他还只是个凡人，就算是超凡者，在宇宙深空中也很渺小。

"她说了，不要急着拒绝。那颗生命星球现在已没落，几乎没有修行者了，而她会给你难以拒绝的报酬。"

"什么报酬？"王煊问道，同时他很好奇，究竟是什么样的仇怨，会让羽化级强者惦记一个凡人。而且，纵有凡人仇敌，也应该早就老死了吧？

难道是羽化级强者最近干预现世，新结的仇怨？王煊心中一动。

摆渡人转达道："她说可以给你一位绝代妖仙当年剩下的部分药土，一旦将来你踏入采药层次，就会明白这药土有多么重要。"

"药土很重要吗？"王煊不解。

"相信我，她的话没错。我知道，她身后确实有一位绝世妖仙，其残留下来的药土绝对是瑰宝。"连摆渡人都在感叹，接着，他补充道，"药土，不是真正的土，确切地说，是某种药性。我怀疑那位绝世妖仙留下的药土中有天药的部分药性。"

"万一她骗我呢？"王煊有些怀疑。对付一个凡人，至于用这样的大手笔吗？他认为不怎么靠谱。

摆渡人平淡地开口道："我是守约者，有我在，可以保证公平交易，不会有任何问题。"

王煊点头，道："好，问下她想对付什么人以及我该怎么做。"

"她想对付一个名为王煊的凡人，到时候你只需将一根刻满符文的羽化神竹放入他的身体，不要放进要害，就算完成任务。如果你接受这个任务的话，她会给你详细的资料，还会送给你一件武器，它能斩掉初级超凡者，同时可用来防身，不过最多只能用两次。事成之后，她会给你绝世药土。"

王煊脸色平静，心中却掀起了轩然大波：来到深空，居然都有人想对付他！

他在列仙中这么有名了吗？不用想也知道，对方之所以惦记上他，是因为还是凡人的他就能自主开启内景地！

有仙不安分，想要回归现世！

别说送出什么药土了，真要能回归现世，估计送出更重要的东西都行！

王煊皱着眉头问道："这是干预现世，这样对付一个凡人好吗？如果列仙频频这样出手，人间岂不是要大乱？"

摆渡人淡淡地道："你多想了，只有这种特殊的地方可以做交易，但已经有数百年没有人登上这只船了。"

王煊心中长出了一口气。他不动声色，点头道："可以，但是我必须先拿到药土才行。"

摆渡人摇头，道："对方说了，药土太珍贵，你不完成任务，这交易没法儿进行。"

王煊态度很坚决，道："下次我都不知道能不能来到这里，现在不拿走报酬，那就彻底拿不到了。"

"这倒也是，这条秘路不好走。"摆渡人点头。

最终，经过讨价还价，那位强者愿意先支付部分药土。

摆渡人郑重地告知王煊："知足吧，这种药土只需要一丁点儿，就能够改变你的命运，足够了！"

王煊道："我有个条件，无论在什么情况下，都要始终确保我自身安全，那样我才考虑对那个王煊出手。不然的话，我有权不行动，放弃出击，不算违背这次交易。"

"嗯，可以，对方同意了。"摆渡人道。

刹那间，一根手指长的羽化神竹从大幕后方浮现，并沿着鱼线飞了过来，上面密密麻麻地刻满了奇异的符文。

接着，大幕后方又飞出来一支银簪子，它看起来是女子的饰品，但经过刚才一番简单的祭炼，已成为超凡武器。此外，还有一块玉石，里面都是资料。

王煊皱眉，道："这是来自列仙的物品，我有些担心，万一它们被动了手脚怎么办，比如说，它们到头来会对我不利。"

"放心，我已经查看过了，这些东西没有问题，完全遵守旧约之规。"摆渡人说道，随后他补充道，"这些器物谁都可以用，所以你不要遗失了。"

"这下我就放心了！"王煊点头，如释重负。

"好，旧约见证，交易完成！"摆渡人大声说道。

这时，天地间竟有一道恐怖的雷霆划过。

然后，摆渡人分别提醒双方，旧约记录下了这一切，交易已经生效，任何人不得反悔，都要严格履行约定。

大幕后方，那个交易者忽然心中有些不安。这一刻，她想付极其昂贵的佣金，请摆渡人散去迷雾，让她看一看大幕外的交易者。

第 151 章

熟仙相见分外眼红

王煊心中美滋滋的，高兴得不得了。但在这个地方他不敢笑，反而一脸严肃之色，似乎在担心完成不了任务。

他认真查看这些珍贵的宝物，它们皆出自列仙之手。

这是王煊第一次拿到大幕后方的器物，他心中颇不平静，从中他也推测出一些极其重要的事。

大幕后的世界不只是精神的世界，现世中的实物也能进去，他手中的东西就是例证。

羽化神竹通体金黄，不过拇指长，但沉甸甸的。它上面最起码刻画了数千个细小的符号，密密麻麻的，太繁复了，让王煊看着都觉得眼花。

为了捕获他，那位妖仙真是用心了，耗了不少心血。

这样一端削尖的竹子要是进入身体中，会发生什么事？王煊心中产生了各种猜测，难道他会直接开启内景地，然后接引那位妖仙？

"找机会将它放入猪头中！"王煊想故意气那位妖仙，但他很快又打消了这种念头。这么做太浪费了，金色竹子上刻了这么多符文，绝对不是一般的超凡器物。

王煊觉得好钢要用到刀刃上，这竹子以后肯定能派上大用场，先好好地留着，到时候看需要用在谁的身上。

银色的簪子很秀气、雅致，可以想象它插在一个女子的秀发中是多么美丽。

当然，想到这簪子是某位妖仙的，王煊心中犯嘀咕的同时，更加想笑了！

真是没有想到，他连那位妖仙的簪子都弄到手了，他轻轻地用手摩挲簪子。

可惜，这支超凡簪子只能用两次，属于消耗品。但他没什么不满意的，反正这是对方资助给他的宝物。

最重要的宝物是玉石块，只是稍微触及它，就有各种信息传出，果然有关于他的详细资料，其中更涉及旧土的坐标等。

当然，玉石核心区域的东西才算是无价之宝，那里封印着药土。所谓药土，果然不是土，只是某种药性，是介于真实与虚无之间的东西。

那是一团浓郁的金光，还真的只是一丁点儿。王煊腹诽，那位妖仙太小气了。

不过，摆渡人说了，一丁点儿就足够改变命运，这药土可能有某种天药的药性！

"你对这次交易还算满意吗？"摆渡人问王煊。

"非常满意，这次交易很公平！"王煊认真地回应。

摆渡人手持钓竿坐在船头，道："嗯，有一点需要说明，大幕后的交易者刚才发出请求，想让我散开迷雾，与你见上一面。"

"必须吗？"王煊心虚了，他想吃干抹净，赶紧走人，不想面对大幕后面的列仙。

摆渡人道："你可以选择拒绝。"

"我拒绝！"王煊立刻做出了决定。他怕刺激到大幕后的妖仙，为了安全、稳妥起见，他还是低调点儿吧。

摆渡人道："你们双方友好达成交易，隔着大幕见上一面很正常，说不定以后还有合作的机会。"

"我虽是一介凡人，但立志成仙，希望现在保留一份美好的憧憬，将之化作动力，将来我会以真仙之体与她相见！"王煊的态度很坚决，表示现在不想见对方。

"有志气。"摆渡人点头，而后补充道，"可对方执意要见你，而且愿意为此付出惊人的佣金。"

"那让她付高昂的佣金吧！"王煊说道。

摆渡人默默地转过身来，他的蓑衣中黑洞洞的，唯有雾霭弥漫，凝聚成一张模糊的脸。他自然意识到交易双方出了问题，开口道："我能问下你叫什么名字吗？"

王煊真的不想告诉摆渡人自己的真名，可是，这大概率是一位羽化级大佬，关键是，对方不在大幕后方，就在他近前。所以，他很诚实地说出了自己的真名，小声道："王煊。"

摆渡人闻言，做出以手抚额头的姿势，尽管那里黑洞洞的，什么都没有。他好长时间都没说话。

王煊心中没底，这个能将鱼钩甩进大幕后方的男子，实力强得惊人，万一不满意这个回答，给自己一巴掌怎么办？

摆渡人终于开口："你不用担心，在旧约的见证下，交易已完成，所有人都得遵守，不容反悔。"

王煊长出了一口气，既然有所谓的约定，双方都被限制得死死的，他也就没有必要紧张了。

摆渡人告知王煊，对方身上没带着奇珍，正在筹借，还要等一会儿。

王煊一听，这付出的佣金似乎真的很高。他很想问一问，这佣金他能分一份吗？毕竟对方是为了看他才付的，但他终究还是没开口，这种场合他还是保持沉默吧。

摆渡人道："有人看上了你的短剑，我说了，你不交易。然后，又有人盯上了你身上的秘金，问你是否出售。"

王煊一愣，将手臂上两块带刺的钢板取了出来，连羽化的生灵都看上它了？难怪有传闻，列仙在打造兵器时会掺入部分太阳金，看来传言非虚。

"他们要拿什么来换？"王煊问道。钢板不是他的，他只是暂借而已，但他觉得以后可以用其他东西补偿钟晴。

事实上，王煊确实很想与列仙再交换些神秘器物。在他看来，那种层次的生灵，身上的任何物件放到现世中都是瑰宝。

摆渡人给王煊列了清单，告知他都有些什么东西。

果然，列仙出手就是不凡，从秘法到器物，再到深埋于现世的藏宝图，应有尽有。

宝藏？王煊觉得这最不靠谱，多年过去，谁知道还在不在？再说了，天知道那些宝藏在哪颗恐怖的星球上，即便有坐标，也很难说能活着将其取出来。

秘法有一些听起来很惊人，比如妖仙锻骨术、大日洗神诀、虚空采药法……名字一个比一个唬人。王煊虽然还没有深入了解，但总觉得这些秘法像是妖魔的功法，多半不适合他练。

"福地碎片是什么？"王煊询问清单上器物的来头，想知道它到底有什么用。

摆渡人道："昔日的福地被至强者打碎后残留下来的小碎块。"按照他所说，这种小碎块内部还有一定的空间，可以存放一些日常用具，倒也实用。

王煊一听，顿时露出惊讶之色。这东西对现世人来说，绝对是罕见的奇宝，最起码他没见过，也没听谁说过。

当然，财阀另说，钟庸的宝库没准儿有，他收藏的奇物太多了！

"清单上那几种秘法，是不是更适合妖族修行？"王煊又问。

摆渡人点头，没有多说。

"那就换福地碎片吧！"王煊果断做出决定。

沿着鱼线，从大幕后方飞出来一块灰扑扑的小石块，它看着非常不起眼，只有指甲盖儿那么大，若落在地上，估计没有人会去捡。

还好，小石块有链子穿着，能戴在手腕上，不然很容易丢失。

整体还没有手指肚大的灰褐色福地碎片，需要用一块半还要多的钢板换取，之所以剩下小半块钢板，那是因为摆渡人要收佣金。

前后两笔交易，摆渡人都遵守旧约，严格按照规矩来抽取佣金。事实上，他也向大幕后方的强大生灵收取了佣金。

王煊叹气，古今平台皆一样，规则制定者一本万利。

当他试用福地碎片时，感觉非常满意。碎片的内部空间有两立方米，不算很大，但足够他用了。这东西需要用精神领域开启、关闭。

王煊将短剑、封有药土的玉石块、银簪子、布满符文的羽化神竹等都放进了福地碎片中，相当实用且方便。

在现世中，这就算是仙家奇珍了！

摆渡人从鱼线上接到了一些奇物，道："她已经付出高昂的佣金，我要履行职责了。"

说罢，他震散了大幕前的雾霭，如此里面的羽化级生灵与外面的人便能相见了。

大幕后方有男有女，一共六人，他们看起来都有蓬勃的生命气息，面孔十分年轻，至于真实年龄那就很难考证了。

大幕后的世界，艳阳高照，山河壮丽，此时正是白天。而王煊这边，则是碧水映着一轮明月，处于深夜。

大幕后，一个白衣女子还算漂亮，带着婴儿肥的脸肉乎乎的，在看到王煊的刹那，她感觉自己要爆炸了！

她的一双虎目瞪得圆溜溜的，而后向外喷火。这并非夸张，她的双眼真的在向外喷发光焰，火焰熊熊燃烧，蔓延到了大幕上。

她简直要气死了，自己这是在帮助敌人啊！最可恨的是，对方提出的那些条件，现在想来居然完美规避了风险，按照旧约，他很安全！

王煊咧嘴，这位好像真的是气坏了！

在白衣女子的身后，一道庞大的白虎虚影浮现出来，跟着她一起双目喷火，盯着王煊。

"以前你们就认识？你都干了些什么天怒人怨的事，让她这么生气？"摆渡人问道。

"没啥，就是意外与她相遇，我以为是只猫，看着很可爱，撸了又撸，结果她记仇了。"王煊避重就轻，小声说道。

摆渡人一阵无语，这么大个儿且性格暴烈的白虎妖仙你都敢动，还把别人当成猫，骗谁啊！

嗷！

大幕后方，肉乎乎的白虎妖仙与她身后的庞大虎影一起愤怒地咆哮，吼声震耳欲聋，她恨不得立刻冲出来。

王煊发呆，对方不仅能看到自己，现在隔着大幕也能听到自己的声音？摆渡人怎么没有告诉他？这也太坑了吧。

大幕内，其他五名男女都露出异样的神色，有人吃惊，有人则想笑。

其中一名女子捂着嘴，笑得前仰后合、花枝乱颤，道："堂堂白虎大妖魔，一代妖仙，被人当成猫来撸，这简直是一辈子都洗刷不掉的污点啊！反正我是亲耳听到了，哈哈……"

王煊很想问问她，你是谁啊？没事拱什么火！但他想了想，觉得自己还是闭嘴吧，估计那几位全是妖仙。

"你住口！他说的不是我，那是我当年留在故乡的一缕精神体！"白虎妖仙反驳道。有些秘密她打死也不能告诉这几位。

王煊心想，好处也拿了，还是厚道点儿吧，就不刺激她了。他转身对摆渡人道："你看，交易也完成了，是不是该送我去走秘路了？时间不早了，我等着回去呢。"

"你现在就在经历秘路。"摆渡人补充道，"她付了高额佣金，现在有权与你面对面相见，会面还不该结束。"

王煊只能干瞪眼，在这里耗着。

"恶贼，将药土还我！"白虎妖仙气得想打自己，她万万没有想到在这里居然也能遇到仇人。

"不还，交易完成，不得反悔。你已经送给我了！"王煊扬着头，很干脆地拒绝了。

"那是我主上的药土，你拿不起！"白虎妖仙婴儿肥的脸上写满了羞愤，她今天真的要忍不住发火了。

"别生气，我和她也认识。你看，我们就是有缘，即便进入深空都能相遇。"王煊劝慰白虎妖仙，而后更颇有感触，"缘，妙不可言。"

"谁和你有缘，啊啊啊啊……气死我了！"白虎妖仙有种要疯了的感觉，她痛恨自己今天为什么会有这种"神操作"，这让她自己都难以置信。

"别逼我进现世斩你！"白虎妖仙威胁道。

王煊不爱听了，道："那你过来吧，好久没撸猫了，估计手都生了！"

白虎妖仙觉得自己真的快被气疯了。

几位妖仙就在旁边，他们经验丰富，全程仔细地看着，心中有了大致的猜测。

"白虎真仙，你不要叫了，我们知道你故意嘶吼，就是为了掩盖某种事实。"一位男妖仙开口道。

一位女妖仙更是小声问道："这年轻人很不简单吧？你这是想掩盖关于他的真相与秘密吗？"

"你们死心吧，这是我家主上看中的人！"白虎妖仙冷冷地道。

"我去请主上。你拿了她的药土，不和她谈清楚，注定没什么好下场！"白虎妖仙的身影一闪，消失了。

"我能走吗？"王煊看向摆渡人，真不想继续在这里待下去了。他对红衣女妖仙的印象太深刻了，万一她从这里打出来怎么办？不知道摆渡人能否挡住。

"秘路未结束，你还走不了啊！"摆渡人摇头道。

什么破秘路，王煊腹诽，压根儿没感受到！

王煊想了想，冲着大幕深处喊道："白虎真仙，去告诉你主上，一切皆可谈。前提是她得拿出足够的诚意，就看有没有让我心动的瑰宝、秘法以及奇物了。"

第一152一章
新的秘路

大幕中，雄伟的大山、霞光缭绕的湖泊、自悬空岛上落下的瀑布，各种景物交织在一起，壮阔又美丽。

这时，远方传来一声震动山川的虎啸，这代表了白虎妖仙的心情。她圆润的俏脸都涨红了，那个凡人居然还敢让她带这种话！

有那么一刻，她真想冲出大幕。今天她居然被一个凡人给欺负惨了！

其他几位妖仙都露出异样的神色，有的在笑，有的在温和地同王煊打招呼，抱有目的性地接近他。

月光如水，碧水平静。

金色竹船上，摆渡人回头，蓑衣中模糊的面孔浮现，静静地看向王煊。

好几百年没人登船了，今天终于来了个人，可是他的所作所为……摆渡人一阵出神，这是什么时代了？如今的人都这样吗？

"前辈，我只是个凡人，在列仙的注视下苦苦挣扎求生存，已经够可怜了，你还是赶紧放我走吧。"王煊低语道。

看着他这样低调、严肃而又认真，一脸诚恳之色，摆渡人有些感慨，让一位妖仙吃亏的凡人也算可以了，这是典型的吃干抹净要跑路吗？

"现在知道害怕了，那你刚才还刺激她？"摆渡人开口道。

"泥人还有三分土性呢，我这是被逼急了。事实上，人越是虚弱无力，越是想高声为自己壮胆。"

见王煊这么直接、坦诚，摆渡人忍不住多看了他两眼，这是真心话吗？不见得！

"快了，秘路就要结束了。"

王煊听到这种回应，总觉得摆渡人在敷衍自己，到现在他都没有感受到所谓的秘路是什么状况，他根本就没有变强！

"所谓的秘路该不会是一场梦境吧，一会儿你可能会告诉我梦结束了？"王煊忍不住开口。

摆渡人很平淡地道："这里是逝地。"

关键词中果然有"逝"字，这与王煊在外面听到的一致。

红衣女妖仙还未出现，另外几名妖仙对王煊多次试探，自然怀着目的，让王煊颇为被动。他现在认真向摆渡人请教这条秘路的事，便有理由不与内景地中的那几位交流了。

"逝地，或许才是超凡的源头、修行的起始处、让万物神化的原初之地，为最古的秘路。"接着，摆渡人又补充，这只是一家之言。

有人认为，还有更久远的秘路。最早时，生灵另有捷径可走，从普通的人类以及寻常的飞禽走兽中胜出，踏足超凡。

王煊只知道内景地、天药等秘路，对摆渡人说的这些完全不了解。

摆渡人告知王煊，最初发现逝地时，万物一旦临近，几乎都要死去。

但总有例外，身体受到逝地神秘能量的冲击，个别能活下来的人或者飞禽走兽，就此会慢慢超凡化。

"辐射？"王煊讶异，当即产生了这样的联想，而后又担心身体会不会畸形，会不会产生各种恶性病变。

摆渡人理解了现代用语后，直接摇头，说这个蜕变的过程会让生灵变得强大，不会有什么隐患。

在那茹毛饮血的年代，蛮荒大地上弱肉强食，有些生物因为逝地而变得极其强大，超脱出来，高高在上。

"逝地，从肉身的改变开始，让人与飞禽走兽等从此神化或妖魔化。"摆渡人说道。各种生物变强都是从肉身开始的，所以他猜测逝地可能是最早、最原始的秘路。

王煊自语："我以为，内景地的发现，让人类站在特殊的时间节点上，在与各种怪物的竞逐中胜出，原来更早时期就已经有了逝地这样的秘路，各族都因逝地有了神化或妖魔化的高手。"

在王煊的理解中，逝地就是超凡辐射！这就有些神秘了，逝地究竟是怎么产生的？

摆渡人摇头，至今都没有几人能说清逝地的来历。

之所以叫逝地，是因为偶尔能在逝地中见到一些早已消逝的物种的影子。所以，逝地也有逝景的说法，即过去留下的景。

"这样的奇异之地，世间就此一处吗？"王煊请教摆渡人。

摆渡人摇头，道："当然不是。有八大逝地，景色各不相同，皆负有盛名，另外还有一些稍弱的逝地。"

关键是，强大的逝地会转移，不会在一域久留。

"依据我的经验，既然有人成功来到这里，最多一年半载，这片逝地就要从这颗星球离开了。"

王煊发呆：逝地不是固定在一域的，其行踪莫测。按照他的最新理解，逝地就是消逝的景，会移动，而且具备超凡辐射！

"它的危险都体现在什么地方？"王煊想了解得更多。

"你自己没有感觉吗？初步踏足逝地，身体经历超凡辐射，各种神化、妖魔化的特征同时出现，几乎被撕裂。"

正常来说，踏进来的刹那，九成的人就要立刻殒命，因为超凡化太剧烈了，没有几个人承受得住。

王煊觉得不对，他只经历了妖魔化，并未经历神化。

"那是因为你吃了妖魔的低等果实，应该是血葡萄吧。"摆渡人道。

听到这种解释，王煊无言以对。

关于此地，摆渡人没有隐瞒什么。为什么这片逝地的外围寸草不生？因为有太多的生灵殒命于此，全是煞气。

了解了这些后，王煊很满意，自己的肉身经历超凡辐射而不坏，已经足够坚韧了。

"岸边那些高台上有神话传说中的各种顶尖生物坐镇，他们是原本就存在于逝地中的吗？"

"不是。各族都觉得逝地太危险，那是昔日强者约定后各自留下的超凡手段，为后世生物指明一些真体路与神化路径。"

即便这样，死亡率也高得离谱，甚至可以说吓人。

王煊亲眼看到，每座高台下那么多生灵，而到头来能够接受超凡辐射，最终活着离开的没有几个。

连摆渡人都在感慨："逝地这条秘路，存活率极低，导致后来都没多少人敢走了。"

这时，大幕后方出现了变化，云雾涌动，掩去艳阳，天地顿时变得昏暗，烟雨迷蒙。

"前辈，如果她不守规矩，你挡得住她吗？"王煊低声问道，他知道红衣女妖仙来了！

"旧约挡得住她。"摆渡人说道。

王煊顿时一阵头大，红衣女妖仙一直在尝试突破旧约的限制，这就是一个专门挑战大幕规则的人。

大幕中，那几位妖仙看到远处那道婀娜的身影后，全都见礼，显得相当敬畏，可见红衣女妖仙的地位之高。

她身段极美，一身红衣。此时她丢掉了油纸伞，在雨中漫步，头发湿漉漉的，莹白的俏脸在迷蒙的雨雾中显得有些不真实。

随着红衣女妖仙轻轻一摆手，那几人不断倒退，将大幕前的地带留给了她，不敢与她站在一起。

白虎妖仙站在不远处，随时听候调遣。

"一别多日，仙子的绝世风采更胜往昔。"王煊客气地同红衣女妖仙打招呼，对方总不能伸手打他这个笑脸人吧？他想尽力缓和双方的关系。

红衣女妖仙确实风采过人，单单那股让其他妖仙敬畏的从容姿态，就显得她与众不同。

她没有说话，眸子转动，颇有天然魅惑之态，但她的目光其实有些冷，并未给王煊好颜色。

只是她生就绝艳之姿，无论是笑还是冷着脸，都有一种独特的风情，极其美丽动人。

红衣女妖仙淡淡地笑了，用白皙的手指戳了戳大幕，顿时让那里出现一道细小的裂纹。

这一幕，让自觉站到很远处的几位妖仙更加忌惮。不自觉间，他们将姿态摆得更低了，都略微低着头。

摆渡人盯着前方，红衣女妖仙这分明是在冒犯旧约，相当自负。

"你说，我抓住你后会怎么处理？"红衣女妖仙微笑着开口。鲜红的唇，好看的贝齿，这一笑颇有些风情万种。

王煊警醒，这女子该不会真能够闯出来吧，或者能探出一只手掌？万一真将他抓进去，那他就惨了。

他看向摆渡人，严重表示怀疑，这位守约者能保证这里的安全吗？

"旧约下，无人例外。"摆渡人很严肃地说道。

王煊觉得摆渡人这种说法不怎么稳妥，自己还是沉稳点儿为好，不能刺激红衣女妖仙。

"仙子，我让白虎妖仙给你带话，不是随口说说的，我觉得我们双方没有必要见面就起冲突。我知道你的目的，这和我没有什么利益冲突。我觉得，咱们不是敌对关系，未必不能合作。"王煊的语气很诚恳，想化解矛盾。

摆渡人瞥向他，模糊的面孔上神色不善，那意思是，你们这有点儿过分了，居然当着守约人的面，谈合作违约的事？

王煊道："我真心觉得，世间没有什么不可以谈的。我们可以化敌为友，和谐相处。比如，你可以投资我，让我成长得快一些，到时候帮助你顺利地从大幕中出来。你看，这总比你一直想着把我抓住，逼我就范强吧？"

"你当我是那只傻猫，助敌成长，养'人'为患？天真。"红衣女妖仙淡淡地扫了王煊一眼。

后方的白虎妖仙顿时羞愤不已，恶狠狠地瞪向王煊。

王煊轻叹："我抱着诚意而来，想与仙子合作，不承想你一点儿机会都不给，一口回绝。"

白虎妖仙道："骗子，你先还回药土，不然有什么诚意可言。"

王煊不理她，只是看着风姿绝世的红衣女妖仙。

"合作不是不能谈，不过你得进大幕来，跟在我身边三年。"红衣女妖仙开口道。

"三年后，我留在外面的肉身都没用了。"王煊找借口。同时，他在思忖，又是三年期限，这么说的话，红衣女妖仙也不能硬闯出来，也在忌惮这个期限？

红衣女妖仙嘴角微翘，道："我可以将你的精神连带肉身一起接引进来。"

"还是算了吧，教祖在，不远行。"王煊嘴上这样拒绝，心中却暗想，开什么玩笑，进去的话估计就再也出不来了。

白虎妖仙站在后方，气鼓鼓的。

红衣女妖仙笑了笑，迷蒙的雨天仿佛都顿时灿烂起来，道："那换个条件，你把女剑仙留在现世的那块骨给我送来。"

王煊的脸色顿时变了，他冷冷地道："你这样说，就没诚意了。"他怎么可能会将女剑仙那块蕴含浓郁活性的手骨送出去？那多半关乎她的未来！

"你可要想清楚，没有你，我不久的将来也要出去。到时候咱们在现世中来次美丽的邂逅，你期待吗？"红衣女妖仙在笑，整个人相当明媚娇艳。

然而，王煊却毛骨悚然，她还有其他手段"越狱"吗？

"我上次隐约间听到，你想让我跳一段妖仙舞？"红衣女妖仙眉头微蹙，看着王煊。

王煊顿时无语，上次他与陈永杰还有青木坐飞船去采天药，逃走时的确那么喊过，还真被她听到了？

摆渡人心中暗想，这个凡人小子胆子真够大的，敢让一位绝代妖仙为他起舞！

大幕后方，几位妖仙彻底震惊了，暗自感慨，多少年没看见这么无畏的人了，之前连有这种念头的仙都被除掉了！

王煊看着红衣女妖仙，起初没说话。

过了片刻，他觉得今天他们注定没法儿合作了，说不定会撕破脸皮，那他还有什么好在意的？因此，他淡定地开口："早晚让你大跳妖仙舞！"

第 153 章

人间有约

王煊这句话一出，无论是大幕后还是碧水上，都一片寂静，突然就没有了声音。甚至，连那淅淅沥沥的小雨都停下了，似乎不敢再落下。

几位妖仙都低头看向地面，装作什么都没有听到，怕被迁怒。

世上有这么不怕死的人吗？他知道自己在说什么吗？单以实力而论，红衣女妖仙在列仙中都属于神话传说中的存在。敢让她跳妖仙舞？好大的气魄！

几位妖仙顿时心服口服，第一次见到敢惦记红衣女妖仙的凡人！

"我现在相信，你不会和她合作了。"摆渡人点头，这样的凡人他也是第一次遇到。

面对绝代女妖仙都敢说这种话，他只能感叹，这个时代的年轻人相当有闯劲。

白虎妖仙在那里咆哮，似乎在替她主上发怒，想要让王煊好看。

然而，红衣女妖仙却没有生气，脸上始终挂着淡淡的笑容。如果她在意的话，也不会主动提这件事。

她拢了拢湿漉漉的秀发，眼波荡漾，红衣飘舞，道："不久后，我将以另类的形式前往人间一趟，期待与你在现世中相逢。"

王煊顿时有点儿脑袋要炸开的感觉。不是三年后才能出来吗？他原以为还有时间去准备，好提升自己，怎么不久后她就要出世了？这还让不让人活了？！

王煊的脸色阴晴不定，这太意外了，超出了他的预料。这么快就与红衣女妖仙相遇的话，他的下场注定非常凄惨。

他沉默着，在想各种可能。

"看你这么喜欢妖仙舞，到时候真正见了面，我会给你惊喜哟。"红衣女妖仙转身离去前，嫣然一笑。

王煊有点儿愣住了，盯着她的背影——怎么办？

"很久没有去人间走一遭了，真是期待。"红衣女妖仙红裙飞扬，渐渐消失，最后的回眸风情万种。

但王煊真的无心欣赏，他觉得自己遇到了生存危机！

"真当旧约是摆设吧?！"摆渡人冷冷地说道。对方当着他的面扬言要去现世，这是对旧约的蔑视，更是赤裸裸的挑衅。

"前辈，你还不赶紧追杀进去，降妖除魔！"王煊看着他，全指望这位守约者了。

"我……不能违约。"摆渡人开口道。

王煊觉得他有点儿心虚，这是不敢进去吧？

"无妨，别看她在这里与你隔着大幕相见，但她根本不知道你现在所在的星球，逝地行踪不定。"

摆渡人安慰王煊，女妖仙不见得能在现世中找到他！

王煊闻言，顿时一愣。他平静了不少，他现在远离旧土，不在新星，与故乡隔着不知道多少光年。

他还不信邪了，相隔很多个星系，他在深空的尽头，红衣女妖仙也能找到他？不可能！

因此，他平静地开口："我在人间等你，不见不散！"

王煊没有说在旧土等，怕过于刻意而被对方觉察出有问题。

女妖仙远去了，没有回应。

王煊叹气，被这种无敌妖仙惦记上，他心中终究有些不安，双方不会真的跨越很多个星系还能遇到吧？

"时间差不多了，我送你离开吧。"摆渡人开口道。

王煊不愿意了，到现在他都没有蜕变，这就结束了？什么破秘路！

"你如果选择顶尖的真体路，如化成金翅大鹏、千臂真神、人魔等，实力自然能提升一截，但你拒绝了。"

"那是妖魔化！"王煊强调。

"进入逝地，经历超凡辐射，除了妖魔化，还能神化。这次是因为你先吃了妖魔果实，所以未见神化。"

依照摆渡人所说，神化可保持本体，无论是人还是妖魔，都可以选择这条路。

当然，生物神化之后依旧会有部分变化，如生出尖尖的耳朵，眉心长出竖眼等。

也有生物神化后，部分器官发生变异，如心脏变大，更为强劲有力，且化为银色。

还有人逐渐神化后，骨头上会出现金色纹理，同时骨头会变得粗壮、坚固，整个人高有数米。

这种神化自己可以接受吗？王煊思忖。

瞬间，他想到了五页金书，这可是本土教创始人张仙人留下的东西，金书上的刻图都是人形！并且，金书上有脏腑共振的图案，但没见那些器官有何异常，而是与正常人类一致。

他立刻意识到，现阶段没有必要选择神化，五页金书似乎给出了答案！

王煊开口询问："逝地的超凡辐射，只有妖魔化、神化这两种选择吗？"

"就知道你会问这个问题。"摆渡人指向水面，道，"还有一种最为激进的做法，跳进水中，你想着化成某种生物，如果不死，最终就会蜕变成这种生物。运气好的话，各种器官还会神化。"

王煊不禁出神，这就是妖魔化与神化的融合版本。他摇头道："我只想做人，不需要跳进去重新让自己化为人。"

摆渡人道："所以，我只是划船载你，早看出你有这种执念，适合走最为平和的逝地秘路。"

"怎么讲？"王煊问。

"有羽化神竹船保护，你可以接受逝地温和的超凡辐射，提升肉身活性。等你离开此地后，修行一段时间，实力自然而然地就会慢慢提升一截。"

听到这种解释，王煊并不满足，他想迅速突破。

摆渡人道："一切要讲究平衡，神化、妖魔化，是受到逝地强烈辐射后，又获得神秘能量。你选择平和的路线，那么肉身虽然被激活了，但是所需能量就需要你自己去外界慢慢补充，所以不能立刻晋阶。"

他又接着说道："其实，你如果多服食一些血葡萄，来到这里后，拒绝妖魔化，那么排出体内妖魔属性的药力后，残余的正常药性或许也足够补充你走平和路线时所需的能量，你同样能很快突破。"

王煊沉吟片刻，道："结论就是，即便是妖魔果实，也可以在这里剔除有害成分，得到净化，如果量足够多，我便能顺利突破？"

"是这样。"摆渡人点头。

王煊有些后悔，在逃离蚕蛇的洞穴时，他其实有机会采摘剩下的几串血葡萄，但他根本没有去理会。

"快，送我靠岸！"王煊喊道。

"急什么？"摆渡人诧异。

"一会儿我还会回来的，就在这里突破！"王煊决定立刻就去采摘妖魔果实。

他仔细估算过了，当成年蚕蛇出去捕食时，他有足够的时间去采摘血葡萄。如果他采摘之后想逃向远方，注定会失败，但是，如果从蚕蛇的超凡巢穴逃向这片逝地，距离很近，完全没问题！

再者，共有八个超凡生物围绕着这片逝地筑巢，料想它们的巢穴中都会有奇药。

一刹那，王煊的眼睛璀璨无比，他想充分借助逝地秘路提升自己，他觉得要不了多久，自己就能追上陈永杰！

摆渡人打断了他的遐想，道："你以为来这里很容易？除非你有内景异宝，或者你家教祖对你特别照顾，为你熬炼过那种神秘因子的精粹，将之积淀在你的血肉中。要知道，天地大环境变了，后世的教祖实力没那么强了，自身都攒不下多少神秘因子。"

摆渡人知道王煊体内有内景地的神秘因子，但他遵守旧约，没有动用他的心通、天目通等神力，并不知其真正底细。

王煊一听，心里更有谱了。他自己开启过内景地，自身就等同于教祖！

"所以，这应该是我们最后一次相见了，好自为之。"摆渡人说道。

王煊不理他，确信自己还能进来。王煊看向大幕，道："各位真仙，有人想尝一尝现世的野味吗？我一会儿还会再来，如果各位有需求，想交易的话，可以预订了。"

"地仙级的野味可以考虑。"有妖仙开口道。

王煊不想说话了，催促摆渡人开船。羽化神竹船化成流光疾速远去，不久后来到了岸边。

王煊跃下船，发现自己站在一片蓝莹莹的小湖边，金色竹船就停在湖中。

他一愣，小湖就是碧海？

"这处逝地就是个湖。"摆渡人开口道。

"一会儿见！"王煊转身就跑了。

"你真当这里是你家的后院。"摆渡人摇头，驾驶小船缓缓离去，渐渐消失在水雾中。

王煊还未离开绝地，就感觉到体内的活性在增强，自身处在蜕变中，但缺少部分能量，难以持续下去。

血葡萄还残留有部分能量，但是还不够。

王煊想了想，将那十几条蓝莹莹的虫子都取了出来，然后运转先秦方士的根法。

果然，这种虫子很奇异，蕴含大量的神秘因子，对他的身体非常有益。

这些虫子比普通灵药强多了。

"'马大宗师'，对不住了，这虫子我先用了，到时候直接送你妖魔果实。"王煊自语道。

得到新的能量物质的补充，王煊觉得身上发痒，又要脱皮了！

事实上，不光是虫子蕴含的神秘因子在发挥作用，他自身体内也积淀着大量的神秘因子，现在涌动起来。

片刻后，王煊脱掉了身上破烂的衣服，整体脱了一层皮，这次他身上没有异味了，带着晶莹的光泽。

早先，他的金身术处在第七层的临界点，勉强算步入第七层，现在则直接晋升到了第七层的中期！

"我突破到大宗师领域了！"王煊默默地感应自身的变化，稍微震动五脏，顿时有雷光飞了出去。

接着，他弹指间，有一道火光飞出，熔化了地上的一块岩石。

王煊的身体发生了很大的变化，体质提升了一大截，他血肉中蕴含的秘力激增，可谓厚积薄发。他估摸着，若再遇上那几个外星人，自己就可以收拾他们了，他们一个都别想逃！

大宗师怎么够！守着逝地秘路，与八个超凡生物为邻，我怎么也要在这里踏入真正的超凡领域才行！王煊心中暗道。

第154章
外围之变

王煊默默体会，发现自己的体质增幅真的很大，他轻轻一跃，便嗖的一声从原地消失，比以前快了很多。

他几次加速，轻易就可以突破声障，导致绝地中空气爆鸣。

绝地边缘有数十米高的石壁，他没有挥拳，身体发出淡淡的金光，便猛然撞了上去。

石壁崩解，被撞击的中心区域出现一个人形的坑洞，黑色裂缝从这里向外辐射，密密麻麻的。

王煊从人形的坑洞处退了出来，充分评估了自己的实力，他的速度与力量激增。

他觉得自己比一般的大宗师厉害不少。

此时，王煊还光着身子呢，被吞进蛇腹后，那身破烂的衣服有浓重的味道，他脱下后就不想再穿上了。

他摇了摇头，暂时不去想这件事。

王煊现在有一种强烈的冲动，想练一练张仙人的体术，看一看能否也有突破。这是因为他的血肉、骨头皆散发着浓郁的生机，身体宛若新生，各项指标大幅度提升。

关键是，他走完逝地秘路后，肉身活性还处在惊人的状态中，这不是练五页金书的最佳时刻吗？

王煊深吸一口气，摆出第四式的姿势，调整身体各个部位，而后按照秘传的节奏，血、骨、脏腑轻鸣。

金书上刻录的体术需要全身协同，按照特殊的频率振动，弄不好就会伤到自身。

有些脏器很脆弱，但很大一部分秘力又是从这种部位养出来的，矛盾而神秘。

王煊很小心，如果稍有不适，他就会立刻终止练习。

很长时间后，他吐出一口浊气，第四式勉强能施展，但他不敢练下去了，能走到这一步已经让他很满意了。

他以精神领域查看自身，体内生机浓郁，脏器略微发光，有种朝霞的气息，又像是春天刚破土而出的嫩芽，代表着新生。

这是他的身体机能处在最好状态的体现，他练金书上的第四式并没有让身体受损。

王煊走过去，看了看地上脱下的那层皮，稳妥起见，决定将之处理掉。

不得不说，金身术有成的他，脱下的这层活性物质相当结实。他手持短剑切割，又放出大宗师级的真火，这才将之解决掉。

稍微犹豫了一下，王煊将散发着臭味的破碎衣物也给烧了，他宁愿出去裹树叶！

王煊这次出来，逝地的神秘力量并没有阻挡他，任他离去。

当王煊从迷雾中走出时，有些出神，外面骄阳如火，各种能量物质在山峦间蒸腾，色彩斑斓的光芒闪烁，而身后的绝地却夜色深沉，一轮明月高挂，两者有截然不同的天象。

王煊雄心万丈，既然发现了逝地秘路，他就要在这里崛起！然而，现实很快就教育了他，密地的丛林法则十分残酷，稍有大意，就会丢掉性命。

他向外走去，一边辨别方位，一边研究地势，这里已经不是他进来的那片区域了。

猛然间，他发现对面石崖上有只桌面大的山龟，龟壳上密布精致的纹理，呈黄铜色，它正在晒太阳。

"饿了大半日，真想吃什么补一补……"

很快，王煊觉得不太对劲，这只龟看着他，怎么也是一副吞口水的样子？

一刹那，他的精神领域有感，刚出来就遇到一个超凡生物？这可能是围绕迷雾区筑巢的八大超凡怪物之一！

王煊转身就逃，即便成了大宗师，他也不敢和这种怪物死磕，不然的话，估计会立刻沦为龟食。

黄铜色的山龟一点儿都不笨拙，轻灵得像只飞燕，从山崖上一跃而下，四肢踏着树梢飞快奔行。

它踩着草木而行，一跃就是十几米远，最终落地时，距离王煊都不足十米远了。

山龟张嘴就是一片火光，火光差点儿将王煊淹没。

王煊疾速闪避，周身毛孔都在喷薄金光，总算躲到了迷雾地带。他身后的方向，那片火光落下，将地面都烧红了，熔化了，岩浆流了一地。

王煊大口喘息，就这么短短的一段路，他居然经历了一场死劫，跑得再慢一点儿的话就会被一只龟给吃了！

现实教育了他，在密地中，无论怎么低调都不过分，说不定哪里就会冒出一个超凡生物。

黄铜色的山龟朝王煊这边瞥了一眼，慢吞吞地爬走了。

王煊调整心态，深刻反省。

别看在大幕前他直面列仙，敢说敢言，那是因为对方不能出来，不然他立刻就会灰飞烟灭。

"这是真实的世界，弱肉强食，连苦修一百多年的老钟在密地中都被耗子追杀，我有什么理由过于自信？"

王煊认清了现实，重新变得严肃起来。

此时，钟庸与宋家老头都累得想吐，披头散发，趴在地上大口喘气。

历经一番艰难的战斗，两人终于将一公一母两只老鼠给斩了。这片山林也已经被摧毁，满目疮痍，所有凶禽猛兽全都逃跑了。

"老钟，你那最后一手，五指间闪烁五色神光，是不是从你家五色玉书上悟出并练成的绝学？"

宋家老头的眼睛直勾勾的，目光十分热切。

"不是。那本书我看不懂，研究不透。这是陈抟的绝学。"钟庸摇头道。

陈抟是谁？是继钟离权、吕洞宾之后，内丹术领域的绝世强者，成功将金丹大道发扬光大。

宋家老头心中震动：钟庸这是准备走旧术领域的金丹路线吗？

"刚才那是陈抟金丹大道中提及的五色金丹气？"宋家老头心中苦涩，这贪生怕死的老家伙苦修一百多年，难道真要见到曙光了？

"想什么呢，五色金丹只是传说，古代都没有几人能练成。再说了，我们现在是什么层次？就不要想金丹那么远的事了。"钟庸叹道，神色变得严肃起来，"小宋，你刚才也感应到了吧，有极其强大的超凡瑞兽以精神传音，严厉警告我们，要么离开，要么进入密地较深处，不得在这片区域停留。"

九十多岁的宋家老头闻言，顿时脸色难看，他确实听到了。

"什么状况？那头超凡瑞兽居然能与人沟通，强大到了什么地步？为什么超凡的人形生物不得留在外围区域？"宋家老头有很多疑惑。

钟庸的脸色颇为凝重，道："刚才在奔逃的过程中，我曾远远地看到两批年轻人在对峙，看服饰那两批人都不像是从我们新星来的人。"

"密地深处……有人？现在走出来了！"宋家老头不禁心中发毛。

钟庸道："我们被警告了，而现在又无法离开这颗星球，只能暂时去较深处过渡一下。"接着他又道，"我得去找我那两位后人，总感觉这块地带要出事，还是带他们一起走吧。"

另一片区域，陈永杰躲在一片密林中，骑坐在一棵歪脖子树上，将最后一根银色竹笋吃了下去。

早先，他只因拔了一根银笋，就被两只顶着黑眼圈的怪物追击了好几十千米，连后背都被抓伤了。

陈永杰一怒之下，甩开怪物，将另外三根银笋也都盗走并吃干净了。现在他身上的伤口已经结疤，好得差不多了，银笋药效惊人！

"这下满足了！"陈永杰打了个饱嗝，他被追击那么远，终于出了一口恶气。

他感觉一股奇异的能量在体内流转，对自身好处不小。

突然，陈永杰汗毛倒竖，猛然抬头，看到一只白孔雀带着朦胧的光晕，不知道什么时候落在上方的树干上，正在盯着他。

这绝对是超凡生物中的恐怖强者，连陈永杰都心头悸动，感觉难以对抗。

"人类，你的实力已超过上限，请走向密地深处。"白孔雀的精神在剧烈地波动，发出警告。

陈永杰很吃惊，在来密地前，他查看了大量的资料，可是资料中都没有提及这些，他预感似乎有什么事要发生。

王煊一路潜行，离开迷雾区后，他认真观察八大超凡巢穴，准备冲进去采摘奇药。

有的超凡巢穴，他只盯着看了一会儿就放弃了，因为惹不起，比如某座峭壁上栖居着一种金色的怪鸟，一旦惹上这种会飞的超凡怪物，他根本就跑不掉。

"该不会有稀薄的金鹏血统吧？说不定它的祖上还是人呢，进入逝地走真体路后，才成为妖魔。"

随后，王煊转移向下一个超凡巢穴，仔细研究。

蚕蛇的洞穴他也看过，两个幼崽都没死，而且公蛇也回来居住了！

"算了，看你们家庭和睦，王教祖大人大量，不忍破坏你们一家其乐融融的气氛。"

最后，王煊重点盯上了那只黄铜色山龟的巢穴，那里有一棵像由黄铜铸成的小树，树上挂着几颗泛黄的果实，看着还没有彻底成熟，但是，王煊觉得药效差不了太多。

当然，这只是目标之一，还有两处超凡巢穴王煊觉得也比较理想。

其中一处巢穴中住着一头银熊，它长得圆滚滚的，王煊感觉它跑得不快。不过，鉴于那只山龟都能在树上奔行，凶猛至极，他对圆得像球的银熊也不敢大意。

为此，王煊特别观察了很久，银熊去狩猎时，速度不是很快，应该是八大超凡生物中跑得最慢的怪物。

"对不起了，银熊哥，反正你现在也没有幼崽哺育，估计那簇白色的超凡药草你也吃腻了，就暂时借我一用吧。你放心，我绝对不会连根拔走，留下根须，养上一段时间，你还能接着吃！"

王煊选准了目标，准备动手了。

在这之前，他向逝地方向看了看，那里依旧是一片迷雾，阳光照射不进去。

他可没忘记摆渡人的话，逝地随时可能会转移，万一他采药成功，并且吃下去了，而逝地却消失了，那样他的下场会很惨。

"采摘到奇药后，不能直接吃，稳妥起见，还是进入逝地再说。"

王煊有足够的耐心，终于又等到银熊去捕食了，他估算了一下，如果只是逃向迷雾区的话，时间相当充足。

摆渡人说过，就此一别后，两人这辈子都不会再遇到了，而王煊却认为马上就可以给他惊喜。

"咱们一会儿见，那湖光月色我还没看够呢！"王煊满脸都是笑意。

第 155 章
一切只为造化

"快看，那个土人又出现了，真是看不过眼啊！"

很远的地方，有人站在山头上眺望，发现了王煊，惊得目瞪口呆。

这是什么人啊，连一件衣服都没穿，只是下半身用树叶做了条简陋的短裙，正在一路狂奔，怎么看都像是野人。

"果然是未开化的土人，没羞没臊，光着身子就敢四处乱跑！"几名外星大宗师俯视着王煊所在的方向，深深地鄙夷道。

"不要小看他，这个土人的生存能力很强，居然又活了下来。"有人警告道。他们守在这片区域，一是想除掉王煊，二是想寻找机会继续采药。

"他连蚕蛇的腹内都敢躲，不远处有一条大河，我猜测，他没准儿躲在某条大鱼的肚子里，逃过了一劫！"

"有道理，他练成了类似金刚术的法术，躲到凶兽的肚子里去，还真是个办法！"那个亲身跳过河逃命的男子点头，若有所悟。

几人眼神冷厉，推测出王煊的各种"野人"行径。

"准备围攻他，这次绝不能放走他！"活着的五人准备报仇，他们恨透了王煊，因为他，他们这个队伍连续减员。

"我们只剩下五人了，根本竞争不过其他队伍。我刚才远远地看到了羽化星的人，他们领队的女子在对付一个怪物时，居然施展出了类似超凡的手段！"有人叹道。他只看了一眼，就立刻逃走了，怕被发觉。

在密地的外围区域，如果不是一个队伍的人，那就是竞争对手，一旦相遇，必有一方被逼得没有活路。

现在他们彻底没心气了，还没竞逐，人就减员一半了，现在他们只希望躲在这种超凡巢穴附近能够活下去。

"很显然，有人可以晋升为超凡者，却卡着不突破，想在外围区域独占鳌头，拿到那传说中的好处。"

"有的队伍的野心比你们想象的还要大。"名为卓扬的男子开口道。他认为，有人想在外部拿到最大的好处后，再冲击超凡境界，接着赶到密地较深处去进行超凡之战，争夺那传说中的造化。

在超凡领域都被称为"传说"的东西，那必然是稀世瑰宝，足以改变一个修行者的命运，不然的话，一般的东西也不会让他们出现在密地并为之竞逐、争夺。

王煊找准机会，朝银熊的巢穴冲了过去，他已经闻到那簇银白色药草的清香了。

在药香中，还有种惑人的特殊芬芳，这一点与血葡萄相似，让人忍不住想接近并将其吞食。

王煊刹那间明悟，这里毗邻逝地，八大超凡生物的祖上多半是走真体路的生灵，实现了妖魔化，所以，它们居所附近的药草多为妖魔果实。

咚！

突然，一块数十斤重的石头从天而降，险些砸中王煊，落在地面，砸出一个大坑。接着，不断有石块砸落，闹出了巨大的动静。

王煊霍地转身，看到远方的山峰上几道身影一闪而没，迅速消失了。

这是想……借熊杀人！

王煊怒火中烧，居然有人坏他的机缘。他眼看就要成功了，那些人却震动这片山林，为银熊通风报信。

尽管距离药草不远了，但他还是毅然转身离去，朝迷雾地带冲了过去。

挡他采药，阻他晋阶，这好比生死大仇，王煊怒气冲天，恨不得立刻去追击那几人。

他自然看清了，那几道身影是那几个外星大宗师。

他们还没有离去，这是盯上了他，非要除掉他不可，那就没什么好说的了，一会儿他必须反击。

密林深处，暴烈的戾气冲起，恐怖的能量激荡，顿时让许多大树炸开了。那头圆滚滚的银熊居然冲上了高空，簌簌抖动间，它原本肥胖的躯体变瘦了。

银熊居然有一对毛茸茸的巨翼，平日不用，折叠在身上，显得很臃肿。现在展开双翼后，银光大盛，它像是一道雪亮的闪电划过密林上空，俯视着自己的巢穴。

王煊头皮发麻。这个跑得最慢的怪物现在快成一道闪电了，比那只金色怪鸟还要迅猛，谁挡得住？

还好，他刚才很果断，掉头就跑了，没有硬着头皮去采药，不然的话，现在肯定成为银熊的食物了！

银熊沿着王煊的足迹一路追了过来，感知无比敏锐。

险之又险，王煊没入迷雾间，银熊没能追上他，只看到了他模糊的背影。

轰隆！

银熊吐出一道闪电，在绝地外炸出一个巨坑。巨坑里面黑洞洞的，很深，即便扔进去几个巨型怪物都填不满，坑的边沿焦黑一片。

王煊被惊得不轻，果然最低调的才是最厉害的，那头银熊看着圆滚滚的，没想到这么恐怖。

王煊认为，两条蚕蛇加在一块儿都不是这头会喷吐闪电的银熊的对手。不过他还是觉得，如果没有那几人搞破坏，他采摘到奇药后，即便被银熊追击，也能顺利逃到这里。

王煊十分恼火，这确实浪费了他一次绝佳的机会。

他等了很久，才谨慎地离开迷雾边缘区域，以强大的精神领域探索，确定已经没有危险，这才进入山林中。

没法儿薅"熊毛"了，这个会飞又能降下闪电的暴脾气怪物实在太危险，他得换个超凡巢穴了。

"我和银熊无冤无仇，就不惦记它的超凡药草了。冤有头，债有主，我去找山龟报仇！"王煊宽慰自己。

在此之前，他想先将几个外星人解决掉，不然他们若半路再阻击他，那问题就太严重了。

王煊在山林中坐了很长时间，琢磨着这几个外星人是怎么来的，飞船在哪里，是否还有同伙等。

他们只是为采摘妖魔果实而来吗？王煊认为不太可能。这群人如此年轻，就已经是大宗师，说明他们背后的星球底蕴惊人，不会比密地差，而且，超凡文明体系成熟，不至于缺少药草。

他们所为何来？不惜跨越浩瀚的星空前来，必然有让他们非常动心的东西，不如我替他们接收好了！

在王煊思忖时，那几人主动现身，摸索到了这片密林中。

"找到了！"五人无声无息地围了过来，终于锁定了目标，下定决心除掉这个"土人"。

王煊形成精神领域后，感知超级敏锐，他扫视四方，脸上顿时露出了冷意。他还没去找这些人算账呢，他们反倒提前出现，想要来围攻他。

王煊站起身来，看向围拢过来的五人，镇定而从容，这倒省却他去找人的麻烦了。

"说不定这个土人的祖先还是我们欧拉星人，最终留在这颗星球没能走成。"

"连件衣服都不穿，真是回归到了茹毛饮血的原始状态。"

他们没什么好言语，非常仇视王煊。

"你们这些人来自哪里？"王煊问道。可惜，对面虽有精神力强大的人，但没有形成领域，无法明白他的意思。

王煊无奈，最后只能指向他们，用他们的语言说道："土人！"

当然，即便他以精神领域捕捉思维，也只能和他们的语言对应上个别词而已。

几人顿时气炸了，他们眼中未开化的野人，居然反过来称呼他们为土人。

一刹那，双方就交手了！

王煊在大宗师中期，而对面有处于大宗师后期的人，但王煊一点儿也不怵，早先他就战胜过他们当中的人，突破后还有什么可担心的？

他有意试试自己金身术的强度，所以一上来就横冲直撞。认准一个目标后，他像是一发炮弹，以整个身体砸了过去。

那个人疾速倒退，张嘴就喷出一道光焰。

结果，王煊的胸口微震，一道雷光绽放，击散光焰，并轰在那个人的身上，让他半边身子都麻了。

轰的一声，王煊去势不减，整个躯体作为武器，撞在那个身子发麻的男子身上。

这个男子感觉像被疾速奔跑而来的莽牛撞在身上，剧痛无比，当场就横飞了出去。

王煊速度极快，竟再次追上，一巴掌就拍了过去，解决了一位对手。

他对自己现在的战力很满意！

剩下的四人震惊了，这才一交手，他们当中的一位大宗师就被灭了？！

"冲！"

他们怒喝一声。他们都已经知道王煊金身术大成了，不敢硬碰硬，于是全都动用到了大宗师领域才能释放的光焰、雷霆等。

但是他们发现，即便雷霆将王煊轰得踉跄，也奈何不了他，他的身体金光闪烁，硬生生地扛住了。

他们会这些秘法，王煊也会，而且无论是雷霆还是光焰，他都能释放。

正常来说，在大宗师领域，一个人只能掌握一种特殊的能力。

轰！

王煊五脏发光，一道闪电劈了出去，将其中一人劈得横飞而起。

那个人胸口焦黑，不断痉挛，差点儿直接失去战力。王煊向前猛冲，想给他补一巴掌，结束他的性命。

五人中那个唯一的女子尖叫，对王煊进行精神冲击，她的精神能量不弱，但这根本奈何不了王煊。

同时，这个女子心口雷霆迸发，不断向前砸落。

王煊冷笑，盯上了她，直接扑了过去。

女子催动雷霆，不断挥动掌印，向王煊击去。

在近身搏斗中，她怎么可能是金身术大成的人的对手？

她也明白自己已经陷入危局，于是一咬牙，靠近王煊，准备来个鱼死网破，发出最强一记雷霆，希冀打败这个对手。

可惜，她失算了，在她靠近对手的刹那，王煊用双臂锁住了她，以蛮力将她抱住。

在这种情况下，她的身体都动弹不得，怎么能发出雷霆？

很快，女子当场殒命。

嗡！

突然，气流被剖开，一道寒光斩了过来，以王煊现在的反应速度以及强大的身体素质，居然都没能躲避开，他的肩膀受伤了。

这让王煊很吃惊，金身术都没能扛住那道寒光？

后方，那个名为卓扬的人瞳孔收缩。必杀一击都没能灭掉对方，这让他汗毛倒竖，预感自己今天危矣。

卓扬手中持着一柄短刀，寒光正是从刀体里迸发出来的。他再次催动短刀，短刀上浮现神秘的纹路，再次飞出去一道光，斩向王煊。

这次王煊准备充足，及时躲开了。那道寒光一路斩过去，放倒了二三十棵参天古树，可见其威力之大。

卓扬面色发白，他知道完了，自己今天必定凶多吉少。

短刀是他的长辈亲手祭炼的，上面刻有特殊的符文，属于近乎超凡的器物。

卓扬催发出第三道寒光后，丢掉短刀转身就逃，因为这柄短刀只能发出三记接近超凡的刀光。

当！

这一次，王煊准备得更充分，他五脏共振，全力以赴，粗大的雷霆轰出，击在刀光上。

不得不说，这刀光很强，居然没有被彻底击溃，依旧向王煊飞来。

王煊施展张仙人的体术，手掌发光，秘力流转，轰在那道已经暗淡的刀光上，将它打灭了。

他有意为之，就是想掂量这种刀光的强度，做到心里有数。

轰！

王煊五脏发光，闪电将起步较慢的两人击中了。其中一人早先就被劈过，身体还是麻痹的呢，现在直接倒在了地上。另一人被王煊追上，补了一掌，横飞出去。

关键时刻，王煊手下留情了，他决定留下两人，说不定还有用处。随后，他开始全力追击那个名为卓扬的男子。

不久后，林中发生激战，这个大有来头的卓姓年轻强者被王煊斩灭了。

王煊回来打扫战场，找了件最干净的战衣穿在了身上。各种瓶瓶罐罐以及兵器等全部被他缴获，收进福地碎片中。

那个卓扬身上有块金属牌子，很是特殊，上面刻满了纹路。

王煊审问两名俘虏，其中一个男子就是那个曾经跳河逃走的对手，现在他的双手还有伤呢。

结果王煊发现完全没法儿跟他们沟通，他能捕捉两人的思维，但对方没有精神领域，无法领会他的意思。

到了最后，他也只是大致知道，来的不止这一批人，他们在密地竞逐，胜出者将得到大造化。

王煊觉得实在没法儿和他们交流，毕竟，他不能搜索其意识。最后，他一气之下堵住两人的嘴，提着他们接近超凡巢穴。

王煊远远地观察山龟，耐心等待，直到它离巢去进食。他看向两人，道：

"你们也休息得差不多了，能够逃跑了吧？一会儿我给你们机会。"

王煊只给他们留下内衣，跟他早先似的，两人都赤裸着上半身。

他绑着两人，将他们提到山龟的超凡巢穴外，快速从那棵如黄铜铸造的小树上采摘下来四颗发黄的果实。

"山龟，你想吃我，我不和你计较，我只吃你几颗果实。"

王煊发现小树上有三根果柄，说明早有三颗果实成熟了，已经被山龟自己吃了。

"好了，咱们三个各自逃命，有缘再见！"

王煊放开两人，然后，他先跑了。

王煊一头向迷雾区扎去，一路狂逃，因为那只山龟的速度真不慢，万一被它察觉，还是有危险的。

事实上，还真的出意外了，山龟进食了一会儿就回来了，吼声震天，它在后面发狂追击几人。

结果，那头银熊被惊动了，飞上了高空。它不仅看到了王煊，也看到了赤裸着上半身、分头奔跑的两人。它记得早先去自己巢穴的就是个光着脊背的人，所以直接朝一人扑了过去。

王煊回头看了一眼，默默思量，若没有那两人吸引火力，意外出现的银熊应该也追不上自己，但确实有一定的风险。至于山龟，早就被他甩得没影了。

王煊没入迷雾区中，开始大口吞食妖魔果实。妖魔果实酸酸甜甜的，汁水很多，口感相当不错，他满嘴都是浓郁的果香。

他的身体慢慢滚烫起来，发出淡淡的光芒。而当他真正踏入寸草不生的绝地时，身体宛若要被撕裂了，当初的各种恐怖体验又出现了。而且，这次的感受更为强烈。

王煊忍着痛苦，无所畏惧，一路向蓝莹莹的小湖冲去。

一切都如早先经历的那样，高台出现了……直到碧水的尽头，金光点点，竹船就要从迷雾中出现了。

王煊露出笑容，又要见面了，这意味着他的实力又要大幅度提升了。

"奇怪，又有人成功闯进来了。这颗生命星球果然不凡，沉寂数百年后，居然接连出现非凡生灵，踏足逝地秘路。"

摆渡人刚才在沉眠，被惊醒后颇有感触。不知道这次的生灵是否也很另类，上一个居然敢招惹红衣女妖仙，着实让他印象深刻。

第 156 章
万古夜未央

依旧是一轮明月高挂，逝地自古至今似乎始终不变，夜色深沉，从未见太阳升起。或许，当太阳浮现的刹那，这片逝地也就永远地消散了。

碧水平静，竹船化成一道金色的光，破开水面，穿过水雾，向岸边疾速而来。

摆渡人站在船头，仰望夜空，长叹道："万古夜未央，明月长悬空，一个时代又一个时代逝去，人间朝代多更迭，列仙出现了又消亡，不变的只有你啊！"

他心有感慨，仰望天际，漫漫长夜，不知何时是尽头，只有那一轮明月照古今，从未变过。

"一茬儿又一茬儿的天才，来了又去，不知如今都怎样了，是否还能共赏这轮明月。"摆渡人道。

他守在这里，送走了一批又一批人，他们大多为神采奕奕的新生代超凡者。

无论是走真体路，化成金翅大鹏、人魔、千臂真神等妖魔的生灵，还是保持本体不变，最终走上神化路的生灵，他都再也没有见过了。

摆渡人遥望天穹，即便有人最后到达巅峰，也不过是这万古长夜中，天外一团飘摇的烛火罢了。

无论是谁，想干预现世都难啊！

"所以，有人后悔了，也有人还在继续摸索前路。"摆渡人叹息。

"一个时代的浪花终会拍落在世界的汪洋中，消散干净。"摆渡人站在船头望向岸边，轻叹，"又有新人来了，让我看一看是怎样的一个人。他不会知道，曾有一代又一代奇才来过这里，但他们都只是过客。我送走了那么多人，就没有一个还能再回来的……"

突然，他觉得有点儿不对劲。岸边那个人正在仰望天上的那轮明月，悠然出神，没有新人的局促与不安，甚至比他还从容、镇静。

摆渡人虽然没有动用天目通，而且与岸边相隔无尽远，但还是第一时间认出了那道身影。

"怎么是他，他又出现了?!"摆渡人愕然，刚才他还在感慨，送走的那些人都回不来了，结果马上就见到一个熟人！

然后，摆渡人就看到那个人转过脸，对他露出灿烂的笑，并且熟络地跟他打招呼，丝毫不见外。

"有点儿慢啊，我等你好久了。"不等摆渡人说什么，王煊就一跃而起，直接上船了。

王煊坐在船中，道："美丽的逝景，尘世间有几人可欣赏？此时此地，如有一壶仙酿，把酒望月，渡海临仙，那就当真更有意境了！"

摆渡人看了他好半天，这年轻人……真的又来了！这是被哪个大妖魔夺舍了吗？

摆渡人确实有些出神，这个年轻男子还是个凡人，不算真正的修行者，居然又进来了！这算是说到做到了？

"前辈，你平日一个人在这里都是怎么过的？不偶尔小酌一杯？"王煊开口问道。

摆渡人看着他，没有说话。

王煊实话实说，道："我实力弱，怕不久后真的被红衣女妖仙找到，凶多吉少，如果这里有什么仙家药酒……"

王煊很诚实，心里确实就是这么想的。眼前这人应该是羽化级强者，他身上的任何丹药都能彻底改变一个人的命运！

面对红衣女妖仙这样一个在列仙中都是神话传说般的存在，别说王煊，恐怕连摆渡人都有莫大的心理压力。

摆渡人摇头，道："我只是残余的超凡力量，哪里还有什么血肉与其他物质？没有谁能在世间长久地留存。不过，你真是让我意外，不到一天的时间，居然就又回来了。"摆渡人上下打量着王煊，恨不得违约，用天目将他看个透彻。

"以后我会常来的！"王煊说道。

你是认真的吗？摆渡人瞥了他一眼。

竹船起航，渡海而行。王煊知道，他们其实就是在蓝色的小湖上航行，并没有什么海。

"前辈，你在红尘中有没有未了的心愿？我去帮你完成。"王煊开口道。他觉得摆渡人今晚有些沉默，似乎心事重重。

"没有，连我自身都腐朽、消散了，遑论红尘中经历的那些人与事。你看到的我，真的只是残余的部分神秘力量，就别想和我交换什么了，我帮不了你。"摆渡人摇头道。

"那你有什么列仙秘籍要传承下去的吗？这样的经文损失一篇都是人间的不幸，我可以帮你将它重新带到人间！"王煊说道。上次进来时，他没想那么多，现在熟门熟路了，他立刻意识到摆渡人应该是列仙中的一员，有珍贵的宝藏。

摆渡人被逗乐了，他第一次遇到这样的人，不仅白拿了白虎妖仙的一堆东西，还敢和红衣女妖仙针锋相对，扬言在人间等她到来，而现在这个年轻人连他这个摆渡人都惦记上了。

关键是，这个年轻人还一脸严肃之色，无比认真，这是内心极度强大的体现吗？

摆渡人道："这些你就不要多想了，我是守约者，必须遵守规则，不得干预踏入秘路的生灵的任何修行进程。"

随后，他笑着问王煊要不要与列仙做交易，接近大幕。

王煊摇头，道："算了，我也没什么东西可与他们交换了。另外，还是低调点儿吧，不能让他们知道我这是第二次进来。"

王煊想了想，向眼前的守约者请教道："红衣女妖仙大概率会凭借怎样的手段进入人间？我想有针对性地做好准备。"

"说不好。无论她怎样前往人间，都要付出不小的代价。她不敢全身进入人间，因为进入人间的个体实力应该不会很强，不然承受不起旧约的反制。"摆渡人道。

王煊思忖了一会儿，道："那我要是将她拿下，强留在人间，能不能以此制约大幕后的她？"

摆渡人看着他，不禁暗叹，心有多大的人才敢这么想？

"你是认真的？"摆渡人道。

王煊点头，道："人要有梦想，万一实现了呢？"

王煊决定最近尽可能地提升实力，万一红衣女妖仙在人间实力不强，那么到时候自己就给她一个大大的"惊喜"！

竹船渡海而行，摆渡人没有与大幕后的人联系，却在水面上发现异常，连王煊也见到了。

"漂流瓶，逝地还有这种东西？"王煊讶然。前方有一个银灿灿的小瓶子，顺着水面漂向竹船。

摆渡人点头："嗯，是从大幕后抛出来的。"

银瓶刚被开启，就立刻有一道流光冲出，摆渡人捕捉到流光，得悉了其中的内容。

"有人想付出高昂的代价，阻击红衣女妖仙，现在正在寻找合作者！"摆渡人直接说出了瓶中的信息。并且，这个漂流瓶不只出现在这里，在其他各大逝地也都出现了。

"好消息！"王煊满心喜悦。

"你要与那个人联系并与之合作吗？"摆渡人问道。

"不了，我看他们争斗，我就不参与了。"王煊一口拒绝，并补充道，"谁知道是不是红衣女妖仙自导自演，等着我自动送上门呢。"

摆渡人一愣，这个时代的年轻人都这么不好糊弄了吗？不愧是向一群老怪物学习过的人啊！

王煊站起身来，他觉得身体发痒，体内的活性在增强，体质在提升。于是，他开始演练金身术，期待着变强。

　　"前辈，天上的这轮明月上有什么？你上去过吗？"王煊一边舒展身体，一边与摆渡人聊天。

　　他想到了旧土的月亮以及围绕着新星转动的新月，它们上面都有大坑，一个与黑科技有关，一个与列仙有关。不知道逝地中的明月上是否也有什么古怪。

　　"没有去过，规则不允许我接近那里。"摆渡人回答道。

　　"咦，还真有些可疑。前辈你看，那圆月像不像是一道月亮门？它通向哪里？"王煊道。

　　"你脸上脱皮了！"摆渡人打断了王煊，指着他的脸。

　　王煊不在意，道："没事，正常的脱皮而已，我都习惯了。下次我再进来时，你也会习惯的。"

　　摆渡人顿时无语，很想说，你还能进来？可是，上次他也是这么认为的，结果对方偏偏就再次出现了。

　　王煊觉得有点儿遗憾，他脱了一层皮，也只是提升到大宗师后期，并没有触及超凡。

　　摆渡人看不惯他了，这人一天内连着走了两次逝地秘路，从凡人的宗师层次提升到大宗师后期，还不满足吗？

　　"这是因为妖魔果实的大部分药性被你排出体外了，人要学会知足！"摆渡人对王煊道。

　　王煊叹息，道："还能怎样？那我只能下次再来了。"

　　摆渡人不想说话了，最后才警告他，不要真的将这里当成善地，稍有不慎的话，多半会出事。

　　摆渡人直接将王煊赶下船，短期内不想再看到他了。

　　王煊处理掉脱下的皮，在路上开始演练张仙人的体术。张仙人体术的第四式，王煊不再是勉强能施展，而是彻底贯通了！

　　他可以一气呵成地施展前四式了，这是他最强攻击力的体现。此外，他的金身术练到第七层后期了，防御力再次提升。

这门体术没有几人会去练，不说前六层，在正常情况下，单是第七层想要练成就需要六十四年。

而且，除了超凡星域的人可以借助药草等练这门体术，寻常人一般看不到希望。

而王煊走了两次逝地秘路，就快将这门体术的第七层彻底练成了，这消息若是传出去的话，必然要让人目瞪口呆。

王煊来到绝地外已是后半夜，漫天星斗闪烁，远方传来各种怪物的嚎叫声，非常瘆人。

王煊在逝地边缘倒地睡了一宿，第二天清晨起来，察觉到周围的动静后，他有些无奈了。

他连着对蚕蛇、银熊、山龟三个超凡怪物的奇药下手，引起了这片区域所有生物的警觉，数日内他多半难以进入它们的巢穴了。

一大清早，王煊就看到黄铜色泽的山龟在巡视，它在山崖上、树冠间轻灵地奔行，像是凌波微步，或者说在练"灵龟微步"。

它身轻如燕，都快飞起来了，满山林地寻找，这显然是记仇了，想将王煊给翻出来。

山龟确信那家伙没死，就躲在绝地附近，因为它亲眼看到过他出入那里，并无大碍。

王煊无奈，只好在迷雾边缘绕了一大圈，避开了山龟，从其他方向逃离了逝地区域。

接下来几日，他不打算过来了。他估摸着，但凡人形生物靠近这里都要倒霉。

"不知道赵清菡他们怎样了。"王煊不放心，已经过去了一天一夜，他虽然引开了大敌，并最终解决了那些外星大宗师，可是，后来他得悉，不止这一批人来到了此地。

虽然王煊有些担心，但是他认为有"马大宗师"跟在身边，赵清菡不至于有生命危险，只是怕出意外。

王煊沿原路追了下去。途中，他露出凝重之色——果然又遇到了一批年轻的强者，他们全都是大宗师领域的人。

他听着那些人的谈话，以精神领域捕捉，终于得到了一些非常有价值的信息。

深空中，有三颗超凡星球彼此间有联系，这次共有十二个组织同时来到密地竞逐。因为，密地有神圣之物，那是列仙留下的机缘，值得后人争夺。

外围区域进行的是非超凡之战，最终胜出者将获得列仙遗留下的宝物，对于还未达到超凡的人来说，这宝物可以改命！

对此，王煊有些心动，但他决定先不管这些了，先去找赵清菡。

第-157-章
重逢

清晨，王煊迎着朝霞上路，准备去寻找新星的那些故人。他想到了吴茵，她自从被怪物抓走后，再无音信。

我离超凡也不是很远了，我会去那座大峡谷的。王煊心中暗道。

在这个早上，也有人进入了密地较深处，远离外围区域。

"老钟，没想到你对后人很照顾。"宋家老头看了一眼不远处。

此时，钟晴与钟诚姐弟二人正在烤肉，尽管这是超凡生物，但他们两个表情依旧是木然的。

钟庸叹道："儿子、女儿是指望不上了，只能从第四代以后培养了。"

宋家老头鄙夷道："你这贪生怕死的老家伙，志在五色金丹。我认为，这两个小家伙如果不踏入超凡领域，也要被你熬死。"

钟庸道："小宋，接下来他们两个就交给你了。你带着他们进入地仙废城，就暂时不要出来了。"

他们无论如何也没有想到，密地如此神秘，会有超凡星球的人来这里竞逐，而且竟被他们赶上了。

一只白孔雀对他们说过，走到超凡这一步不易，如果不愿参与超凡之战，待在地仙废城便可以，在那里不会受到攻击。

新星的人来密地探索很多年了，可是从来都不知道，这里还有座古代地仙们居住的残城。

宋家老头劝道："老钟，你悠着点儿，都一百多岁的人了，还有什么不满足的？非要去参与超凡之战，你这人有时候让人看不懂啊！"

当时，钟庸做出决定后，震惊了宋家老头。

在他的印象里，钟家老头趋吉避凶，一切都是为了活得更长久，今朝却气魄惊人，竟要去参加超凡之战！

"再不疯狂一次，我就真的要老了！"钟庸望着天际尽头说道。

宋家老头看着他那张四五十岁的中年人面孔，很想说一句，你扛着救生舱逃跑那次距离现在还没多久，刚续命成功，就又喊老了？

"老钟，你要是再不老，你们家的人都要疯了！"宋家老头叹道。

钟庸摇头，道："我说的老，是修行关卡上的老。若再没有出路，再无法快速、大幅度提升的话，我这辈子的路就要到尽头了。"

宋家老头道："你也没有必要去参加超凡之战啊，太危险了，从那三颗超凡星球走出来的人一看就不好惹。"

"我也不是好惹的，我练的功法比他们好，一百多年的底子比他们深。我不去争前十，我只要最末位第二十的奖励。"钟庸说道，很有自信，对自己也有清晰的定位。他最遗憾的是，新星没有超凡物质，导致他错过了太多。

宋家老头无言以对，真要说起来，虽然新星不是超凡星球，但钟庸老头子收集到了最惊人的一批经文。

从本土教祖庭的秘篇，到传说中的五色玉书，再到陈抟的金丹大道，钟家全都收藏了。

"我好像看到了一个熟人。小宋，你带两个孩子去前方的地仙废城，我去看看！"钟庸说完就追了过去。

陈永杰一溜烟儿就没影了，他没有想到会在密地深处看到钟庸。

到了现在，陈永杰已经相信那个传说了：老钟苦修了一百多年，是旧术领域的绝顶人物！

"小陈，我看到你了，我早就知道你还活着，想不到我们在这里重逢了。不要跑，咱们两个组队，一起合作，获取超凡大机缘！"钟庸迈开一双大长腿，嗖嗖地追了过去。

陈永杰腹诽，在这个时代，新星与旧土也就这个老妖怪敢叫他小陈！

密地深处有地仙废城，可以庇护退出超凡之战的人，任何人不得在残城中动干戈，以确保城中的人都无恙。

然而，在外围区域就没有这种保护措施了。

没有踏进超凡领域的人不受庇护，似乎无论在密地还是在三颗超凡星球，都比较认可这一点。

王煊一路疾速奔行，沿途数次遇上来自三颗超凡星球的人，他都没有理会，从林中一冲而过。

"欧拉星的这个人很厉害！"有人远远地看到了王煊，颇为忌惮，没有动手。

王煊现在头戴精巧的镂空护具，身穿金属光泽的战衣，被误认为是欧拉星四大组织之一的年轻强者。

王煊找了很久都没有见到新星的人，沿途只看到一些血迹，他的心沉了下去。

欧拉、羽化、河洛三颗超凡星球的人相继出现数批了。最后将有十二个组织，一百二十位年轻强者，出没于密地外围区域，那将是最危险的时刻。

不过，欧拉星的组织已经被王煊提前干掉了一个。

密地外围与深处区域是按照能量的浓郁程度划分的，尽管外围的能量相对稀薄，但依旧有很可怕的怪物。

一天一夜的时间过去，很难说会发生什么。

"马大宗师"很谨慎，大半时间都是四蹄落地无声，这也意味着很难找到它。

没有蹄印，没有清晰的线索。

王煊发力狂奔时，一步迈出去就是一二十米远，将地面都踩得裂开，足迹非常明显。

下午，王煊终于发现了"马大宗师"的蹄印，地面破碎，蹄印四周的裂缝密密麻麻的。

王煊脸色微变，这证明"马大宗师"遇险了，所以发力狂奔，这可不是好消息。

这一次，王煊一路追踪，偶尔马蹄印会消失，证明"马大宗师"确实通灵了，跑上一段路就会敛去自己的痕迹。

在太阳落山前，王煊远远地看到了密林中的"马大宗师"。他的心顿时一沉：白马驹身上有些伤口，尤其是屁股像挨过一箭。

赵清菡不在它的身边，这是出事了吗?!

"马大宗师"的鼻子正喷出白光，嘴里愤愤地啃着鲜草，似乎憋了一肚子火。

王煊快速接近，"马大宗师"身为异兽，感知极其敏锐，隔着很远，便突兀地抬起马头向这边望来。

与此同时，王煊隔着密林以精神领域感知，察觉到赵清菡也在那片区域，不禁松了一口气。

当王煊来到近前时，"马大宗师"昂头，睨视了他一眼，而后示意他看不远处的赵清菡，那意思像是在表功。然后，它就将大脑袋凑了过来，似乎在讨要什么。

王煊直接将它硕大的头扒拉到一边，向前走去，脚下发出声音。

赵清菡采集了一些药草，正在石头上捣碎，准备为"马大宗师"敷上，现在突然听到脚步声，她很警觉，立马手持合金匕首躲在一棵大树后。

"王煊!"看清来人，赵清菡漂亮的眼睛顿时露出灿烂的光芒。这一天一夜经历了很多凶险，再次看到熟悉的人，她心中满是喜悦。

她在新星何曾经历过这些？她一向从容与平静，笑起来时又很灿烂明媚，很少会露出真实的心理波动。

在这片密地中，到处都是怪物，还有来自外星人的追击，此时此刻她没有掩饰自己的情绪。

"你没有受伤吧？"王煊问她。

"我没有，可一位探险队员殒命了，白马驹也受了箭伤。"赵清菡轻叹。

外星的一名神射手很可怕，"马大宗师"驮着她和另一名负伤的女探险队员，几乎都脱离那个人的视线了，彼此相距那么远，可他的箭射来，还是伤到了"马大宗师"，并且，那名女探险队员也被射落了。

如果不是距离实在太远，她与"马大宗师"也会被射杀。

赵清菡不是一个柔弱的女子，她短暂地为那名女探险队员伤感了一下，很快就恢复了过来。

"你怎么穿上了外星人的衣服？没有受伤吧？"赵清菡上前，上下打量着王煊。

"我看到了超凡怪物，还好有惊无险，从超凡巢穴附近逃生了。"王煊道。

正在这时，"马大宗师"探过头来，神色不善地盯着王煊，像是有话要说。王煊将马头扒拉到一边去，继续和赵清菡说话。

"马大宗师"顿时怒了，执着地将头挤到两人中间，横在那里，盯着王煊。

赵清菡顿时笑了，道："它惦记着你承诺它的虫子呢。"

她的防护服都被荆棘划破了，发丝间还带着几片叶子，在这种狼狈逃亡的处境下，她的姿容依旧过人。

在破碎的防护服的衬托下，她有一种另类的美。

"马大宗师"点头，那意思是，快兑现承诺。

"虫子被我用了……"王煊还没说完，"马大宗师"就要和他练弹腿！

王煊赶紧将它推开，道："别急，我有好东西给你。"

说罢，他取出四颗黄澄澄的果核，向"马大宗师"嘴里塞去。

"知道这是什么吗？这是妖魔果实，我特意给你留下的果核。"王煊道。

"马大宗师"瞪大了眼睛，而后暴怒，果肉呢？你吃了果肉，特意给本马留下果核？真是欺马太甚！

它眼中冒火，张嘴就朝王煊的手指头咬去，太欺负马了！

王煊赶紧躲开了。

不得不说，"马大宗师"好像真要成精了，它示意赵清菡上马，想驮着她跑掉，不让她留在王煊身边。

赵清菡顿时笑了，赶忙安抚"马大宗师"，并给它的伤口敷药。

她虽然经历了多次危险，但现在笑起来依旧有种青春、灿烂、甜美的感觉，美丽的面孔上满是阳光的气息。

"你这马还真成精了，居然想将人拐跑？"王煊给了"马大宗师"一巴掌，道，"这是妖魔果实，果肉我敢吃吗？我冒着生命危险为你捡来果核，当中的果仁蕴含着部分超凡属性的能量。你不要是吧，那我送给其他野兽吃去。"

咔嚓！

"马大宗师"一口就咬碎了一颗果核，快速咀嚼，而后瞪圆了眼睛——它又倒在了"真香定律"之下。

下一刻，它一口将其余的三颗果核都咬碎，跑到一边去吞食了。

不得不说，妖魔果实对拥有超凡血脉的兽类有惊人的作用。这个夜晚，"马大宗师"躁动不已，浑身发光，力量不断增长。

王煊与赵清菡摘了一些浆果，在篝火边上烤了一些野味，边吃边聊。

王煊决定，明天一早带着赵清菡远离这片区域，将战场交给那三颗超凡星球的人，他就不参与了。但是，最后关头他会回来收"利息"！因为，这些人追击赵清菡，射伤"马大宗师"，还除掉了一些探险队员。

非超凡之战所争夺的列仙遗留下的宝物，也就是所谓能够改变命运的奇物，王煊没打算将它们让给三颗超凡星球的人。

吃过东西后，两人相距不过半米，并肩躺在草地上，看着繁星点点的夜空。而"马大宗师"在一旁居然像个灯泡一样在发光，它在缓慢地蜕变。

"异域的那些人很厉害，任何一个都能威胁到白马驹，说明他们都是大宗师……"赵清菡很清醒，那么多年轻的大宗师，让她十分担心，怕再也回不到新星了。

王煊道："不用担心，要不了多久，我们肯定能活着离开密地，平安回到新星。"

赵清菡侧过身体，看着王煊的面庞，发现他仰望星空的眼睛璀璨有神，充满自信，顿时心安了不少。

清晨，红日初升，林地中飘漾的能量被照耀得色彩斑斓，煞是美丽。

王煊倏地起身，发现有人在接近此地。对方应该在很远的地方就发现了醒目的"马大宗师"，现在合围了过来。

"马大宗师"也有所察觉，鼻子喷出白光，焦躁不安。

此时，赵清菡醒了，她慢慢坐起，整理了一下衣服，而后马上就看到了逼近的外星人。

四个方向各有一人，其中就包括那名神射手，他手持大弓，已经搭上铁箭！

赵清菡很紧张，但最后又慢慢放松了下来，站在王煊的身边，道："我们终究还是没能逃脱。"

王煊没有说话，将她拉到身后，独自面对那个手持大弓的男子，也就这个人需要注意一下，要避免他突然开弓。

"你又一次在危及性命的时刻来到我的身边，挡在我的身前。"赵清菡低语道。她平日聪敏、冷静，很少有这样感性的时候。

她发出一声叹息，在后面轻轻抱了抱王煊，而后松开，道："谢谢你。"

随后，她想走出来，与王煊并肩站在一起。如果结局注定残酷，那也没什么好躲藏的。

"你不要动。"王煊阻止了她。

对于其他人，王煊并不在意，他只盯着持弓的男子！

第 158 章
实力全面暴露

清晨，各种能量因子活性十足，混着草木的清新味道，在阳光下显露出来，五光十色。

新的一天才刚刚开始，平和的氛围就被几位不速之客打破了。

王煊与四大高手对峙，寂静无声，朝霞洒落在他的身上，让他挺拔的身体都染上了一层淡金色的光芒。

"你是欧拉星人？"对面一人冷冷地问道。他的语言拗口，很难模仿，与欧拉星的语种不一样。

王煊通过精神领域明白了对方的意思，这是河洛星的人，属于另一批进入密地的年轻大宗师，实力极强。

"欧拉！"王煊大声回应，只说了超凡星球的关键词，对面的人应该能听懂。

"让你身后的女人过来，留下那匹坐骑，你可以离开。"那个手持褐色大弓的男子说道。

他身穿以某种合金铸成的青色甲胄，连脸都被青色合金护罩遮住了部分，整个人有种冰冷的感觉。

四人都穿着相似的合金防护服，略显阴沉，以持弓男子为首，他实力最强。

王煊的目光扫过他们，表示听不懂，但心中怒气在升腾。这个男子还想打赵清菡的主意？

来到这片密地后，这些彼此竞逐的队伍开始自我"放飞"，有些人渐渐开始凭着心性行事。

四人中有一名女子对持弓男子的这种要求有些不满，冷哼了一声，但是没有阻止。

"叽里……欧拉！"王煊开口，表现出一副不解的样子。

他想让持弓的男子放松警惕，最好给他打手势，手指离开弓弦，那样的话，他就会发动雷霆一击！

在这样一段距离内，无论是赵清菡还是"马大宗师"，都处在这个神射手的严重威胁下。

身穿青色合金甲胄的神射手确实很强，感知敏锐，而他之所以没有第一时间出手，就是因为前方的男子让他有些不安，内心竟有些悸动。

他出言索要赵清菡与白马驹，其实也是一种威胁，暗示对方自己可以快速地射杀那一人一马。同时，他也是在试探，想看一看这个欧拉星人是否会迟疑。

另一个方位的年轻男子开口，替持弓的男子打手势，指向赵清菡，勾了勾手，并发出笑声。

赵清菡的脸色变了，平日她一向冷静，从容应对各种事，但这里是密地，遇上了外星的大宗师，她所有的手段都失效了。

"我背着你突围，抱紧！"王煊低声说道，并快速将自己头上的护具戴在了她的头上。

王煊发现那个持弓的男子很谨慎，手不离弓弦，始终在戒备他，他明显遇上了一个难缠的人物。

王煊不想等下去了，出手就是了！

赵清菡虽然看不到希望，但是依旧快速照做，没有任何的拖泥带水。她伏在王煊的背上，搂住他的脖子。

"负隅顽抗？"另一个方向有人懒洋洋地说道。

那名神射手却更加郑重了，提醒道："欧拉星的这个人不对劲！"

其他三人都一愣，他们深知这位领队实力惊人，尤其是精神力强大，感知最为敏锐。

三人对领队很信任，立刻严阵以待，向前逼去，准备围攻。

"你自己小心！"王煊提醒"马大宗师"，而后慢慢踱步，向神射手走去。

来自河洛星的男子身上的合金甲胄发出青光，他拉满长弓，此时那支铁箭都有了青色的光芒。

"冲！"

另外三人与这名男子一起动手，或引发雷霆，或挥动长矛，全都对着王煊的要害而去。

关键时刻，"马大宗师"炮蹶子，拦住了一人。

咚！

王煊的立身之地炸开，地面崩裂，那是因为他双足发出的力道太猛烈了，踩碎了山地。他像是在瞬移，出现在了二十几米外。

赵清菡伏在王煊的背上，感觉罡风如刀，这种速度实在太快了，她闭上眼睛，安静地等待最后的命运。

一支铁箭贴着王煊的太阳穴飞了过去，箭杆宛若烧红的烙铁，带着惊人的灼热感，并有奇异的能量在撕扯。

这种带着古怪能量的铁箭，即便贴近身体飞过，都能将人重创，具有非常恐怖的杀伤力。

在河洛星时，这名神射手曾经只身面对五位同层次的对手，他与对方拉开距离后，在一刻钟内射杀了五位大宗师，战绩惊人。

铁箭飞了过去，但那奇异的能量没有伤到王煊，因为他的脸颊与太阳穴都有淡金色的光芒闪烁，护住了他。

那支铁箭连着射穿七棵参天大树，在射入第八棵后，整棵树轰然爆裂，庞大的树冠倒了下去，轰隆作响，像地震般。

王煊觉得这种箭难以穿透他的体表，第七层后期的金身术可以阻挡住这种恐怖的箭。

但他没有让人当靶子射的想法，他怕中箭后，那种巨大的冲击力会让他皮肤剧痛，甚至略微失去平衡。

他需要注意的是，不能让箭过于接近赵清菡，那种箭即便擦着她飞过去，都可能会有严重的后果。

"来啊！"

其实，王煊最担心的是神射手突然给"马大宗师"来几箭，他指了指自己，故意挑衅对方。

身穿青色合金甲胄的男子手持大弓，目光冷厉，接连开弓。铁箭如虹，竟像一道又一道流光在密林中穿行而过。

而且，他也在飞快移动，不仅想与王煊保持不变的距离，还在调整方位，让王煊与"马大宗师"处在一条线上。这样他一箭射出去，就能直接威胁到一人一马。

王煊自然不会让对方如愿，不断变换方位，不给他机会。

铁箭很可怕，每一箭飞过去都发出爆鸣声，像一道又一道惊雷在山林中炸开，震耳欲聋。

成片的大树倒下，被射得爆开了！

密林中，一道又一道流光划过，如同闪电般交织，每支箭都很灿烂。

神射手的脸色变了，他早先的预感成真了，对方竟避过了所有箭，感知敏锐得让他都有些脊背发寒。

这意味着什么？意味着对方的精神能量强大得离谱，最起码比他还高一截！

"欧拉星的懦夫，你只会背着那个女人逃吗？来啊，跟我们打一场，我一只手就能打倒你！"后面的人有些焦躁，想刺激王煊，让他停下来。

"别喊了，他听不懂！"另一人说道，在后面追击。

王煊脸色冷淡，不理会后面的追兵。他忽左忽右，变换方位，将自己与神射手的距离拉近到了八十米左右。

对大宗师来说，这是一个非常危险的距离。因为这个级别的人的速度太快了，也许几步就能冲到眼前！

弓弦颤动的声音不绝于耳，一瞬间，神射手一弦搭上了五箭。他张弓的刹那，也在震弓，使之颤动，同时射出五箭，封死了王煊所有的方位！

当初，神射手就是以这种绝学，一人除掉数位大宗师，自己一点儿伤都没有。

王煊的眼神变了，这个神射手果然不简单，若是同层次的其他人绝对早被射杀了！

王煊选了一个方位突围，那支发光的箭带着奇异的能量到了眼前，他眼疾手快，一把攥住了箭杆。

然而，这是神射手的秘箭，箭杆上有符文亮起，刹那间震得王煊五指略微松开，而箭杆光滑如游鱼，穿行而过。

箭射在王煊的胸膛上，他手握箭杆，相当吃惊，暗叹超凡星球的秘法实在不简单，令人防不胜防！

这是真正的必杀之箭！

正常来说，九成九的大宗师都很难逃过这样一弦五秘箭的射击！

"哈哈，中箭了！敬酒不吃吃罚酒，你的女人、你的天马，都不会有什么好下场！"后方有人大笑。

赵清菡睁开了眼睛，看到王煊单手攥着箭的尾部，箭头那一端插在了他的胸膛上！

"王煊！"赵清菡伸出洁白的手，有些发颤，想要去摸王煊中箭的地方。

这时，神射手的反应相当异常，他在快速后退。

这个神射手反应敏锐，感知惊人，他很清楚自己那一箭的威力，即便是顶尖的大宗师中箭，也会被重创。可是对方身上根本没有出现很严重的伤口，尽管对方踉跄着，像是体力不支了，但这瞒不过他。那一箭没有造成致命伤，对方这是想诱杀他。

下一刻，王煊稳住身形，一路狂追了过去。对手很老练，经验丰富，根本没上当。

林地炸开，两大强者风驰电掣，踩过的地带全是大坑，巨大的力量让各种石块都粉碎了。

神射手面色发白，他知道自己遇上了最可怕的克星，对方一定练成了金刚术这样的护体之术，并且达到了凡人的绝顶层次，可挡他的秘箭！

这种人在大宗师领域中已经少有对手，一旦被对方近身，他没什么好下场。

轰隆！

草木皆碎，王煊追上了神射手。

来自河洛星的这位年轻的大宗师的确很强，即便是近战，也异常厉害，但是在与王煊的接连碰撞中，终究还是不敌，他的手臂被王煊发出金光的手掌震得受了伤。

最终，他发出不甘的怒吼声。王煊一掌拍在他的头上，令他当场殒命。

后面的两人刚刚追击到近前，战斗就突兀地结束了。他们的脸色刹那间就变了，严重怀疑对方是故意引诱他们过来的。

两人一言不发，转身就跑。

王煊五脏共鸣，没有任何的保留，动用张仙人的体术，他怕稍有耽搁，另外两个人就会逃掉。

五页金书上记载的体术一旦施展，便是当下王煊最强战力的体现。没有任何意外，一个人被王煊一掌拍倒在了地上。

时间很短暂，他追上了另外一人，短暂的交手过后，这个人也被斩灭了。

赵清菡早已睁开眼睛，感觉有些不真实，王煊连着除掉了三位大宗师？她无法保持平日的从容与镇静了。

王煊往回赶，要去除掉那第四人。

原来的那片山林中，"马大宗师"表现得非常强悍。妖魔果实的果核似乎改造了它的肉身，让它一夜都在发光，现在它的实力比以前提升了一截。它连咬带踢，居然和那名大宗师打得不相上下。

王煊放缓脚步，回头看了一眼背上的赵清菡，道："你知道了我真正的实力，你说，我该怎么办？"

第 159 章

恋人未满

王煊回头，看着背上的赵清菡，由于两人面庞相距很近，他都能闻到她身上淡淡的清香味。

赵清菡看向他，眼睛很亮，呼出的微弱气流都能拂到他的脸上。她没有什么好怕的，就要开口说话。

这时，王煊却把她从背上放了下来，因为"马大宗师"不满了。

"马大宗师"的鼻子都在喷白光，被气了个够呛。没看到它连踢带咬，正在与敌人激烈地厮杀，极力拦阻对方逃走吗？结果那两人却跟没事人似的，在对视！

"马大宗师"叫了起来，发泄严重的不满，差点儿就撂挑子了，干脆放走这个人算了。

王煊快速走了过去，顿时让那位来自河洛星的大宗师汗毛倒竖。

事实上，一看到这个欧拉星的人回来，来自河洛星的大宗师的心就凉下去了，他知道三位同伴多半遇害了。

他想立刻逃走，可是这匹马偏要和他死磕，他刚转身就被那匹马口吐的雷光劈了个正着，现在身子还有些发麻。

"马大宗师"吃了妖魔果实的果核后，吐出的雷霆威力大增！

轰！

王煊走来，弹指间，一道恐怖的光焰飞了出去，正中这位大宗师的身体，让他的合金甲胄都变得通红。

这位大宗师惨叫一声，急忙五脏共振，动用秘力阻挡火光，一瞬间而已，他就险些被烧死！

"马大宗师"抓住机会，喷了一道闪电，让这个人横飞了出去。

它一跃而起，身体说不出的敏捷与轻灵，刹那间就追上对方，来了个"马踏飞燕"。

"马大宗师"踩着那个人落在地上，得意扬扬，觉得自己这一招很有灵性。然后，它便一阵撒欢，连踢带踩，很快就让河洛星的这位大宗师掉了半条命。

王煊不准备出手了，将这一切彻底交给了"马大宗师"。

太阳初升，万物初始，花草藤蔓的叶子上有晶莹的露珠滚动，在朝霞中绽放光彩，各种草木散发着勃勃生机。

洒满阳光的山林中，能量光雾蒸腾，虽看起来祥和，但也充满了危险。

天空中，巨大的猛禽划破朝霞，发出尖锐的叫声，远方的怪物忽然嚎叫，搅动了清晨山林中的宁静美景。

这就是密地，它时刻提醒人们要警觉。

赵清菡身段高挑，轻缓地迈步走来，她完全忽略了山林深处的禽鸣兽吼，雪白细腻的美丽面孔在晨曦中泛着光彩。

她及肩的长发似乎都在发光，她的眼神很亮，来到近前看着王煊，没有说话。

"你不怕我杀人灭口吗？"王煊从"马大宗师"那里收回目光，侧头看向她。

"不怕。"赵清菡来到王煊的正面，抬头看向他，露出了笑容。

"我会为你保守秘密。"她平日大多时候较为冷艳，现在笑起来显得格外灿烂，有种青春、甜美的气息。

"不会有其他人知道你在这么短的时间内成为大宗师，这是你和我之间的秘密！"赵清菡笑着说道。

今天，她见到王煊出手，居然将外星的大宗师接连解决掉，内心深受震撼，怎么也没想到身边的王同学达到了这种层次。

那一刻，她心神有些恍惚，实在有些难以置信。因为，这是她身边的人，她很熟悉，也很了解，但是他真正的实力竟这样惊人。

在初升的红日洒落的柔和光芒下，赵清菡嘴角微翘，露出笑容，将双手放在王煊的肩头，仔细地看着他。

她轻轻踮起脚，快速在王煊的脸上亲了一下，而后倒退。

这个举动有些出乎王煊的预料。

他说杀人灭口，自然是玩笑话，对方也明白，同时王煊相信她不会泄露他的秘密。

在他看来，赵清菡理智而聪敏，有自己的原则，处理事情很有手腕，且对他这个同学确实不错。

来密地前，她曾说过，只要她不出事，他就不会有危险。

来到这里后，她也确实是这样做的，让他跟在她身边，连夜晚入眠都挨在一起。

也正是因为如此，王煊才会去冒险救她。在怪物的利爪下，两人一起横跨夜月下的长空。

在密地中，两人间的关系自然拉近了不少，毕竟共同经历了生死劫难。

可以说，两人算是真正共患难的好友、同学，关系变得极亲近，可以相信彼此。但如果涉及更进一步的关系——恋人，王煊觉得肯定还是不够的。

在这方面，他很理智，有清醒的认识。而他相信，赵清菡更理智，也更冷静。

彼此共患难，王煊曾竭尽所能救过她，赵清菡应该是被感动了，但如果说喜欢，那还是有所欠缺的。

在这个方面，他还是比较了解赵清菡的。

她对未来有清晰的规划，无比冷静。早在学生时期，她就已经负责处理赵家的一些具体事务了。

在科技力量很强的新星，在现代都市中，她有权动用家族的一部分资源与力量，很有主见。

很久以前，王煊就对秦诚说过，一般的人根本降不住赵清菡，同时告诫好友清醒、现实一些。事实上，那也是他在很清醒地告诫自己。

所以，赵清菡刚才的这个举动让他略感意外。

仔细想来，两人在密地中共同经历了许多事，王煊数次将赵清菡从生死绝境中救出。赵清菡或许是因为感动，才体现出感性的一面。但两人真正在一起接触的时间还不是很长，所以王煊很清醒，他没有那么自恋。

他觉得两人的关系应该是好友以上，但绝对没达到恋人的程度。

赵清菡退后了两步，除了亲王煊脸颊的一瞬间，身体略微绷紧外，她很快就落落大方了，没有觉得不好意思。

在清晨柔和的阳光下，她在微笑，漂亮的眼睛炯炯有神，道："我觉得，我们虽然早就认识，但真正接触的时间很短，最近才开始接触得多些。你多次救我，我很感激，也很感动，有那么一刻也很动心。但我得承认，我们的关系是好友之上，说是恋人关系，肯定不是，还不够，还未满。"

她坦言，在密地中，在这生命时刻受到威胁的险恶环境中，她柔弱了很多。

在被救后的感动下以及现在只有她一个人知道他的秘密的情况下，刚才她很感性，亲了他的脸颊。

王煊还能说什么？他只能叹息，不愧是赵女神，事后竟这么冷静与从容，根本不像其他女生那样会害羞。

"你有什么想说的吗？"赵清菡身段修长，面孔精致，带着笑容。

"该说的都被你说了，你想让我说什么？"王煊盯着赵清菡，总觉得自己身为男子却被她占据了主导，太被动了。

赵清菡瞪了王煊一眼，不再说什么。

这时，两人都觉察到了异常，快速回头，正好看到"马大宗师"探过来大脑袋，眼神幽邃，正神秘兮兮地偷窥他们两个。

"这匹马真成精了，不声不响地就跑过来了，看它那副表情，在想什么呢?！"王煊给了"马大宗师"一巴掌，将它推开。

赵清菡很细心，惊讶地道："咦，白马驹的身体两侧鼓胀起来了，该不会要长出翅膀了吧？"

王煊仔细观察，道："居然二次发育了。行，你赶紧变成天马，到时候载着我们横跨长空，去密地深处转一转。"

"马大宗师"趾高气扬，对王煊爱搭不理。

王煊看了一眼不远处的地上，河洛星的那位大宗师早就咽气了。

接下来，王煊在密林中穿行，他不仅将四位大宗师的甲胄扒了下来，还从他们身上搜集到其他各种有价值的战利品。

随后，他又找机会将福地碎片中的欧拉星人的战衣取出一件，给了赵清菡。

"甲胄有很多，回头给'马大宗师'也披甲。"王煊说道。

赵清菡接过那些战衣、甲胄，并让王煊脱掉身上的欧拉星的战衣，她想将这些衣甲在清泉中仔细地清洗一下。然后，她就看到王煊的内里居然穿的是树叶！她顿时忍不住笑了起来。

王煊能说什么？这地方待不下去了，他扭头就去密林各处寻找那些铁箭了。

他觉得神射手的武器不错，可以留下来用。

当他回来时，发现赵清菡在用心清洗每一件战衣与甲胄，便道："给'马大宗师'披的甲胄就不用洗了。"

"马大宗师"顿时一阵恼火，越看王煊越不顺眼，很想跟他吃散伙饭，各奔东西算了。

可是想到才接触没几天，它就吃到了神秘虫子，还有妖魔果实的果核，它又暂时止步不想走了。因为，这些都对它的蜕变有莫大的好处。

"还是给它洗干净吧。"赵清菡开口道。

"马大宗师"顿时连连点头，然而，下一刻它就又不想看他们了！

赵清菡微笑着道："毕竟，我们要坐在它身上啊。"

王煊摆弄着战利品，忽然发现，从神射手身上取回来的一堆东西中有块金属牌子较为特殊。这东西王煊见过，他从欧拉星人那里也得到过一块。

两块金属牌子都不过巴掌长，呈银灰色，刻满细密的花纹，质地极其坚硬，像是某种合金。

早先王煊没怎么在意，现在由不得他不多想。他放开精神领域，仔细探察两块金属牌子，发现这两块金属牌子有些状况。

王煊将精神领域向两块金属牌子中探去，竟被奇异的力量阻挡。他深吸一口气，用力冲击，接着，他赶忙又将精神领域退了出来。

"竟然真有古怪！"王煊十分惊疑，他居然从两块金属牌子内部接引出来部分神秘因子！

两块金属牌子内部各自封着一团浓郁的神秘因子！

"这些队伍彼此竞争，该不会要抢走对方的金属牌子吧？"王煊露出异样的神色，转头问道，"清菡，你看这两块金属牌子像什么？"

赵清菡在清泉畔清洗甲衣，转身看了一眼，道："钥匙，很像古代插在凹槽中的一组钥匙。"

王煊顿时有了各种联想，而后露出喜色，自语道："难道有一处需要神秘因子才能开启的密窟？"

如果是这样的话，他就是钥匙，哪里还需要收集金属牌子！

密地的外围区域，该不会有一处残破的内景地吧？或者说有内景异宝？王煊有了一种惊人的猜测。

列仙遗留下来的某种奇物藏在内景异宝中？他的眼神变得无比璀璨。

（本册完）

更多精彩，尽在《深空彼岸4》！